HABANA RÉQUIEM

VLADIMIR HERNÁNDEZ

HABANA RÉQUIEM

VLADIMIR HERNÁNDEZ

HarperCollins *Español*

© 2017 por HarperCollins Español
Publicado por HarperCollins Español, Estados Unidos de América.

© 2017 por Vladimir Hernández Pacín

Editora-en-Jefe: *Graciela Lelli*
Diseño de cubierta: *Mario Arturo*
Imágenes de cubierta: *Shutterstock*

ISBN: 978-1-41859-738-2

Impreso en Estados Unidos de América
17 18 19 20 21 DCI 6 5 4 3 2 1

Para Sheila y Leonardo, que contribuyeron al sueño.
Para Erick, Iker y María Elena, que lo hicieron realidad.

Hubo un tiempo en que el socialismo se autoconsideró una sociedad libre de contradicciones.

EMILIO ICHIKAWA

No puedes dedicarte a limpiar alcantarillas para ganarte la vida y pretender volver a casa oliendo a jabón.

DENNIS LEHANE
Abrázame oscuridad

ÍNDICE

PRÓLOGO

—¡Policía! —debió anunciarse Eddy—. ¡Abran la puerta!

Pero lo que dijo fue:

—Mensajería certificada. Paquete urgente para Laura Núñez.

Detrás de la improvisada puerta de láminas de zinc y goznes oxidados se escuchó un sonido de jadeo entrecortado y luego una voz ronca y airada le respondió:

—Piérdete, maricón.

Peor para ti, pensó Eddy y embistió la puerta. Había demorado lo justo para recuperar el aliento tras los sesenta metros de escalera que acababa de subir a toda prisa. Algo crujió en el encontronazo y no fue el hombro de Eddy; la endeble puerta se vino abajo.

La pareja lo miró con sorpresa desde el interior de una sala de suelo sin baldosas, atestada con muebles remendados de más de un siglo de antigüedad. Ella: joven, morena y exuberante, azorada y con el rostro enrojecido por los golpes. Él: mestizo, enjuto pero fibroso, con expresión de furia redoblada ante la irrupción del intruso.

El hombre cometió un segundo error: arremeter contra Eddy.

Lo detuvo un golpe en el plexo solar que lo envió contra la viga de madera que apuntalaba el techo en medio de la sala. Otro crujido; quizás una costilla del hombre, quizás un quejido de la viga.

Eddy sonrió, pero su expresión era torcida, como si sus labios nunca hubieran aprendido a sonreír.

—¿Quieres más?

El hombre gruñó e intentó levantarse.

—¡Tu madre! —jadeó.

Eddy cerró los puños.

—Mi madre está muerta y enterrada hace mucho tiempo. Ahora, dime, ¿vas a levantarte, o no quieres seguir con esta fiesta?

Entonces la mujer se abalanzó sobre Eddy, no para atacarlo sino para hacerle ganar tiempo a su marido; rodeó el torso del policía con los brazos y entorpeció su avance.

—No, por favor, no... déjelo tranquilo...

Él logró sacársela de encima con un par de gestos bruscos, pero para entonces la demora había surtido efecto y el hombre huía por un pasillo mal iluminado hacia el fondo de la casa. Eddy distinguió una cocina al otro extremo del pasillo y lo atravesó a grandes trancos, listo para anticiparse a un posible ataque con arma blanca.

Se equivocaba.

Una puerta trasera abierta; la azotea enorme, de ladrillos color arcilla, largas hileras de cordeles de nailon donde colgaban sábanas empercudidas y prendas de ropa recién lavadas. El viento creaba un efecto de oleaje en la ropa tendida. Eddy avistó la figura fugitiva a cincuenta metros de distancia, trepando por un muro con resolución y destreza, buscando el escape a través del reticulado de terrazas aledañas.

El depredador se agitó en su interior, excitado por el instinto de cacería.

Atisbó un atajo en la estructura de azoteas interconectadas. Se encaramó al techado más cercano y empezó a correr, ganando terreno poco a poco.

Eddy tenía 1,80 de estatura, era amplio de espaldas y su cuerpo musculoso daba la impresión de estar moldeado en fibra de vidrio y ABS balístico: alta resistencia a golpes y torsiones. Sus ojos eran de color gris acero, sin asomo de bondad, y solía llevar el cabello, muy negro y tupido, cortado al estilo militar. Durante los eventos que forjaron su carácter en la adolescencia acumuló una furia brutal de la cual no había conseguido librarse y, para desgracia de los criminales, había convertido su trabajo policial en vehículo catártico.

Su mentor, amigo más cercano y oficial superior, el coronel Elías Patterson, solía decir al referirse a él en compañía de colegas de confianza: «A veces no basta con tener un perro para cuidar el rebaño, a veces necesitamos un lobo pastor; Eddy es como un lobo al que has conseguido domesticar a medias para que proteja a las ovejas de la voracidad de las fieras... ovejas a las que a duras penas evita engullir».

Amauri el Gato estaba deseoso de coger un vuele antes de mediodía. Sabía dónde podía conseguir marihuana en el barrio y, con suerte, algo de coca también; con un par de gramitos tendría más que suficiente. El Gato se dedicaba a escalar las fachadas de los edificios, colarse en las casas por la noche para abrirles la puerta a los ladrones que le pagaban la gestión. Dentro de su controvertida idea de la honestidad, se sentía íntegro: nunca robaba, nunca tocaba nada en las casas ajenas. Lo suyo era cobrar por su talento, y el escapismo químico.

En plena Habana Vieja, donde la callejuela Cristo se encuentra con la calle Muralla, había un arco estrecho entre dos portalones. Junto al arco de antiguos ladrillos pegados con argamasa, un mestizo jabao se recostaba contra la pared. Amauri se le acercó.

—¿Qué volá, Gato? —lo saludó el jabao sin darle la mano.

—¿Qué hay? ¿Tienes algo para mí?

El jabao le echó una mirada de fingida desconfianza.

—Depende.

—Depende no —terció Amauri—. O tienes, o no tienes.

—¿Qué quieres? ¿Discos de salsa o de reguetón?

Amauri hizo una mueca de sorna.

—Ah, deja ese *pitcheo*, asere. Lo que yo necesito es un convoy: Santa María y Blancanieves. ¿Tienes o no?

El jabao no dejaba de observar con atención a la gente de la calle. Pasó un grupo de escuálidas estudiantes de secundaria básica, riendo y formando algarabía, y un hombre mayor que las miraba metió el pie en un bache del asfalto lleno de agua estancada y soltó un par de palabrotas. Amauri se impacientó.

—Bueno, ¿tienes un convoy para mí, o tengo que llegarme hasta Jesús María para conseguirlo?

—De eso yo siempre tengo. ¿Qué cantidad quieres?

—Ya te dije: yerba y algo de polvo. ¿Los tienes ahí mismo?

—'Pérate, Gato, ¿pa' qué tú me preguntas eso? —dijo con tono beligerante el jabao—. ¿Te metiste a fiana o qué?

—¿Y a qué viene eso de fiana? Tú sabes muy bien a lo que yo me dedico, y no es a ser policía. Me conoces hace tiempo.

—Aquí nadie conoce a nadie —declaró el otro, pero le hizo un gesto para que lo siguiera al interior del arco. Amauri lo obedeció y se ocultaron en un recoveco del túnel junto a una batería de registros eléctricos carbonizados. El rincón hedía a vómito reciente. El vendedor extendió la mano—. Serán dos papeletas por el convoy. Dame el dinero y quédate aquí que ahora yo te lo traigo.

Amauri se puso a la defensiva.

—No, mi socio, eso nunca ha sido así. Yo voy contigo a probar el material y, si es bueno, te lo pago y me lo llevo. No te voy a dar el dinero por adelantado.

—¿Tú me estás diciendo que yo te voy a estafar?

Ahora la agresividad en el tono del jabao era patente, pero el Gato sabía que el peor error que uno podía cometer en el barrio era acobardarse.

—No te estoy diciendo estafador, pero las cosas son como son.

El otro vio que iba a perder el comprador y dijo:

—Mira, Gato, te lo voy a decir sin velocidades ni guapería; el material está clavado ahí adentro. —Señaló hacia la entrada de las cuarterías—. No puedo entrar contigo sin complicar al almacenero, así que espérame aquí hasta que te traiga lo tuyo. ¿Estamos?

—No te preocupes. Aquí me quedo, llueva, truene o relampaguee.

Desde luego, no tronó ni relampagueó, pero se escuchó un grito en las alturas y un tipo se estampó contra el suelo de mosaicos descoloridos, a solo un par de pasos de los dos bisneros.

—¡¿Pero qué coño...?! —empezó a decir el jabao.

Al Gato se le esfumaron los deseos de coger el vuele.

Alzaron la vista por reflejo. Más de veinte metros por encima de ellos, al borde de un muro, la cabeza de Eddy se asomó al vacío. Por su expresión era imposible discernir si sonreía o parecía frustrado.

PRIMER DÍA

HERIDAS ABIERTAS

1

La mujer tenía el hermoso rostro mancillado por una impertinente cicatriz que le cruzaba la mejilla izquierda.

—¿Por qué lo mató? —le preguntó el teniente Puyol.

Ella dio un leve suspiro y el veterano investigador atisbó en su expresión una breve nota de ansiedad.

—Yo no lo maté. Adoraba a mi marido.

—Pero la encontramos con un arma en la mano, y parada frente al cadáver.

—Eso ya lo sé.

—¿Y entonces?

—Entonces, ¿qué?

—Que es evidente que acababa de dispararle a su marido.

—¿A mi marido?

—Sí, claro. El muerto es su esposo, ¿no?

—Era... Era mi esposo. Ahora soy viuda.

—Viuda y sospechosa. Piense en ello: la pistola en su mano, el cadáver caliente, la mirada fría y distante que le notaron los agentes cuando entraron a detenerla...

—Bueno, lo de «mirada fría y distante» me parecen observaciones bastante subjetivas por parte de los agentes. Espero que no hagan el ridículo de mencionar una cosa así ante un tribunal.

—De acuerdo, señora, vamos a olvidarnos de las subjetividades; pero lo que sí es un hecho comprobado y objetivo es que usted tenía una pistola en la mano, que encima olía a pólvora. Y su esposo estaba muerto en medio de la sala.

—Sí, ya, pero no es lo que parece.

—Ah, ¿no es lo que parece?

—No. No lo es.

—Vamos a ver —dijo Puyol haciendo gala de paciencia—, póngase en mi lugar: se escuchan dos disparos en su casa. Cinco minutos después dos policías derriban su puerta y la sorprenden con una pistola recién disparada frente a su esposo muerto.

—Ajá.

—Bueno, ¿no le parece evidente?

—Raro sí —expuso la mujer—, pero no evidente. Y espero que una persona tan educada como usted no tenga el mal gusto de apresurar conclusiones.

—¿Y qué opinaría usted al respecto?

Ella apretó los labios, como quien reprime un rictus de incordio.

—¿Que qué opinaría? Mire, oficial, *Opina* era una revista de principio de los años ochenta. Era malísima, pero publicaba eso, opiniones inocuas, palabrería barata acerca de las preocupaciones populares y sugerencias sobre la moda y otras nimiedades. A la gente le encantaba. Éramos una sociedad muy ingenua en esa época, demasiado optimista, ¿la recuerda? —Sonrió con velada nostalgia—. Pues para que conste, yo voy por la vida sin juzgar ni enjuiciar a nadie, así que hágame el favor y no me pregunte por mis opiniones.

Puyol, impertérrito, retomó el hilo del interrogatorio.

—Para dejarlo claro, ¿me está diciendo que usted no mató a su marido?

—Eso mismo. Ya le dije que lo amaba.

—O sea, que si analizamos las balas alojadas en el cadáver del hombre va a resultar que no salieron de la pistola que usted aferraba en su mano izquierda.

—¿Esa es una pregunta disfrazada de afirmación?

—Dígamelo usted.

—Yo no lo sé. No estoy en su cabeza y por tanto no sé lo que piensa.

—Pero las balas que lo mataron pueden haber salido de esa pistola, ¿no es cierto?

—Tampoco lo sé. Averígüelo. Ese es su trabajo.

El teniente Puyol era el investigador más paciente de toda la Mazmorra. Algunos lo acusaban de tener «cachaza» en la sangre.

—De acuerdo, Gloria... puedo llamarla así, ¿verdad?

—Claro, claro. Y yo, ¿puedo fumar?

Puyol dudó un instante y luego le extendió la cajetilla de Populares. Ella sacó un arrugado cigarrillo de la caja y empezó a sobarlo con los largos dedos de la mano derecha. Parecía diestra. ¿Por qué había disparado con la zurda entonces?

—¿Usted es derecha o zurda? —preguntó Puyol mientras le acercaba el mechero metálico que había traído de la URSS treinta años atrás.

—Soy derecha, ¿por qué?

—Es parte de la investigación. Piense que con su declaración nos ayuda a... limar las aristas del caso. Para eso estamos aquí.

—Pues buena suerte con el caso —dijo ella con tono de sinceridad. Aceptó el fuego pigmeo que danzaba en el mechero y encendió el cigarrillo de papel estrujado. Le dio una calada rápida y soltó el humo haciendo una mueca—. ¡Qué malos son estos Populares! Cada día los hacen peores.

—La picadura tiene demasiado alquitrán y sustancias químicas —le comentó Puyol en plan amistoso—. Pero en mi opinión estos son mejores que los suaves.

—¡Los cigarros suaves! ¡Puaj! Ni loca fumaría uno. Esos son los que matan a la gente, créame, yo sé lo que le digo.

Puyol distinguió el deje de burla en su alusión a la muerte. Contempló el humo expelido ascender en ribetes y sintió deseos de fumar también, a pesar de la expresa prohibición del capitán, pero al final se abstuvo; con un solo fumador era suficiente para que en diez minutos la confinada habitación se volviera neblinosa.

—¿Le gusta la ficción Pulp?

La mujer detuvo el cigarrillo a un centímetro de sus labios, como si estuviera tratando de extraer algo impreciso de su memoria. Pareció recordar.

—*Pulp Fiction* era una película. No la vi cuando la pusieron. Demasiado violenta.

—Intuyo que no le gusta la violencia.

—No. No me gusta nada.

—La entiendo, pero yo me refería a si prefiere la literatura de orígenes Pulp, las novelas de subgéneros: misterio, policíaco, *hardboiled*, terror fantástico...

—No sé a qué viene esa pregunta.

—Como le dije antes, son pequeños detalles que me ayudan con la investigación.

La mujer lo miró fijamente durante unos segundos y la punta encendida del cigarro pareció bailar en sus pupilas.

—Me gusta leer, eso es todo.

—Muchos de esos libros describen el comportamiento violento.

—Es cierto, pero aun así odio la violencia.

—Yo también. Por suerte nunca he tenido que agredir a nadie durante el cumplimiento de mi deber.

—Singular —expresó ella en voz muy baja.

—¿Cómo dice?

—Digo que es usted un tipo singular. La sangre y la violencia es algo que uno vincula automáticamente con la policía. Por eso no me gustan los policías.

—Pero yo le gusto —insistió él.

—Me cae bien, sí.

—Es un buen comienzo —dijo Puyol—. Y sería importante que nos entendiéramos de una vez.

24

—Es obvio. Si no, estaríamos perdiendo el tiempo encerrados aquí.

—Exactamente. Por eso le voy a hablar sin tapujos.

—Eso espero. El cigarro es malo, pero su conversación parece honesta.

—Lo es —asintió el interrogador—. Gloria, quizás le suene un poco descortés que se lo diga así, pero creo que usted está enredando la pita por gusto para no confesar que mató a su esposo, pese a que todo indica que sí lo hizo. Puedo especular sobre esa cicatriz en su mejilla, suponer que él la maltrataba y que usted se cansó de ese trato y planeó vengarse. Seguramente sabía dónde su marido guardaba la pistola que le obsequiaron cuando se licenció de las Fuerzas Armadas, y también estaba familiarizada con el funcionamiento del arma, así que le fue relativamente fácil cargarla y...

—No siga por ese camino —le interrumpió ella—. Mi marido no me maltrataba.

—Sin embargo, le disparó.

—No fui yo. Ya se lo he dicho.

—¿Entonces quién fue, Gloria? ¿Quién mató a su esposo?

La mujer había abandonado el cigarrillo, dejando que se consumiera lentamente al borde de la mesa metálica; sopló, pensativa, y las cenizas se esparcieron sobre la agrietada superficie pintada con esmalte gris. Sonrió sin alegría y declaró:

—Tina.

—¿Qué?

—Lo mató Tina.

Puyol no se dejó desconcertar.

—Muy bien. ¿Y quién es esa tal Tina?

Ella se mordió los labios. Un pequeño temblor bajo el párpado derecho traicionaba sus nervios.

—¿De verdad quiere saberlo?

—Claro.

—Pues mire, como usted me cae bien y me gusta ser recíproca con la gente educada, yo también le voy a hablar sin tapujos. Tina es la fiera que vive en mi cabeza. A veces toma el mando y hace cosas con mi cuerpo que no debería, pero yo no puedo hacer nada por evitarlo.

—¿Tina vive en su cabeza? ¿En su mente?

—Así mismo es —le confirmó ella—. Tina es mi Sasha Fierce.

—¿Sasha Fierce? Ahora me estoy perdiendo, Gloria.

—¿Conoce usted a Beyoncé, la cantante afroamericana?

—Vagamente. Nunca he sido muy de pop.

—Bueno, el caso es que cuando Beyoncé está bajo presión mediática, cuando sube al escenario, su personalidad queda anulada por la manifestación de un *alter ego* más sensual, divertido y glamoroso llamado Sasha Fierce. Pero Sasha Fierce también es oscura, agresiva e imprevisible. —Ella se encogió de hombros—. A mí me pasa algo similar con Tina. Y Tina es peligrosa. No puedo controlarla.

—Es lógico —asintió Puyol—. Cuando usted se estresa, Tina toma el mando.

—Me alegro de que lo comprenda, oficial.

—Para salir de dudas, ¿ese *alter ego* suyo se llama Tina Turner?

—No. Solo Tina.

—Y dígame otra cosa: ¿Tina es zurda?

La satisfacción era palpable en el rostro de la detenida.

—Yo siempre lo he sospechado.

—Seguramente por eso tenía usted la pistola en la mano izquierda.

—Supongo.

—Entonces fue Tina la que disparó —concluyó Puyol.

—Sí. Tina mató a mi marido.

El teniente se levantó de la silla.

—Bueno, pues ahora que por fin está todo aclarado tengo que irme a la oficina a redactar el informe del caso. Gracias por su cooperación, Gloria. Espere aquí, que ahora mismo vendrá una compañera a buscarla, ¿de acuerdo?

Puyol salió de la sala de interrogatorios número 2 sin esperar la respuesta de la detenida, cruzó el pasillo hasta el fondo y entró en la oficina del circuito cerrado donde esperaba la sargento Wendy y la psicóloga que les había enviado la gente del Departamento de Ciencias del Comportamiento.

—Bueno, ¿qué? —preguntó Puyol tras cerrar la puerta.

La psicóloga apartó la vista del monitor que mostraba a la sospechosa y dijo:

—Trastorno de identidad disociativo.

—¿Usted cree? —insistió él.

—Yo diría que sí, en principio. Habría que hacerle más pruebas dentro de un ambiente menos hostil y tenerla unas horas bajo observación para estar seguros, pero...

—Sería una pérdida de tiempo —intercaló Puyol con suavidad. Se volvió hacia la joven mulata ceñida en su uniforme—. ¿A ti qué te parece, Wendy?

—Me parece que esa mujer ha perdido varios tornillitos.

—Hay que seguir observándola —insistió la psicóloga.

Puyol torció los labios.

—No estoy de acuerdo.

Wendy respetaba mucho el criterio de Puyol como para cuestionarle, pero la especialista no lo conocía y se lanzó a explicarle el trastorno de personalidad múltiple que apreciaba en las declaraciones de la detenida. Puyol esperó pacientemente, dejándola argumentar su punto de vista, y luego concluyó:

—No está loca. No tiene un trastorno mental demasiado complejo, aparte de ser una asesina. Está fingiendo.

—Pero, ¿cómo puede estar tan seguro de...?

Puyol alzó una mano para atajarla.

—Lo planificó. Tiene imaginación y sabe actuar. Está siguiendo un guion bien ensayado. Gloria es una asesina, y es totalmente consciente de serlo.

La psicóloga no estaba dispuesta a cejar sin presentar una mínima resistencia, aunque, por otro lado, tenía demasiado calor como para tomárselo a la tremenda.

—¿Averiguó todo eso en un interrogatorio de diez minutos? —dijo perpleja.

—No. Cuando accedí a echar una mano con este caso —dio dos palmadas en el hombro de Wendy con gesto paternal— me di una vuelta por el escenario del crimen. Creí que sería conveniente hacerlo antes de hablar con la detenida. Y me dio resultado. Las casas vacías tienen un modo muy particular de hablarnos; los muebles hablan, los cuartos y la disposición de los objetos te cuentan cosas importantes si estás atento. No me malinterprete, doctora, no se trata de una vibración mística ni nada por el estilo; es una cuestión de experiencia. Tengo sesenta y dos años y durante los últimos treinta y cinco he sido policía. Sé hacer mi trabajo. —Sonrió con pesar—. Probablemente sea lo único que sé hacer bien.

—¿Y qué le dijo la casa? —Había un cierto matiz de incredulidad gravitando en las palabras de la psicóloga, pero Puyol prefirió pasarlo por alto.

—Que Gloria era una mujer maltratada; el marido no había asimilado bien su temprano retiro de las FAR y descargaba su frustración en ella. Supongo que se cansó de aguantarlo y actuó de la peor manera. Su biblioteca la traicionó también; a veces, si hay suerte, los libros de una estantería doméstica te ayudan a entrar en la mente de un sospechoso. La literatura preferida por Gloria está llena de criminales ficticios que consiguen escapar del peso de la ley usando ingeniosos subterfugios; incluida la locura.

—Cree que ella se está burlando de usted —afirmó la psicóloga.

Puyol se encogió de hombros.

—Yo no lo diría así. No se está burlando de nadie. Su locura impostada es un rasgo de supervivencia y nada más. Sabe que si logra que la saquemos para un psiquiátrico se salva de aterrizar en Manto Negro.

—Pero si esa mujer sufre un trastorno disociativo severo y la encerramos en una cárcel, eso sería peor para...

—No está loca, se lo aseguro —la atajó Puyol—. Mire, no se

ofenda, doctora, pero su presencia en este caso es una simple forma-lidad, un trámite innecesario para un asunto que cantaba clarísimo desde el principio. —Señaló el monitor del circuito cerrado—. Se trata de un asesinato premeditado. Usted está en su derecho de po-ner en el informe lo que crea conveniente, y debe hacerlo, pero por lo que a mí respecta el caso está cerrado. ¿Estás de acuerdo conmigo, Wendy?

La sargento dejó a un lado su incomodidad ante la atmósfera de desacuerdo entre los dos oficiales y asintió.

—Bien —dijo él alejándose—. Que pase buena tarde, doctora.

Antes de que Puyol pudiera entrar en la oficina de investigado-res, Fernández, el oficial de guardia, se asomó desde el vestíbulo de la Unidad y le llamó:

—Teniente, hace falta que venga un momento. —Su petición no exudaba precisamente cortesía profesional; no en balde, a sus espaldas, a Fernández lo conocían en la Mazmorra por el mote de Don Quintín el Amargado.

—¿Qué pasa, Jorge?

El hombre, un mulato algo más joven que Puyol, era calvo como una bola de billar; su expresión de agravio indefinido, de envarada actitud al borde de la diatriba, le dibujaba en el rostro un mapa de amargura perpetua.

—Dígame una cosa. ¿Por qué usted nunca contesta el telé-fono?

—¿El teléfono?

—Sí, el teléfono. El suyo.

—¿El de la oficina, o el de mi casa?

—No. El teléfono celular —acotó Fernández—. El que la Unidad le entregó para que esté siempre y en todo momento loca-lizable.

—Ya —reconoció Puyol—. El famoso teléfono móvil. Sí, ¿sabe lo que pasa? Nunca he logrado acostumbrarme a esos cacharros modernos. Ni a los teléfonos móviles, ni a las computadoras, ni al correo electrónico, ni a la Interné. —Ofreció un gesto de disculpa—. Lo mío es el Paleolítico, nada como la buena tecnología de la piedra y el hueso: más duradera y fácil de manejar.

—¿Usted se levantó gracioso hoy, teniente?

—No, en serio, ni siquiera sé cómo encender y apagar el dichoso aparatico.

A pesar de estar habituado a tratar con un público difícil de denunciantes, detenidos y agentes de miras cortas, Fernández se impacientaba con rapidez.

—Pero lo lleva encima por lo menos, ¿no?

—De alguna manera. Creo que lo tengo dentro de una gaveta en mi buró, ahí en la oficina. ¿Por qué?

—Olvídelo. Vaya a pizarra y pídale a Márgara que lo comunique con Acosta.

Puyol, parsimonioso, fue a la tarima forrada de cristal del oficial de guardia y entró en la oficina de la operadora de pizarra. Desde allí observó a Fernández reajustar el volumen de la orquesta de habituales en los tres grandes bancos del vestíbulo de la Mazmorra: gente de la vecindad que esperaba para tramitar denuncias, abogados penales de aspecto demacrado sudorosos bajo sus chaquetas de corte anticuado, un par de detenidos esposados, aquellos que venían a pagar multas, un borracho grasiento que roncaba a pierna suelta y un extranjero –al que al parecer le habían robado dinero y pasaporte– que se expresaba enardecido en un lenguaje que Puyol no conseguía identificar.

—¿Qué tal ha ido la mañana, Antúnez? —le preguntó al oficial que ocupaba la mesa de denuncias.

—Calentica —le respondió el cabo secándose el sudor—. Cinco robos con fuerza en los barrios de Belén y Jesús María; dos jineteras que discutían por un pepe se entraron a golpes en una habitación del hotel Plaza y el empleado que intervino se llevó su contusión; un viejo borrachín, al que le faltaban las piernas, se fue a buscar agua al pozo comunal pero terminó cayéndose dentro y ahogándose, y hubo que llamar a los buzos para sacarlo; un boxeador retirado al que cogieron poniéndole una bomba casera debajo del carro del amante de su mujer; un loco que salió a su balcón y empezó a tirarle botellas de cristal llenas de suero a los madrugadores que pasaban por Zulueta, provocando un montón de heridos, y así... no hemos parado de tener jaleo desde las seis de la mañana. —Señaló al airado extranjero al que Fernández intentaba calmar—: Y para colmo de males se nos aparece ese sonso metiendo tremendo berrinche en una jerigonza que nadie atina a comprender.

—Yo creo que eso es *magiar*, lo que hablan los húngaros —intervino la operadora mientras tecleaba en la pizarra la llamada de Puyol—. El tipo suena igual que Blöki, el perro de Aladár.

Antúnez se volvió hacia ella.

—¿Aladár?

—Sí, *Aladár Mézga* —dijo la operadora—, la serie de televisión húngara que ponían en los años setenta. ¿Tú no tuviste infancia?

—Lo que no tuve fue televisor —bufó el cabo, y añadió—: Y en los setenta yo no había nacido, Márgara, ¿qué edad crees que tengo?

—Da igual, eso me suena a húngaro.

—Me parece que no. ¿No ves que ese tiene los ojos achinados?

—¿Y qué? Se puede ser húngaro y achinado —terció ella tendiéndole a Puyol la unidad inalámbrica—: Su llamada, teniente.

—Aquí, carro 666 —dijo la voz del patrullero en el auricular.

—Dime, Acosta, ¿qué tienes para mí?

—Un cero-siete. Y no parece muy fresco.

Cero-siete: un ahorcado.

—Vaya. —dijo Puyol. Ahora era que su jornada comenzaba a perfilarse—. ¿Y dónde es eso?

—La dirección es Empedrado 242, esquina con Aguiar. Bastante cerca de La Bodeguita del Medio.

Una acotación superflua, pensó Puyol. Conocía la Habana Vieja como a la palma de su mano mucho antes de que Acosta naciera.

—¿Está ahí el equipo forense?

—No, pero ya los llamé.

—Bien. Cuando el equipo llegue, dile al doctor Román que espere por mí. Voy para allá enseguida.

2

Leonardo Batista dejó atrás el bullicio de la plaza de Armas y se metió por la calle Oficios. Caminando en dirección a la Basílica Menor de San Francisco de Asís había un hostal, el Zaragoza, donde Batista solía refrescar el gaznate.

A su lado pasaron dos jóvenes negras con el atuendo tradicional de la época de la Habana colonial, complemento del programa temático implementado por el historiador de la ciudad; chanclas de madera repiqueteando sobre los adoquines, ropajes coloridos, contoneo exuberante y mucho *feeling* criollo. Batista alzó los ojos en ademán de obvia reserva y escuchó retazos de la muy contemporánea conversación.

—Ay, muchacha, yo te digo que ese yuma está puestísimo pa' mí.

—Y el tipo parece tener un billete atómico; si te llama al teléfono que le diste te sacaste la lotería.

—Lo difícil no es sacarse la lotería, chica; lo difícil es cobrarla.

Él reprimió una sonrisa de desdén y apuró el paso. Era media mañana de julio y el calor empezaba a hacer estragos; el sudor pegajoso que le bajaba por el cuello lo tenía incómodo, y la transpiración formaba feas manchas bajo los sobacos de su camisa a cuadros. Ansiaba echar un trago.

El hostal Zaragoza era una antigua casona colonial a medianía de cuadra; fachada remodelada, balconadas pintadas, rejas torneadas y farolitos de hierro. Entró por un pasillo decorado con azulejos gaditanos y fue directamente al bar bajo la escalera del fondo. La barra: cedro barnizado montado sobre un pedestal de azulejos con motivos marítimos. Los asientos eran taburetes rústicos con respaldo de piel repujada. Batista se subió a una de ellas y le hizo una seña al barman.

El tipo era nuevo; muy joven, a lo sumo veinticinco años.

—Ponme un mojito bien cargado y unas aceitunas pa' acompañar.

Se bebió el cóctel como si fuera agua, pidió otro y masticó distraído la hierbabuena mientras esperaba las aceitunas que no acababan de llegar. Observó al muchacho: alto, delgado, bien parecido, pero de mirada nerviosa y poco hablador; cero carisma.

Después de tres mojitos y una pequeña ración de aceitunas mustias, el barman se acercó y le dijo:

—Serán veinte CUC, señor.

Batista le obsequió con una mirada penetrante de sus ojos azules.

—Pero si yo todavía no he terminado de consumir, ¿cómo vas a cobrarme ya?

—Lo siento, señor —sostuvo el muchacho—. Son normas de la casa; después de cuatro consumiciones le tengo que cobrar. Son veinte CUC.

—Veinte CUC, ¿no? —dijo Batista divertido—. ¿Y el vale dónde está?

—No puedo hacérselo, señor. A la caja registradora no le queda papel.

—Esa no la había oído antes. No está mal. Pero, oye, qué caro están esos mojitos. ¿Veinte cabillas? Yo creo que tú me estás poniendo una multa como si yo fuera un punto. ¿Tú me ves cara de turista guanajo o es que tú mismo decides el monto de la propina? La semana pasada esos mojitos no costaban tanto.

El barman mantuvo el tino. Todo un aprendiz de estafador, pensó Batista.

—Mire, señor. Los precios los sube la Administración. ¿Va a pagar la consumición ahora o tengo que llamar a la policía?

Batista tuvo que aguantarse para no soltarle la carcajada en pleno rostro.

—No. No va a hacer falta que llames a la policía. —Se acabó el mojito—. Se nota que eres nuevo en el hostal y no sabes quién soy yo.

El joven no dijo nada. Empezaba a darse cuenta del mal cariz de todo aquello.

—Le puede pasar a cualquiera —dijo Batista en tono condescendiente. Se levantó un poco la camisa para que el barman viera la culata de la Makarov que llevaba sujeta al cinturón—. ¿La ves bien?

El barman asintió tenso, lívido, temiéndose lo peor. Batista lo disfrutó.

—Bueno —asintió Batista—, si razonas un poquito podrías darte cuenta de que en este país las pistolas no van solas; suelen ir acompañadas de una credencial de policía. ¿Quieres verla también? —El joven negó con énfasis—. Bien; aprendes rápido. Sabes que puedo llevarte preso por intentar joderme con esa multa. Perderías el trabajo como mínimo, ¿verdad? Pero te voy a decir una cosa; como eres nuevo y se te ve buen muchacho, blanquito, con potencial para multiplicar tu inteligencia y eso, voy a hacerte un favor: te la dejaré pasar. —Volvió a exhibir la sonrisa sardónica—. Así que, ¿qué tal si volvemos al principio y repetimos?

El barman aún no daba indicios de recuperarse del sofocón.

—¿Repetimos?

—Ajá —dijo Batista—, ¿qué tal si, para demostrarme que aprendiste la lección, me pones un doble de whisky con hielo, me envuelves para llevar uno de esos bocaditos de jamón y queso que tan buena cara tienen, y te olvidas de cobrarme?

—Pero señor...

—Sargento. Llámame sargento con toda confianza.

—Sí, pero ¿cómo justifico ese dinero faltante en la caja?

Batista hizo un gesto de comprender.

—En ese caso creo que podrías ponerlo de tu bolsillo, como demostración de buena voluntad y en premio a mi paciencia. Piensa, piensa, muchacho, que tú eres joven y tienes un gran futuro por delante. Seguro que se te ocurre algo inteligente.

3

Aquel caso se le estaba atragantando a la primer teniente Ana Rosa Iznaga.

Cuatro víctimas eran demasiadas.

Además, la dejaba a ella en evidencia.

—El violador en serie ha vuelto a sus andadas.

—¿Estás segura, Tamara?

—Todo lo segura que se puede estar con algo así —contestó la especialista de Medicina Legal que había realizado el peritaje de agresión sexual—. Es el mismo *modus operandi* que en los casos anteriores: ataque e inmovilización por detrás, sexo anal forzado y desgarramiento rectal; ahora solo nos queda comprobar si las muestras de semen recuperadas en una de las tres violaciones previas pertenecen al mismo sujeto.

Ana Rosa expresó su rabia con una mueca.

—Y al muy cabrón le gusta dejar pruebas, como si nos retara.

—Al menos obtuvimos muestras viables esta vez y la anterior —añadió Tamara—. Las dos primeras señoras echaron a perder el peritaje al aplicarse lavativas y demorarse tanto en hacer la denuncia.

—Sí —dijo Ana Rosa—, así y todo no te imaginas el trabajo que me costó convencer a esas mujeres para que se dejaran hacer un frotis en el fondillo.

—Para ellas no fue fácil, teniente; teniendo en cuenta el estrés mental y físico que acababan de pasar, el dolor y la humillación, la edad...

—Lo sé —dijo Ana Rosa con altivez—, pero la gente debería sobreponerse a esos trances y meterse en la cabeza que cooperar con las autoridades es un deber cívico y la mejor manera de combatir cualquier delito. Si dejas a un lado el trauma y te comportas con responsabilidad, es posible que ayudes a que tu desgracia no le ocurra a otro.

La perito no objetó nada, pero Ana Rosa no podía ocultar su frustración.

—Tengo que partirle las patas a ese tipo, y tengo que apurarme —insistió—. Estoy quedando mal con la jefatura de la Unidad y eso me está volviendo loca. Te lo juro, Tamara, tú me conoces y sabes que a mí no me gusta extralimitarme, pero si pudiera quedarme un rato a solas con ese degenerado te juro que sería muy capaz de meterle el cañón de la pistola por el trasero hasta cansarme de oírlo chillar, aunque después tuviera que cambiar de pistola.

—Parece excesivo —opinó la perito—, pero te entiendo. ¿Cuántos meses llevas ya con ese caso abierto?

—Más de un año. Los jodedores de la Unidad le llaman el Rompeculos. ¿Qué te parece? El tipo está haciendo zafra con las ancianas, y de paso convirtiéndome en el hazmerreír de la Unidad. Eso no lo puedo tolerar.

Tamara consideró oportuno aportar un comentario con lógica.

—No creo que ese hombre esté pensando en perjudicarte. Lo hace porque siente una compulsión enfermiza.

—Sí. Y en cualquier momento esa compulsión lo va a obligar a cometer un error, y yo voy a estar ahí para engancharlo. La pregunta es: ¿cuándo ocurrirá?

—Es posible que ya haya ocurrido. Con esa prueba fresca de semen tal vez el laboratorio establezca alguna relación con violadores registrados.

Ana Rosa miró a la perito con su habitual arrogancia.

—Ay, Tamara, no nos engañemos; las muestras de ADN siempre son una pérdida de tiempo. La infraestructura biotecnológica policial de este país está en la Prehistoria, y las pocas bases de datos que tenemos no ayudan a encontrar a nadie.

—Por lo menos sabemos que ese hombre no tiene el VIH. A veces pienso que sería de sentido común dar un parte sobre este asunto en la televisión, para que la gente sepa que hay un depredador sexual en activo violando a ancianas gordas que viven solas.

—No seas ingenua —replicó Ana Rosa—, depredadores sexuales hay miles en esta ciudad y hacen de las suyas cada día. La diferencia es que este me está haciendo la vida imposible *a mí* con sus aberraciones. Además, tú sabes que en nuestra televisión no hay espacio para ese tipo de noticias.

—Pero se trata de un violador en serie; podría hacerse una excepción...

—Imposible.

—¿Por qué?

—Eso pregúntaselo a la gente de arriba —dijo Ana Rosa, cansada de lidiar con la ingenuidad de Tamara—. Además, en lo que respecta al procedimiento policial, dar un parte a la población solo serviría para que el violador se entere de que tenemos un perfil suyo y que lo estamos buscando; eso haría que se asustara y dejara de actuar durante un tiempo. No, tengo que pararlo ya; como sea. —Agarró el expediente que le tendía—. ¿Qué edad tiene la víctima?

—Bueno, hay una novedad en eso —anunció la especialista—. A diferencia de las anteriores, esta tiene veintisiete años. Y por suerte para ella, su himen sigue intacto.

—¿Cómo dices? —Se sorprendió la teniente.

—Eso. Que la muchacha es virgen. Nadie la ha desflorado aún.

—¡Una virgen de veintisiete años! No sabía que existieran.

—Ya ves.

—Lo importante es que el violador ha pasado de ancianas de ochenta años a una mujer de veintisiete. Eso es un cambio drástico.

—Está haciéndose más ambicioso.

—Si la pauta cambió —dijo Ana Rosa—, voy a tener que modificar el perfil.

—La pauta no cambió tanto. Aunque la víctima es joven, también es gruesa. Presenta un cuadro de obesidad mórbida que supera en gordura a las ancianas.

—Lo importante es que el tipo ha salido a procurarse una presa más apetecible. Va ganando confianza en sí mismo, y busca carne fresca, para variar. —Algo iluminó su expresión—. Está a punto de cometer el error que necesito para atraparlo. La víctima, ¿logró verlo?

—No podía...

—Pero, ¿en qué están pensando esas mujeres cuando les está ocurriendo algo así? —interrumpió la teniente ensoberbecida— ¿Se dedican a gozar, o qué?

Tamara prefirió ignorar el comentario, pero se explicó.

—La muchacha no podía verlo. Es ciega.

—¿Ciega?

—Ajá —dijo la perito—. Con sus malos antecedentes genéticos, la avitaminosis, la obesidad mórbida y la diabetes la han dejado ciega. También sufre apnea del sueño.

—Ciega y obesa —reflexionó Ana Rosa—; ahora entiendo lo de su virginidad. ¿Y esa ciega vive sola? ¡Por Dios!, ¡adónde iremos a parar!

—No, no. La muchacha vive con su madre, que la cuida muy bien, pero parece que la señora estaba de visita en casa de unos familiares en Matanzas, y la había dejado sola durante un par de días cuando se produjo la agresión sexual.

—Entonces el tipo sabía que ella no estaría acompañada —asintió la teniente—. Seguro que las vigilaba. ¿Cuándo ocurrió la violación?

—Hoy temprano, sobre las ocho de la mañana, según consta en el informe. La muchacha tuvo el buen tino de avisar a la Policía en cuanto se vio libre. La trajimos enseguida y se le practicó el peritaje médico. Su cuerpo no presentaba lesiones, excepto magulladuras en el cuello y los hombros, por donde el atacante la aferró para reducirla. Pero el examen del canal rectal con el colposcopio mostró fisuras, escoriaciones y desgarros importantes en el esfínter y las paredes...

—Ya, ya, ahórrame el resto. —Ana Rosa hizo un gesto de malestar—. Me quedó bastante claro la primera vez que lo mencionaste. Déjame ver a la muchacha.

—Sí, teniente. Venga por aquí.

Abandonaron la oficina y fueron hasta un pabellón dividido en pequeños cubículos por biombos de tubo cromado y cortinas verdes, con equipamiento médico y camas de hospital. El olor a líquido limpiador antiséptico flotaba en el ambiente; por alguna razón que nunca había logrado explicarse, Ana Rosa encontraba aquel olor profundamente perturbador.

En una de las secciones, sobre la cama, descansaba una mujer de acusado volumen corporal, con las piernas ocultas bajo sábanas blancas; a pesar de la hipertrofia del tejido adiposo que sufría su cuerpo, tenía una cara regordeta que resultaba bastante atractiva; naricita agraciada y labios pulposos de color encarnado y comisura armónica que destacaban en su pálida piel.

En contraste, sus pequeños ojos estaban vacíos de vida; cristales empañados por un velo blanquecino que se extendía por toda la retina.

—Ella es la teniente Ana Rosa, la oficial a cargo de la investigación —la presentó Tamara; la ciega se irguió y escuchó con atención—. Necesita hacerte unas preguntas.

La especialista las dejó a solas.

—¿Cuál es tu nombre? —preguntó Ana Rosa para romper el hielo.

—Me llamo Beatrice —dijo ella, haciendo énfasis en la terminación de su nombre, como si estuviera acostumbrada a recalcar que no terminaba en «z». Su voz era de niña, la voz de una niña atrapada en una trampa orgánica con defectos endocrinos—. ¿Qué quiere saber que no le haya contado ya a sus compañeros?

Por reflejo, Ana Rosa estuvo a punto de sentarse al borde de la cama, pero en el último momento rechazó la idea; la obesidad de la joven le provocaba malestar.

—Eso fue parte de la investigación preliminar —declaró, sacando una agenda electrónica y un pequeño lápiz óptico—. Yo necesito otro tipo de detalles. Dime, ¿sabía alguien que tu madre iba a estar fuera de la casa más de un día?

La ciega orientaba el rostro hacia el punto de donde provenía la voz de la teniente.

—Supongo. —Se encogió de hombros—. Lo sabrían un par de vecinas del edificio, y mis tías en Matanzas.

—¿Nadie más? ¿Algún amigo de la familia, algún médico o trabajador social que esté dándole seguimiento a tu... condición de impedida?

—Que yo sepa no —dijo la voz aniñada—. A mi casa nunca vienen médicos, y no tenemos ninguna relación con trabajadores sociales. En realidad no tenemos mucha vida social. Mi mamá y yo vivimos con la pensión que nos dejó mi padre al morir.

Ana Rosa pensó que era preocupante la cantidad de personas que preferían vivir al margen de la vida laboral en vez de integrarse; dificultaban las cosas para el resto de los contribuyentes.

—Bea —dijo—, quiero saber...

—Prefiero que me diga Beatrice —la interrumpió la mujer ciega—; me lo pusieron por la musa del poeta Dante Alighieri.

La teniente apretó los labios contrariada. Nunca había oído hablar de ningún Dante-lo-que-fuera, y mucho menos de su musa. Volvió a la carga.

—¿Dónde fuiste asaltada por el agresor?

Beatrice hizo un mohín con sus hermosos labios y cerró los párpados, como si le doliera rememorar el momento. La bata verdosa de hospital que le habían dado era enorme y sin mangas, abierta por detrás a lo largo de la pieza y sujeta en la zona del cuello por una tira de velcro negro. Los rolletes adiposos que colgaban con flacidez de sus brazos se estremecieron cuando la joven respondió.

—Ocurrió en mi propio cuarto, sobre la cama.

—¿Te sorprendió mientras dormías?

Beatrice sacudió la cabeza con énfasis.

—No. Yo ya estaba despierta. Creo que me despertó un ruido inusual, no sé. Es que tengo problemas con el sueño, ¿sabe? El caso es que me levanté de la cama y noté algo raro enseguida; entonces presté atención. Ese hombre debía de estar dentro del cuarto, porque me pareció oír, aunque muy bajito, una respiración. Me asusté mucho y tardé en reaccionar, y cuando quise gritar ya era tarde. Sentí que una mano me tapaba la boca y la nariz desde atrás al tiempo que me empujaban con fuerza hacia la cama y caí bocabajo. —Detuvo su relato un momento e hizo un esfuerzo al tomar el aire—. Creo que me desmayé de miedo, pero lo más probable es que haya sido porque aquella mano me cortó la respiración. Por culpa de mi problema de sobrepeso me cuesta respirar, así que puedo desmayarme con facilidad. Cuando volví en mí, lo tenía... encima... dentro de mí; sentí sus manos en mis hombros y escuché su resuello... no sabía qué hacer...

—Pobrecita —comentó Ana Rosa, sin sentir el menor asomo de empatía—. ¿Te dijo algo? ¿Serías capaz de reconocer la voz otra vez?

—No podría, no. Me habló cuando se dio cuenta de que yo estaba consciente, pero lo hizo deformando la voz con un susurro de amenaza; dijo: «Si gritas te mato»; solo eso, pero su tono me metió el miedo dentro, así que me quedé muy quietecita y lloré en silencio mientras él resollaba y me hacía sus cochinadas por detrás, y soporté el dolor y la vergüenza rezando en mi mente y pensando en mi padrecito santo que está allá en el cielo... creo que me desmayé varias veces más, hasta que me di cuenta de que él ya no estaba. Se había ido. Y yo... —parecía a punto de romper a llorar—, yo...

—Es suficiente —dijo Ana Rosa—. Según consta en el informe, la puerta de tu casa fue forzada con una ganzúa. Alguien sabía con seguridad que, además de ser invidente, a esa hora estarías durmiendo; tenía plena confianza en poder sorprenderte en la cama.

¿Estás segura de que ningún familiar tuyo en La Habana, ningún amigo de tu madre, estuviera al tanto de su ausencia y conociera tus rutinas diarias?

—No tenemos familiares en la capital. Y le aseguro que tampoco tenemos amigos.

—¿Y tus vecinas? —preguntó la policía con voz acusadora—. Esas dos vecinas que sabían sobre el viaje de tu madre, ¿no habrán hablado de más por ahí, en la cola de la bodega, en la calle, o con otras amigas?

El rostro de la ciega traslucía su desconcierto.

—Yo no puedo responderle a eso. Me es imposible saber lo que hablan por ahí, ni con quién. Lo único que puedo decirle es que nuestras vecinas Milagrito y Caridad son señoras decentes y honradas, de las pocas que quedan en el barrio.

La teniente encontró divertida aquella declaración.

—Y a propósito, ¿cómo es el resto de la gente del barrio?

—Bueno, usted es policía, así que debe imaginarse de qué le estoy hablando: gente chusma, solariega. Usted sabe cómo es la gente que vive en la Habana Vieja, ¿no?

«Lo sé», pensó Ana Rosa, «pero ¿cómo puedes saberlo tú, criatura, si apenas sales de tu casa y además eres ciega?».

—En mi edificio, por ejemplo —siguió diciendo la mujer—, en la misma esquina de Cienfuegos y Corrales, la mayoría de los antiguos inquilinos han permutado y se han ido a otros barrios; los nuevos inquilinos son gente sin escrúpulos que le alquila cuartuchos a treinta pesos diarios a esas mujerzuelas que vienen de otras provincias a jinetear a La Habana, a prostituirse por dos dólares diarios.

—Pareces muy enterada.

—Mi mamá habla conmigo de esas cosas —afirmó Beatrice con orgullo infantil—; ella me cuenta lo que pasa en la cuadra, en lo que se ha convertido el barrio en estos últimos años. —Su mirada vacía le resultaba incómoda a la teniente—. Estamos rodeados de gentuza. Usted ya ve lo que me ha pasado.

El entorno descrito parecía bastante hostil, pero la oficial sabía que el depredador sexual no era de aquel barrio. Tenía que encontrar la forma de vincular esas cuatro violaciones. En el nexo radicaba la solución.

Dejó de tomar apuntes en la agenda; la apagó y la guardó en el pequeño maletín extraplano forrado en piel que su marido le había traído de Europa.

—Bien, Beatrice —dijo—. Te quedarás aquí hasta mañana. Es un procedimiento de rigor; has sufrido un asalto sexual y estamos en la obligación de tenerte bajo observación psicológica durante un tiempo prudencial. Además, nuestros agentes van a permanecer unas horas más en tu casa buscando evidencias que nos ayuden a identificar al agresor.

—Un momento. Puedo identificarlo —declaró la ciega.

—¿Qué quieres decir? Antes me dijiste que no serías capaz de reconocerle la voz.

—No, la voz no. Pero sí el olor.

—¿Su olor? —El interés de Ana Rosa se avivó—. ¿Usaba algún tipo de perfume o colonia que puedas identificar?

—No, no usaba ningún perfume —dijo Beatrice haciendo una mueca de repulsión al recordarlo, las lágrimas brotando de sus ojos opacos—. Era su piel, el olor de su cuerpo, un olor asqueroso, rancio; se hacía más fuerte con el sudor que salía de su piel mientras me embestía...

—Quizás te estés equivocando —dijo Ana Rosa, eludiendo la compasión—. Quizás solo te estás imaginando que puedes identificar un olor concreto. Cuando a uno le ocurre una cosa tan traumática, el cerebro tiende a rebelarse y mezclar señales; la mente se confunde y crea estímulos que no estuvieron presentes en el momento de la agresión, recuerdos y estímulos falsos...

—No —le respondió la ciega con inusitada firmeza—. Sé que no me equivoco. Puedo recordar ese olor perfectamente. Y no estoy loca. Si me pusieran a ese hombre en esta habitación, le aseguro que podría identificarlo por el olor de su piel. —Intentó secarse las lágrimas con sus manos de dedos cortos y tersos, hinchados como pequeñas salchichas—. Tengo ese olor clavado aquí, en mi cabeza, y creo que no podré olvidarlo hasta el día en que me muera.

Ana Rosa abandonó pensativa el edificio de la antigua Sociedad de la Cruz Roja, donde residía la sede de Medicina Legal y el Departamento Forense de la Mazmorra. Bajó la escalinata de terrazo de la entrada principal y avanzó por la acera, dejando atrás la fachada del edificio, con sus columnas estriadas de capitel corintio, el enorme frontispicio clásico con el escudo de la República de Cuba tallado en piedra artificial, y la cornisa denticulada que le servía de alero.

Pero la teniente nunca había sido muy consciente de la belleza arquitectónica que la rodeaba. Consideraba que cualquier tipo de estética era mera formalidad, sobrevalorada y pueril; lo esencial para ella residía en el individuo, en la posición jerárquica que ocupaba en la sociedad, en la concepción clasista que tenía de su entorno social. Para Ana Rosa, su idea del «mundo» podía ser reducida –en términos de diseño primordial– a una escalera muy grande con forma de cinta de Moebius, donde lo importante era la habilidad del individuo para hacer méritos y subir esa escalera sin importar a quién se dejaba en el camino o qué precio se terminaría pagando. La investigación policial era, simplemente, el vehículo que ella había escogido para salir adelante, y el asunto del sodomita estaba, cuando menos, frenando su ascenso.

Se sentía furiosa por su incapacidad para avanzar en el caso.

Ana Rosa llevaba toda su vida adulta esforzándose por prevalecer y subir en la escala social; había puesto todo su empeño en ello. Tenía treinta y dos años; oriunda de la zona central del país, procedía de una familia de abolengo criollo, descendiente de los dueños originales de la Torre Iznaga, construida en Trinidad un siglo y medio atrás. Sus padres, envejecidos representantes del último vestigio de una vieja burguesía rural, llevaban ya muchos años en La Habana y, gracias al talento nato de Ana Rosa para mimetizar la idiosincrasia capitalina, había logrado perder su acento villareño.

Era una mujer muy atractiva, con el cabello de un rubio natural color miel y la piel muy blanca moteada de pecas; en su rostro destacaban los ojazos azules y la nariz fina, pero últimamente en torno a sus labios habían aparecido líneas de tensión que estropeaban un poco la armonía del conjunto.

Apresuró el paso y cinco minutos después entraba en la Mazmorra y enfilaba hacia la oficina de tenientes. El murmullo sordo de la gente que esperaba en el vestíbulo de la Unidad empeoró su humor. Al pasar junto a la escalera que daba acceso a la planta superior, escuchó parte de la conversación que la joven sargento Wendy mantenía con una de las auxiliares.

—... y entonces yo le digo a él —estaba contando Wendy—: «Ah, ¿que tú no mamas?, pues no hay problema, mi amigo; lo declaramos un empate técnico y sanseacabó; cada uno se va para su casa, y tan campantes como si nada».

La auxiliar aparentó escandalizarse.

—¿Y dejaste al tipo con las ganas de pasarte la cuenta?

—Por supuestísimo. Que se quedara con el calentón.

—Tú eres terrible, Wendy —dijo la otra, divertida.

—No, chica, no, aquí las cosas van parejas. La emancipación no es parcial, ni a conveniencia de ellos, ¿tú no crees?

Y se rieron con picardía, solazadas en la anécdota.

Pero Ana Rosa no pudo soportarlo sin intervenir.

—¿En serio, Wendy? —preguntó con voz severa.

La auxiliar dio un respingo y enmudeció, pero Wendy prefirió tomárselo con calma.

—¿Qué?

—¿Cómo que qué? —dijo Ana Rosa alzando la voz—. ¿A ustedes nos les parece que no deberían estar hablando de esas cosas en horario de trabajo?

Wendy decidió plantarle cara.

—Usted me disculpa, teniente —objetó con cinismo—, pero que yo sepa no se ha bajado ninguna directiva que prohíba hablar de sexo en la Unidad.

Ana Rosa trató de no encolerizarse; debido a su carácter, le costó bastante.

—Pero se sobrentiende —dijo al fin.

—Yo no creo en los sobreentendimientos —contestó Wendy con firmeza—. Mire, aquí cuando la gente se coge un diez para descansar, lo hace a su manera. Hay quien se fuma un cigarro en el patio, hay quien se dedica a oír música en la zona de recreo, y hay hasta quien se dedica a escuchar las conversaciones de los demás. Yo prefiero charlar con mis compañeras y escoger a mi gusto el tema de conversación. —Hizo un gesto brusco con los hombros y añadió—: Hasta donde yo sé este es un país libre y soberano.

Ana Rosa estaba a punto de perder los estribos, pero se contuvo.

—Muy elocuente, Wendy, muy elocuente. Espero que no se trate de ningún tipo de declaración política.

Wendy vio el peligro.

—Claro que no —replicó—. Es lo que es, una cuestión de libertad personal. ¿Hay algo en contra?

La teniente negó despacio con la cabeza y dijo:

—Mira, Wendy, vamos a dejarlo ahí por ahora. Ambas tenemos trabajo que hacer, pero cuando haya un poco de tiempo, tú y yo volveremos a tener esta conversación en presencia del mayor. No me ha gustado nada tu tono de insolencia.

Wendy apretó los labios y aguantó el vendaval. Por ahora era mejor no añadir nada más.

Ana Rosa se dio media vuelta y, más aliviada, se dirigió a la oficina.

4

El mayor Jesús Villazón había visto poca acción y mucho tráfico de drogas en las campañas de Angola y Nicaragua durante los años 80; por su experiencia en el tema del tráfico, más tarde, en la época en que la Causa nº 1 de 1989 obligó a reajustar la «homeostasis» entre el MININT y las FAR, Villazón había sido destinado al Departamento de Antidroga, a cuya sección de la Central seguía vinculado tantos años después, siendo el Segundo Jefe de la Unidad de Policía de la Habana Vieja, conocida coloquialmente como la Mazmorra.

A pesar de su pretendida imagen de hombre jocoso y de buen carácter, el mayor Villazón, como muchos altos funcionarios locales, era percibido por sus subordinados como un líder despótico y caprichoso, capaz de poner toda la Unidad en función de un caso al que considerara de su interés. Pero él, haciendo gala de la clásica miopía de los jerarcas, se consideraba a sí mismo un pragmático, un garante del cumplimiento de la ley que forzaba a sus agentes a obtener buenos resultados policiales.

A Villazón le gustaba tener muchas amantes, y hartarse de comida; le gustaba beber rones importados y cerveza Bucanero en horario de trabajo, aunque nunca se le había visto ebrio. Y le encantaba fumar cigarrillos mentolados.

El que nunca le había gustado demasiado era Eddy. O más bien la actitud beligerante de Eddy, la arrogancia manifiesta y su preferencia por los métodos expeditivos.

Sentado detrás del buró, dándole la espalda a Eddy, el mayor contempló el tráfico de Monserrate y Dragones a través del ventanal de la oficina que compartía con el coronel Patterson.

—Eduardo Serrat, tú no cambias —dijo—. Sigues metiendo la pata.

Eddy aprovechó que el jefe no le miraba y sonrió despectivo.

—Yo solo cumplía con mi deber —se excusó—. El tipo no tenía que darse a la fuga.

—¿Sí? ¿Y por eso lo tiraste de un tercer piso de altura?

Eddy carraspeó incómodo.

—Yo no lo tiré, mayor. El tipo se cayó solito.

Villazón se volvió con lentitud en su silla giratoria y apagó el cigarrillo en un facetado cenicero de cristal. Escrutó con la mirada al teniente.

—¿Se cayó, Eduardo?

—Sí, mayor.

—¿Seguro que tú no le diste un empujoncito pa' que aprendiera a volar?

—No. Yo no lo empujé —respondió Eddy—. El tipo iba embalado por las azoteas, huyéndome después de haberme confrontado, haciendo maromas y saltando por encima de los cajones de aire. Yo lo iba a coger, pero todavía me faltaba un buen tramo para alcanzarlo cuando el tipo se equivocó de brinco y... usted sabe, la fuerza de gravedad no perdona.

—La fuerza de gravedad —repitió irónico el mayor—. ¡Qué científico tú me has salido, Eduardo! Y supongo que no habrá ningún testigo de eso, ¿no?

Eddy se encogió de hombros.

—No lo sé, pero a esa hora y por las azoteas... lo dudo mucho.

—Pues tenemos un problema. *La Unidad* tiene un problema.

—¿Y por qué tanto lío? El tipo ni siquiera está muerto.

—¡Sí, pero está en coma! —alzó la voz Villazón—. Y todavía se puede morir.

—Bueno, ya se lo dije. Yo no tengo la culpa. Se cayó él solito por ir haciéndose el venado por las azoteas. Y de todos modos, nadie lo mandó a huirle a la Policía.

Villazón intentó serenarse para asimilar las justificaciones de Eddy. Buscó otro cigarrillo mentolado, pero se había terminado toda la cajetilla. Terminó cogiendo uno medio consumido del borde del cenicero; le sacudió los restos de cenizas, pensativo.

Eddy arrugó el entrecejo. Ahora que Patterson llevaba varias semanas ausente, aquella oficina olía a nicotina mentolada, cenizas y aire viciado por el humo. Le molestaba el hedonismo barato del mayor Villazón, siempre comiendo y bebiendo y regalándose placeres efímeros.

—Ven acá, Eddy, ¿y cómo fuiste tú a parar a ese sitio?

—¿A la azotea?

—A la casa del tipo. Primero le tumbaste la puerta, después le fuiste pa' arriba...

—No, él me fue para arriba a mí.

—No me interrumpas. Le tumbaste la puerta y luego le caíste atrás. ¿Y cómo fuiste a parar a esa casa?

Eddy lo pensó un segundo. Pestañeó.

—Me avisaron de que el tipo le estaba dando una buena tunda a su mujer.

—Te avisaron.

—Sí, me llamaron a mi teléfono móvil y me dijeron lo que estaba pasando, así que salí para allá disparado.

—¿Y quién te dio ese aviso? ¿Un informante?

—Una amiga.

—Una amiguita tuya, comprendo: un cuadre.

—Una conocida; la mujer a la que estaban golpeando es vecina suya y lo vio todo por una ventana. Lo demás fue un accidente. Pero si quiere saber por qué el tipo salió corriendo por los techos cuando supo que yo era policía, se lo digo. Resulta que el hombre es un preso de Valle Grande que está en libertad condicional, y según el jefe de sector lleva más de un mes sin reportarse en la Unidad. Hice bien en ir a cogerlo.

El cigarrillo a medio consumir se había apagado entre los labios del mayor.

—Querrás decir que hiciste bien en empujarlo —apostilló.

—Lo que sea. Yo cumplía con mi deber.

—Coño, pero una cosa es ser policía y otra muy distinta es buscarse enemigos.

Eddy sonrió abiertamente, seguro de sí mismo.

—¿Usted lo cree? Yo no lo veo así. El riesgo viene con el cargo.

—No me jodas, Eduardo, te la estás jugando; si ese tipo que está en coma tiene hermanos, van a querer matarte. Te pueden cazar la pelea.

La locura brilló en los ojos de Eddy.

—En ese caso, cuando vengan a preguntar por mí, que alguien les dé mi dirección particular y que vayan a verme. Seguro que terminamos poniéndonos de acuerdo.

—¿Ves? Ese es el gran problema tuyo: la guapería.

—No es guapería, mayor; es una cuestión de principios. Yo no me le escondo a nadie. A mí el que me busca me encuentra.

—Ya, pero ahora tenemos un problema por tu impulsividad. Hace un par de horas la mujer de ese tipo, con la cara llena de morados y todo, se presentó en la Unidad de Zanja, que era la que más cerca le quedaba del hospital donde tienen al marido en coma, y nos hizo una denuncia por brutalidad policial.

—Bueno, que yo sepa ese tipo de denuncias no suele proceder...

—Déjame terminar, por favor —dijo Villazón decidiéndose a encender el cigarrillo con un fósforo que tenía a mano—. La gente de Zanja trató de disuadirla, pero ella insistió en que nuestros policías acosaban al marido y que tú se lo habías tirado por la azotea pa' abajo; siguió con la cantaleta y la lloradera hasta que vino el mayor de Zanja y le prometió que la denuncia procedería. También

dijo que tenía testigos y... sí, ya sé que me vas a decir que es mentira, pero la fulana se puso a amenazar con que llevaría el caso a
instancias más altas, de manera que el mayor me llamó personal-
mente y me dijo que hiciera algo al respecto, antes de que la cosa
siga subiendo.

—¿Y?

Villazón expelió el humo con fuerza. El aire se endulzó.

—Esas decisiones las toma el coronel; como Patterson está en
Venezuela y todavía tardará unas semanas en regresar, lo más que
puedo hacer por ti es demorarte el proceso hasta que él vuelva, pero
mucho me temo que esta vez nada te salvará de un tribunal disci-
plinario.

—Bueno, cuando llegue ese momento daré la cara.

—Sí, pero lo malo es que si la Fiscalía decide acusarte y el tribunal de investigaciones internas te condena por brutalidad policial, la
mierda nos va a caer a nosotros también; los del CIM se van a meter
aquí a armar jodienda.

—No creo que la Contrainteligencia nos incordie por tan poca
cosa. Y como para la Fiscalía es un conflicto de intereses, terminarán desestimando la acusación.

—No estés tan seguro, Eduardo. Las cosas están cambiando
mucho en los últimos tiempos. En la Central se han hecho muchos
cambios, en Fiscalía, en el Ministerio y las FAR; incluso en la Cúpula han hecho cambios importantes. Si a un jefazo se le ocurre
darle un escarmiento a toda la Unidad para anotarse un punto con
los de Derechos Humanos o alguna imbecilidad por el estilo, estamos jodidos.

Eddy permaneció en silencio.

—Si eso llegara a ocurrir —añadió Villazón—, ni el mismísi-
mo Patterson podría hacer mucho por nosotros.

—Imagínese, mayor, ¿qué usted quiere que yo haga?

Villazón aplastó el cigarrillo con fuerza contra el vidrio bisela-
do que cubría el buró, como si de pronto hubiese topado con el mal
sabor de algún rastro de ceniza. Extendió la mano hacia una pe-

queña nevera portátil que tenía junto al mueble y sacó un *pack* de cervezas Bucanero; abrió una lata y bebió de ella, sin brindarle al teniente.

—Lo que yo quiero que tú hagas, por suerte para ti, no viene al caso; lo que yo te... *sugiero* que hagas, por otra parte, es que te des una vueltecita por el Hospital Hermanos Ameijeiras y vayas a ver a esa mujer.

—¿A Laura Núñez, la mujer de ese tipo?

—La misma que viste y calza.

—Ni siquiera sé en qué piso...

—Está en la planta 8 —se le anticipó el mayor—. En Neuro, al ladito del pabellón de Cuidados Intensivos, por si acaso al tipo le da un patatús. Laura tiene veintitrés años y un niño de cuatro, hijo de un marido anterior. —La superficie cilíndrica de la lata de cerveza se había perlado de pequeñas gotas de humedad—. Eduardo, yo te aconsejo y te pido a título personal que converses con esa mujer. Por el bien de todos, el tuyo y el del resto de tus compañeros, habla con ella para que reconsidere esa denuncia. Bórrale la idea de la cabeza.

Eddy reprimió una mueca de inconformidad.

—Bueno, veré lo que puedo hacer.

—Esfuérzate. Yo sé que cuando tú te esfuerzas terminas resolviendo. Por eso, a pesar de tus defectos, eres uno de nuestros mejores policías.

Él asintió y comenzó a retirarse, pero entonces Villazón le dijo:

—¿Adónde vas con tanto apuro?

—Al hospital. ¿No me dijo que fuera a hablar con Laura Núñez?

—Sí, pero nadie te dijo que fueras ahora mismo. —Villazón se apoyó la lata en la frente, como si quisiera que el frío refrescara su piel—. De hecho, déjalo para mañana. Ahora baja y recoge a Wendy para que vayan a atender un caso en la calle Prado.

Eddy dudó. Pensaba que el mayor le había dado a entender que estaba suspendido.

—¿Algún muerto?

—No. Ni muertos ni heridos —respondió Villazón y levantó una carpeta roja del buró—; una secta de cristianos-no-sé-qué se ha encerrado en una casa-templo. No sabemos qué está pasando ahí, pero hay que averiguarlo ya.

—¿Una secta? Eso sí que es novedad.

—Sí, una secta. Ya la zona está acordonada y tenemos a varios agentes allí, pero, como verás, es un caso un poco complicado para dejárselo a Wendy sola, así que hará falta que la acompañe un oficial superior. Necesito que se encarguen de eso esta misma tarde.

—Creí que usted me había suspendido de las investigaciones.

—Creíste mal. Esto no es como en las películas, que cuando un policía comete una negligencia le quitan la pistola y la placa y lo mandan pa' su casa a esperar la sanción. Aquí no estamos sobrados de personal. Al contrario, vamos cortos. Hay que seguir trabajando y rezar para que tu metedura de pata no nos entierre a todos.

Eddy se marchó y el mayor abrió una nueva lata de cerveza.

Tocaron a la puerta. Villazón hizo una mueca de exasperación y dijo:

—Adelante.

Se abrió la puerta y entró un desconocido: joven, en torno a los veinte años de edad, vestido de uniforme con grados de sargento. Despedía un tufillo a cadete recién graduado de la Academia de Policía. Probablemente hasta tuviera una licenciatura en Derecho.

—¿Y tú quién eres? —preguntó Villazón.

El novato se cuadró. Luego se sintió ridículo y le extendió la mano.

—Yusniel Feijó. Fui designado a esta Unidad hace quince días.

—No te conocía.

Venció su reticencia, se inclinó hacia adelante y estrechó la mano del muchacho. El novato era delgado y de estatura regular; a su lado Villazón parecía un titán broncíneo. El mayor tenía anchas espaldas y una estatura de 1,94, de huesos pesados y músculos alargados; la dureza de sus facciones le confería gravedad a su carácter, lo que solía impresionar a los novatos.

—¿Y se puede saber qué quieres?

El novato se repuso enseguida. Se le notaba muy orgulloso y aplicado, rezumando *esprit de corps* por encima de su uniforme almidonado y perfectamente planchado.

—Disculpe la intromisión, mayor —dijo—, pero se me instruyó que después de dos semanas como acompañante observador en los circuitos de patrulla, me reportara ante el jefe de la Unidad para que me asignara un compañero fijo de...

—Sí, sí, está bien —lo cortó el mayor—, no me aburras con el procedimiento. ¿Conoces ya al sargento Leo Batista, el rubio colorado?

—Lo conozco de vista. Todavía no nos han presentado.

—Pues aprovecha ahora que todo el mundo está en la oficina huyéndole al sol de mediodía y búscalo. Conviértete en su sombra y sigue todas sus indicaciones al pie de la letra. Batista es un buen agente. Será tu oficial de instrucción durante los próximos seis meses, hasta que puedas volar por tu cuenta.

El joven se mantuvo en firmes, a la espera de más indicaciones.

—¿Qué pasa, muchacho? —le dijo Villazón—. ¿Estás esperando a que te dé un abrazo de bienvenida?

—No, no, mayor... yo...

—¡Entonces acaba de arrancar de una vez! Busca a tu instructor y empieza a hacer algo útil para justificar el dinero y el tiempo que el Estado ha invertido en tu adiestramiento.

5

El muerto hedía. El ofensivo olor a descomposición activaba
resortes en el bulbo raquídeo cerebral indicándole al estómago que
había llegado el momento de utilizar la salida de emergencia. Pero
Puyol no se permitía tales debilidades; contuvo la erupción estoma-
cal mediante un disciplinado ejercicio mental.

Visión de túnel; centrarse en el cadáver, dejar fuera los detalles
externos. El olfato y cualquier apreciación estética sobre la repulsi-
va mortalidad humana eran distracciones al intelecto, frivolidades
de los sentidos que desviaban la atención de lo esencial: el *cómo* y el
porqué, para llegar al *quién*.

Con suerte, la rutina arrojaba respuestas correctas.

Puyol se acercó al cuerpo que colgaba como un macabro
badajo de carne al extremo de una soga atada a la viga metálica
del techo. Costaba un gran esfuerzo abstraerse; el ahorcado era
un muñeco grotesco, hinchado por la humedad y el calor tropical, con la piel sucia inflamada por las ampollas de gas de los
tejidos corporales y un rictus de dolor deformándole el rostro
contraído. Los ojos, canicas ciegas, se habían hundido en las
huesudas cuencas oculares. En el suelo, bajo el cuerpo inerte del
hombre, goteaban los líquidos que salían de su ano y pene, mez-
clándose con una base de urea y materia fecal de varios días,

correspondiente al momento en que sobrevino la muerte y los esfínteres fallaron.

«Hombre blanco rondando los sesenta años de edad, de complexión delgada y mostrando evidentes síntomas de desnutrición», diría el doctor Román cuando le echara un vistazo; y luego recalcaría: «Causa de la muerte: asfixia por ahorcadura. Conclusión: probable suicidio». Desde luego, a Puyol le parecería una valoración apresurada. Quedaba mucho por inspeccionar para corroborarlo.

Ignorando el hedor, Puyol se movió alrededor del cadáver colgado para abarcarlo desde varios ángulos; la única vestimenta del muerto eran unos raídos pantalones cortos —empapados por el pestilente líquido corporal rezumado— que dejaban expuestas rodillas hinchadas y tobillos varicosos terminados en pies desproporcionados. El pecho, antes escuálido y plano, abultaba de ampollas y laceraciones provocadas por los insectos. No había marcas o indicios de violencia reconocible en las extremidades pero, de existir, el avance de la descomposición podía haberlos hecho invisibles a un examen superficial.

Se agachó bajo el cuerpo del ahorcado y examinó la silla volcada que debió utilizar el hombre para subir al lazo. Reconoció el mueble trabajado en caoba, el tipo de reliquia que podía comprarse en Orbay y Serrato sesenta años atrás. Tuvo una idea; sacó unos guantes quirúrgicos del bolsillo y se puso uno en la mano derecha. Colocó la silla sobre sus cuatro patas, midiendo la distancia entre los pies colgados del muerto y el asiento: el tramo era considerable.

Tomó nota mental.

Ya no era necesario seguir preservando la integridad de la escena. Se incorporó y, todavía con el guante puesto, abrió el ventanal que daba a la calle Empedrado, la primera vía de la Habana colonial que recibió los beneficios que su nombre anunciaba, aunque de los adoquines originales ya no quedaba nada. Ahora el pavimento era un asfalto parcheado, con ocasionales baches que acumulaban agua de lluvia y líquidos innobles escapados de los conductos albañales y alcantarillados devastados tras décadas de abandono. El viento cálido penetró en la casona buscando un corredor de aire y levantó el polvo acumulado sobre los muebles del salón. El muerto, como poseído por un lúgubre hálito de vida, comenzó a balancearse levemente.

Puyol inspeccionó el salón: paredes bien conservadas, suelos de embaldosado hidráulico, columnas, dinteles, molduras y antiguas lunas de azogue, algunos lienzos de pinturas con aspecto renacentista enmarcados en madera pintada de dorado.

Se paseó por la casona, buscando en el orden y el caos la narrativa del suceso. Miró los escasos libros, las prendas de ropa, el deteriorado mobiliario, los efectos personales del fenecido habitante, las fotografías familiares. Encontró un subtexto de desesperación latente, repitiéndose como un patrón por todo el inmueble, lo cual reforzaba la idea del suicidio.

Y también estaban los testimonios recabados. Una vecina, y la hija del occiso.

La declaración de la vecina de la casa contigua: Noel Santiesteban era un hombre que sufría sin remedio; viudo desde hacía años, no había superado la reciente pérdida de su hijo mayor, un médico muerto en Venezuela mientras cumplía misión internacionalista.

La declaración de la hija (aún en *shock*): en la casa no faltaba nada, ningún cuadro, ninguna pieza de valor; no había indicios de robo, las ventanas estaban bien cerradas y la cerradura de la puerta no parecía forzada. Ella había encontrado a su padre colgado esta mañana, al regresar de una estancia de cuatro días en Varadero junto a su marido y su suegra.

Todos daban por sentado que Santiesteban se había ido por su propia mano.

Pero, en su opinión, algo no encajaba con el suicidio.

Puyol volvió a pensar en el tramo entre los pies colgados y la altura del asiento. Un indicio inequívoco de que el viejo no podía haberse subido a la horca sin ayuda.

En uno de los grandes cuartos, sobre una cómoda de cedro

blanco, encontró la llave del muerto. Una rareza de diseño decadente: pesada, alargada; una pieza antigua forjada en bronce, con el vástago en forma de corazón decorado con algo que parecía un blasón heráldico a relieve, y dientes de un trazado extravagante.

Aquella llave, quizás, podía abrirle una puerta al pasado reciente.

La guardó en una bolsita de plástico y la etiquetó como prueba.

Volvió sobre sus pasos y se detuvo frente al cadáver putrefacto. Lo observó oscilar en la cuerda y al cabo de un rato murmuró convencido:

—A usted lo jodieron, compadre. Lo ayudaron a morirse.

Puyol se asomó a la puerta de la calle. Debido a la estrechez de Empedrado, el coche patrullero y el furgón del equipo forense se habían montado sobre la acera para no obstaculizar la circulación del tráfico. El doctor Román, un hombre alto y robusto, con el cabello teñido para disimular la edad, conversaba con los polis recostado al capó del vehículo.

—Héctor —llamó Puyol, y al ver que le prestaban atención—: Cuando ustedes quieran.

El doctor y la técnica Gina entraron.

—¡Uy...! —comentó Román al ver el muerto—, ¡cómo está el regalo! —Sus palabras eran de sorna irreverente, pero su mirada evidenciaba el interés profesional que le provocaba el descompuesto cadáver, como un entomólogo que descubriera una nueva variedad de insecto en plena selva.

—¡Alabao! —exclamó Gina, una mujer de largo cabello negro y pequeños ojos marrones que vestía el mono blanco del Departamento Forense—. Con el trabajo que dan esos cadáveres añejos.

—Este lleva, al menos, unos tres días fuera de circulación —vaticinó Román mientras abría su maletín de pruebas.

Gina sacó una cámara digital y se puso a hacer fotos del escenario y el muerto. A Puyol todo aquel procedimiento le parecía una pérdida de tiempo y recursos; después de su exhaustiva pesquisa había llegado a la conclusión de que el culpable no había dejado evidencias importantes. Encontrar huellas parciales y fibras textiles no iba a conducir su investigación en ninguna dirección importante. Abandonó el salón y salió a respirar el aire húmedo del patio interior donde verdeaba un bosquecillo de helechos distribuido en macetones de arcilla roja.

Quince minutos después, Román se plantó frente a él y dijo:

—Dime qué quieres saber primero, ¿el CDM?

—Nah —le respondió Puyol—. La causa de la muerte ya la sé.

—Es evidente. ¿Te ayudaría en algo si te dijera que se trata de un suicidio?

—Ya había intuido que dirías eso, pero no me lo trago.

—¿Que no te lo tragas? —se sorprendió el forense—. Según los testimonios de la vecina y la hija parece que ese pobre diablo tenía más de una buena razón para colgarse.

—Eso es lo que parece. Pero yo diría que se trata de un asesinato disfrazado de suicidio.

El rostro redondeado del forense mostró escepticismo.

—¿Crees que es un asesinato?

—Ajá.

—A mí no me parece tan evidente —dijo Román. Se conocían desde hacía muchos años y se sentían en confianza. Había lugar para las burlas del forense y el intercambio de bromas entre ellos.

—Nadie ha dicho que sea evidente. Está bien camuflado.

—¿Tienes una corazonada?

—Ya sabes que yo no trabajo con corazonadas, Héctor —dijo Puyol—. Me limito a buscar cabos sueltos. Estoy empezando a calentar motores. Te diré más cuando me des el informe completo de la autopsia. Después de eso podré trabajar en alguna conjetura y empezaré a tirar de la pita para ver qué pez me cae en las manos. Quizás mañana mismo tenga algo concreto.

—Oh, sí, y *quizás mañana brille más el sol*, como decía Farah María.

—Espero que no. Con el calor que está haciendo hoy ya es

61

suficiente. ¿Podrás tenerme ese informe listo mañana a primera hora?

—Si te corre prisa te lo puedo dar hoy antes de las cinco.

—No hay tanto apuro. Para mañana temprano me viene bien. Cuento con tu informe para reinterpretar lo que he estado observando hoy, y a partir de ahí echaré a andar mi máquina del tiempo extrapolativa para intentar reconstruir lo que en realidad pasó aquí.

—¿Tu máquina del tiempo? Qué cosas dices, pariente.

—Es una construcción mental, una disciplina de derivaciones —dijo Puyol—. Me ayuda en el proceso deductivo.

—Si tú lo dices. Puede que te parezca una frivolidad, pero la única razón por la cual yo querría viajar por el tiempo sería para poder ir a 1973 y tener sexo con la Helen Mirren de *Savage Messiah*, ¿me copias?

—Tomo nota, Héctor. Tengo que ver esa película. ¿Sabes lo que pienso cada vez que me sueltas ese tipo de referencias, Farah María y Helen Mirren?

—¿En mi buen gusto?

—No. En lo viejo que eres, en realidad.

Puyol dejó para el final la conversación con la hija del ahorcado. Fue muy breve.

—La acompaño en sus sentimientos —le dijo a modo de formalidad.

Ella levantó la mirada y musitó un quebrado «gracias». Tenía un rostro rubicundo y bonito que se ensombrecía según pasaban las horas. Se encontraba bajo los efectos de un sedante suministrado por la diligente vecina que había prestado declaración. Encontrar a su padre así estuvo a punto de provocarle un síncope a la mujer, así que Puyol decidió dejar el grueso del interrogatorio para el día siguiente.

—Tengo entendido que su padre vivía solo. ¿Dónde reside usted?

—Yo vivo a siete cuadras de aquí —dijo ella con expresión

marchita—, con mi esposo y mi suegra, pero venía todos los días a darle una vuelta a mi papá, a ordenar un poco y a mantener la cocina limpia y llevarme su ropa usada para lavarla.

—Pero hacía tres días que no pasaba por aquí, ¿cierto?

—Sí. Tres días y medio. Estábamos en una casa en la playa.

—Bien. Es todo lo que necesito saber por ahora —dijo Puyol—, pero mañana me gustaría pasar por su casa para hacerles unas preguntas a usted, su marido y su suegra. Necesito tener el testimonio de los tres para saber qué apreciación tenían del estado de ánimo de su padre. ¿Podría pasarme por allí a eso del mediodía?

La mujer asintió con gesto ausente.

—Sí, oficial. Le esperaremos.

—Muy bien. Ahora un agente la acompañará a su casa. Nos vemos mañana.

Caminó despacio hasta el Parque Central, lo atravesó y entró en el bulevar de San Rafael. Contemplar las fachadas de los edificios desconchados y sentir la presión de la marea de gente siempre lo deprimía un poco. Inevitablemente, recordaba con precisión casi fotográfica las imágenes de la ciudad de su niñez. La calle Monte seguía fija en su memoria, la Monte de los años 50, la época en que acompañaba a su madre los «sábados de compras», aquel paseo por tiendas con dependientes vestidos de impecable blanco veraniego; subían desde la calle San Nicolás hasta el Ten Cents y el hotel Nueva Isla, contemplaban las vidrieras de las joyerías de Suárez, curioseaban por los kioscos y quincallas frente a la plaza de la Fraternidad, y luego regresaban a casa cargados con las compras.

Ahora, más de medio siglo después, Monte carecía de vida, y San Rafael –que en sus mejores tiempos había rivalizado con las portentosas avenidas Galiano y Belascoaín por sus comercios, carteles lumínicos y movimiento– era apenas una especie de zanja árida arrasada por la erosión humana y las inclemencias del tiempo. Algunos antiguos comercios se habían convertido en cuchitriles segmentados donde malvivían familias completas; balcones carcomidos de donde colgaban piezas de ropa húmeda, paredes que exhibían una pátina de suciedad sin solución de continuidad en los edificios; baches en el asfalto que acumulaban mugre, y contenedores de basura destapados que rebosaban de inmundicias y moscas. Todo ello coexistía en alienante simbiosis con las fachadas de las nuevas *boutiques* de zapatos de marca, las tiendas de ropa vendida en moneda convertible y la muchedumbre de vendedores de chucherías y merolicos ilegales. En el aire flotaban los olores a fritanga, café y pollo frito servidos en mesas al aire libre, y la música en las improvisadas terrazas era estruendosa.

Puyol atravesó el bulevar y veinte minutos después se detuvo ante una cuartería de la calle Manrique. Entró por un pasillo largo, se detuvo ante la puerta de un barracón y tocó con los nudillos. Dos veces. Dentro maulló un gato, pero nadie abrió la puerta. Puyol insistió.

—Ahí no hay nadie —dijo alguien detrás de él.

Una mujer de aspecto raquítico, envuelta en un batilongo de flores, lo miraba desde la puerta vecina; llevaba una toalla mojada cubriéndole el cabello.

—Gracias —contestó él y comenzó a retirarse por el pasillo, embargado por un inexplicable sentimiento de vergüenza.

—¿Quiere dejar algún recado para ella? —dijo la mujer.

Puyol no contestó. Apuró el paso, salió de la cuartería y dejó que el ruido mundano de la calle y la visión retrospectiva del cadáver colgado ahuyentaran su pesar.

6

A Wendy el todoterreno Niva le parecía mucho más atractivo que los Lada 1600 y 2107 que abundaban en La Habana desde los años 70 y 80. El de Eddy estaba muy bien cuidado, pintado de un tono rojo vino cromado que ella encontraba de lo más seductor.

Pero tras el encontronazo con Ana Rosa, la sargento Wendy no estaba de humor para alabar coches. Durante un rato, mientras salían del estacionamiento de la Mazmorra y enfilaban por Monserrate, dejó vagar su mirada por el tráfico, el movimiento de gente y las fachadas añosas en pésimo estado de conservación de la vieja calzada, con las excepciones puntuales del Castillo de Farnés y El Floridita. Su silencio no duró mucho.

—¡Esa guajira ya me tiene sulfatada! —protestó, aferrando la mano a la ventanilla del vehículo como si pudiera canalizar la tensión a través del metal de la carrocería—. Un día de estos voy a tener que subir a hablar con el mayor sobre esa mujer.

A su izquierda, Eddy conducía dando breves acelerones para sortear y adelantar al resto de los coches. La miró casi divertido y le advirtió:

—No entres en ese juego con ella, Wendy, que vas a perder. Piensa que Ana Rosa es una oficial superior.

Wendy bufó enardecida.

—¿Y qué? Si me acuesto con el mayor a lo mejor me da la razón a mí.

—No digas eso en voz alta, muchacha, que te vas a buscar un problema.

—Bah, si yo quisiera podría echarme a ese negrón en el bolsillo. ¿Crees que no me doy cuenta de cómo se le cae la baba cuando me mira las nalgas?

Wendy Torres era una mulata atractiva; tenía hermosos ojos marrones y había heredado los labios carnosos y protuberantes de su madre negra y los pómulos afilados de su padre blanco; la hibridación resultante de su piel era de un precioso y delicado color café con leche acaramelado. Torso y brazos enjutos, senos pequeños y compactos, con un traserito sobresaliente de caderas contenidas sin ser estrechas y una melena de rizos domesticados a base de peluquería semanal, completaban la sensualidad del conjunto. Y se comentaba entre los polis que era una fiera en la cama.

—Wendy —le dijo Eddy—, todo el mundo sabe que tú eres un bombón, de eso no hay duda, pero no puedes hacerle la guerra a la teniente con el mayor. Piénsalo; hay lealtades y lealtades. Ese negrón como tú le dices es, sobre todo, un viejo camaján que sabe más que tú y Ana Rosa juntas. Vas a salir lastimada.

—Ay, virgencita, desencárname a esa guajira —pidió Wendy alzando los ojos al cielo—. ¡Quítamela del camino!

—No cojas lucha con ella. Evítala y ya está.

Ella lo miró desconcertada.

—¡Qué fácil tú lo dices, chico!

—No lo digo fácil; yo tengo que trabajar con ella más a menudo que tú.

—Sí, pero como tú no eres mujer es más difícil que se atraviese y te venga a tocar los timbales.

—Te sorprenderías.

Eddy frenó en seco en el semáforo de Neptuno; la suspensión delantera del Niva iba como un guante. Esperó a que cambiara la luz. El antiguo edificio Bacardí les echaba la sombra encima.

—Mira, Eddy —continuó Wendy, que estaba lanzada—, hace rato que tengo a esa blanca atravesada. Hasta ahora no he querido darle una respuesta fuerte por su rango, pero ya me tiene cansada con sus impertinencias y como siga reprendida conmigo, el día que me coja con el moño virado le voy a soltar cuatro cosas bien dichas... —Sacó el diminuto relicario que le colgaba del cuello y lo besó—. Mira, te lo juro por *esta*.

—Wendy, vas supersónica, deja eso ya. ¿A qué parte de Prado vamos?

—A la altura de Ánimas.

Eddy aceleró el coche y dobló a la izquierda al llegar a Trocadero para aparcar en el hotel Sevilla. La joven sargento seguía enfurruñada.

—Yo solo te voy a decir una cosa, Wendy, para cerrar esta conversación. Ana Rosa es una escaladora nata. Lo que ella quiere es llegar a ser capitana como mínimo, y todos sus colegas, hombres y mujeres, sin excepción, son baches o trampolines en su camino a la cima. ¿Lo entiendes ahora? No la tiene cogida contigo. Su jodida competitividad nos afecta a todos.

Aparcaron frente al hotel, en fila con un BMW, un Lexus LX y varios radiotaxis.

—Sí, si yo te entiendo, chico —dijo ella al salir del vehículo—. A mí no me importan las metas que la gente se trace en la vida, pero no soporto que se metan en la mía, y menos con aires de superioridad ética. Yo me pregunto de dónde saca esa guajira tanta prepotencia. ¿Por qué se cree que es mejor que los demás?

—Bueno —dijo Eddy cerrando las puertas del Niva con llave—, vamos a concentrarnos en el trabajo. ¿Dónde es la cosa?

La chica consultó el expediente mientras echaba a andar con Eddy hacia el paseo del Prado. Algunos hombres bajo los soportales se volvían a mirar su esbelta figura.

—Prado 264; es ahí delante.

—Prado 264 —repitió él—. ¿No te suena?

—No.

—Será por la edad que tienes. Prado 264 es una pizzería. Muy famosa. Mi madre me llevaba cuando era chiquito. Hacían unas *pizzas* de jamón que te caías para atrás de lo buenas que estaban. No hay equivalente actual.

El humor de Wendy cambió. Se mordió el labio inferior con suavidad.

—Jamón. ¡Qué rico!

—Sí, pero eso fue siglos antes de que tú nacieras. Y esa gente, los locos de la secta, ¿se metieron ahí? A lo mejor lo que tienen es hambre.

Ella rio bajito y repuso:

—No, chico, no. Están en el piso de arriba. En los altos del local.

Cruzaron la vía hasta el parque arbolado del paseo central de Prado y enseguida se dieron de bruces con el panorama.

—¡Coño, tremendo voltaje tiene esta gente aquí! —exclamó Eddy al ver el dispositivo de acordonamiento policial –furgonetas, agentes y barreras de plástico– desplegado desde la medianía de cuadra hasta la calle Ánimas. Habían cortado el tráfico de Prado en dirección al Capitolio, desviándolo por Trocadero y cerrado el acceso a la céntrica avenida desde Ánimas. El dispositivo de agentes desviaba también a los paseantes y mantenía al curioso vecindario fuera de la zona acordonada. Había muchos policías que no eran de la Mazmorra, agentes de refuerzo enviados desde las unidades de Zanja, Malecón y El Fortín.

—Si a esto se refería el mayor cuando me comunicó que quería discreción, creo que el hombre se levantó hoy con la vena irónica en su punto —comentó Wendy—. Solo faltan los helicópteros y los bomberos para que esto parezca una película americana.

—Yo creo que la Jefatura está sorprendida por esta situación sin precedentes. Al no saber de qué se trata, están tendiendo un cerco preventivo.

—¿Y eso para qué? —se alarmó ella.

—Tendrán miedo de que se trate de una secta de fundamentalistas religiosos capaces de suicidarse en grupo —especuló Eddy, por el simple hecho de disfrutar la expresión de incertidumbre que se iba dibujando en el rostro de la chica.

—Ay, chico, deja la jodedera, que me metes el miedo en el cuerpo.

—Bueno, pues vamos a enterarnos.

Cuando llegaron a la barrera de carros patrulleros apiñados a media manzana del 264, un agente les remitió al oficial al mando del cordón interior, bajo los soportales en semiarco del edificio. La pareja elevó la mirada a la planta alta y divisó el balcón de barandillas oxidadas sobre el ornamentado friso, oculto por el cartel de la pizzería, el eclecticismo arquitectónico en la fachada de pilastras y la persianería francesa. No había indicio alguno de que algo irregular ocurriera en aquella casa. Cruzaron la segunda vía y se acercaron al oficial. El hombretón de rostro mofletudo y tupidas cejas rubias les salió al encuentro. Lo acompañaban cuatro mulatos fornidos que, como él, vestían uniformes oscuros del MININT y boinas negras con el emblema del «gallito» de la Brigada Especial Nacional. Tipos agresivos, de mirada fría y entrenamiento letal. Eddy sonrió con desprecio al verlos; él no los consideraba tan duros, pero sabía que los agentes de las BEN se creían superiores a la Policía regular.

—¿De qué Unidad vienen? —dijo el hombre, mirándolos alternativamente, confundido ante la jerarquía a seguir entre un hombre vestido de civil y una joven mujer uniformada.

—De la Segunda —respondió Wendy, complacida por la concentración de testosterona a su alrededor—. Somos los oficiales asignados al caso.

Se presentaron y el BEN compartió preliminares con ellos.

—Se trata de una secta de Adventistas del Séptimo Día. En concreto, cuarenta seguidores de la doctrina adventista liderados por su pastor se han encerrado hace cinco días en esa casa-templo. Entre ellos hay varios niños, algunos ancianos, y una de las mujeres tiene seis meses de embarazo. El hecho pasó inadvertido para los responsables de vigilancia hasta que varios familiares de los feligreses, preocupados por el misterioso propósito del pastor del templo, hicieron la denuncia ayer por la noche.

—Tremendo revuelo han armado ustedes aquí —señaló Eddy. Su tono era de abierta burla—. ¿No era suficiente con subir a tocar la puerta y preguntarles qué coño se traen entre manos ahí dentro?

La escolta de los BEN le obsequió con miradas torvas, pero el rubio era mucho más ecuánime que el resto de sus compañeros.

—Se nos ordenó prudencia y discreción.

Eddy miró hacia la muchedumbre que se aglomeraba bajo los soportales de la acera de enfrente, y la vecindad asomada a los balcones.

—Pues a mí no me parece un resultado prudente, ni discreto. Mire cuánta gente hay con teléfonos móviles y cámaras. ¿Cuántos blogueros de la prensa independiente habrá por ahí, prestando atención a lo que pueda ocurrir? Esto se nos puede convertir en un polvorín en cualquier momento.

El BEN permaneció en silencio, sin discutir. Probablemente conocía muy pocos métodos de zanjar una disputa.

—¿Alguno de ustedes ha hablado con ellos? —dijo Wendy para quebrar la tensión.

—¿Con quién, con la gente del barrio?

—No. Con los locos del piso de arriba, para saber qué hacen.

—Ya lo dije. Nadie nos dio órdenes de intervenir.

—A los *gallos* no les gusta improvisar mucho, ¿verdad? —intercaló Eddy.

Wendy intentó acaparar la atención de la bomba de testosterona.

—Entonces —insistió—, ¿no ha iniciado algún tipo de conversación para establecer los términos del grupo? Por lo que usted me cuenta, podrían estar preparándose para suicidarse en masa.

El BEN la miró curioso; le parecía que la sargento exageraba, pero no lo expresó.

—Se nos dijo que no intentáramos ninguna acción drástica, y

que esperáramos a los oficiales de la Segunda. Ahora es una cuestión de ustedes.

—Por suerte —volvió a decir Eddy—. ¿Y de dónde sacaron la información sobre la cantidad de gente que hay ahí arriba y sus supuestas razones para enjaularse?

El hombre dudó unos segundos en responderle y al final cedió.

—Tenemos un desertor.

—¿Un desertor?

—Sí, un feligrés arrepentido. Esta mañana temprano salió de la casa-templo y bajó a la calle. Abandonaba el encierro por su propia voluntad. Dijo que no quería seguir siendo parte de esa comunidad.

—Bueno —bufó Eddy—, un loco menos del que preocuparse. ¿Dónde lo tienen?

—La gente de la Seguridad se lo llevó para la Central.

—Qué mala pata. Si me lo hubieran dejado a mí ahora podría exprimirlo.

—No hace falta que lo exprima —dijo el BEN—; él mismo le dio a la lengua con total convencimiento. Según ellos, van a aislarse del resto de la sociedad para entregarse a la meditación, pero el desertor tiene sospechas sobre la verdadera razón.

—¿Rumores? —dijo Wendy—. Me encantan los rumores.

—Él cree que el pastor de la secta está utilizando a sus seguidores para escudarse de las autoridades por la ocupación ilegal del templo. Al parecer, los líderes nacionales de la Iglesia Adventista lo habían desautorizado en el resto de la comunidad por considerarlo un transgresor de la doctrina, y llevan días insistiendo en que la Policía lo desaloje. El desertor tiene la impresión de que el resto de la congregación ha tomado un rumbo abiertamente fanático.

—A menos que esté mintiendo aposta, para sembrar el rumor.

—Claro, pero eso les tocará a ustedes averiguarlo. Nosotros estamos aquí por si las cosas se desmadran.

El tono de desdén reapareció en la voz de Eddy.

—Lo dudo; yo diría que están aquí para seguir al pie de la letra las órdenes de la Central —dijo—. Exceso de músculo y poca iniciativa.

El BEN mostró una sonrisa de cinismo ante el comentario, y aunque los músculos tensos de su mandíbula delataban el agravio que sentía, demostró tener nervios de hierro y se las arregló para darle una respuesta de teórico militar.

—Se llama «margen de maniobra» o «parámetro de misión», pero si tú tienes algún problema con eso puedes llamar a la Central y quejarte.

Eddy acusó el contragolpe.

—Qué va, yo nunca me quejo. Siempre sé cómo resolver mis problemas.

El de la Brigada Especial pareció conforme y se alejó. Wendy le dio un delicado empujoncito al teniente hacia el portalón de la escalera.

—Eddy, chico, hoy tienes el cabrón un poco encaramado, ¿eh?

—Yo siempre lo tengo encaramado —confesó él—. Lo que pasa es que lo disimulo. Dale, anda, vamos pa' arriba.

—Nuestro retiro es espiritual —les informó el feligrés detrás del enrejado que protegía la puerta—. No es necesario que las autoridades se preocupen por lo que ocurre en este templo.

—No lo dudo, pero tenemos que verificar —dijo Wendy—; es nuestro deber.

—No veo la razón —terció el hombre de piel pálida y nariz prominente—. Los asuntos de la Hermandad son estrictamente religiosos y privados, y, como ya deberían saber, no hay disidentes políticos manifiestos en nuestras filas.

—No se trata de eso.

—¿Qué es lo que quieren verificar entonces?

A Eddy le desagradó inmediatamente el tono melifluo del feligrés.

—Oye, mi socio —dijo—, la cosa no es tan sencilla como la

pones tú. La Policía quiere saber cuál es la situación ahí dentro. Tienes que abrirnos la puerta.

El hombre, que aparentaba unos cuarenta años, le miró como si fuera la orden más ofensiva que había escuchado en su vida, pero no respondió.

—Mire, señor —apuntó Wendy—, no queremos crearles conflictos. Estamos aquí por una formalidad de la PNR. Necesitamos entrar y verificar que nadie esté siendo retenido en contra de su voluntad, que los niños están bien, y que se cumplen las condiciones de sanidad, alimentación y habitabilidad para el elevado número de personas recluido en la casa.

—Pero si ya se lo he dicho yo —insistió él—. Todos nuestros fieles se encuentran en muy buen estado de salud. Tenemos alimentos y los demás servicios están cubiertos de antemano. Dos de ellos son médicos. ¿Creen que no sabemos cuidar de los nuestros?

—¿Usted es el pastor de la congregación?

—No. Yo solo soy un portavoz temporal.

—Un portavoz —repitió la sargento—. Bien, ¿me puede llamar al pastor?

—Imposible. El pastor se encuentra recogido en estos momentos y no puede ser importunado. Yo soy su portavoz...

—Oye —se exasperó Eddy—. ¿Vas a abrir esta reja o no?

—No puedo —respondió el feligrés.

Eddy se movió con celeridad, metió la mano entre los barrotes y aferró al hombre por el cogote. Apretándole con fuerza contra la reja, le dijo en tono amenazador:

—A ver si nos entendemos; ¿qué te parece si me encabrono, te suelto un par de gaznatones y te dejo esposado a la reja? ¿Crees que podrás pasar por el aro entonces?

—Eddy... —murmuró Wendy.

El feligrés hizo una mueca de dolor y trató de zafarse, pero no lo consiguió.

—No puedo... —jadeó—, usted no entiende...

Eddy apretó un poco más.

—Se te va a partir el cuello —le advirtió en voz baja— y va a ser culpa tuya.

—Si nuestro amado Señor quiere que así sea... —confesó el feligrés con esfuerzo—, no dudaré en aceptar mi destino...

—Eddy —volvió a decir Wendy, nerviosa.

—¡Deténgase! —dijo una imperiosa voz femenina—. ¡Déjelo en paz!

De pie en el descansillo frontal de la casa, una mujer de unos cincuenta años de edad los miró colérica; enormes ojos verdes que reforzaban la expresión de ultraje en los labios.

—Por fin empieza a aparecer más gente —dijo Eddy sin soltar su presa—. No me lo diga: ¿la administradora del templo?

La mujer, vestida con holgado ropaje oscuro, dio un paso adelante y puso una mano en los barrotes. Parecía muy segura de sí misma.

—Soy la esposa del pastor Arnaldo Benítez, líder espiritual de esta congregación. Por favor, suelte a nuestro compañero.

—Tu compañero tiene problemas para obedecer las órdenes de la autoridad. O me abren esa reja de una jodida vez o este tipo va a necesitar hacer una visita al hospital.

—Basta —dijo la mujer entonces, suavizando el tono en señal de rendición—. Los dejaremos pasar. —Y luego añadió con determinación—: Pero absténgase de seguir empleando ese lenguaje represor dentro de nuestro templo.

Eddy no soltó al feligrés hasta que la mujer sacó una llave y abrió el enrejado.

7

Alabastro sobre ébano; pieles ardiendo, intercambiando sudores.

Ritmo, sincronía de movimientos, gemidos, gritos y palabras malsonantes que creaban ecos en las paredes de la habitación alquilada.

Ella, encima de él, lo esperó y culminaron juntos, con las manos entrelazadas.

—Tenemos que hablar —dijo Ana Rosa al rato.

—¿Será posible que las mujeres siempre quieran hablar después de un buen revolcón?

—Es en serio, Jesús.

El mayor Villazón se sentó al borde de la cama con los pies descalzos apoyados en el suelo; el sudor se le escurría por el pecho y caía sobre las baldosas blancas.

—No me vayas a decir que estás preñada y que no sabes de quién es.

Ana Rosa ignoró el comentario. Se abrazó a él por detrás, presionándole la espalda con sus cálidos senos.

—Si el niño sale medio blanco, se lo puedes apuntar a Julián —bromeó él.

—No metas a mi marido en esto, que no tiene nada que ver.

Villazón apreciaba la ternura, pero desconfiaba de las conversaciones postcoitales; a veces una bala podía convertirse en un misil.

—A ver, Anita, mi niña, ¿qué problema tienes?

La teniente suspiró, le dio un rápido beso en el cuello y declaró:

—Quiero dejarlo.

—¿Lo nuestro? Qué lástima, con lo bien que nos va.

—No. Me refiero al caso del violador en serie. No quiero seguir con eso.

El mayor intuyó que el misil venía envenenado.

—¿Qué? ¿Estás atascada?

—Sí. No puedo avanzar. Me tiene con insomnio.

Él fue tajante:

—Tienes que resolverlo, Ana. Por el bien de tu futura capitanía.

La teniente lo hizo voltearse para mirarlo fijamente a los ojos.

—¿Tú estás jugando conmigo?

—No estoy jugando —le aseguró el mayor—. Podrías ser la próxima capitana de operaciones de la Unidad. Por encima del Político y del Jefe instructor. ¿Te gusta?

—Me encanta, pero ¿y qué pasa con el capitán Almanza?

—Almanza ya no está en funciones. Su baja es definitiva.

—¿Cómo es eso?

El mayor se puso en pie, se acercó a la ventana y apartó las cortinas de tela estampada. La luz del sol le obligó a entornar los ojos.

—Problemas médicos —confesó—. O más bien psiquiátricos. Pero lo cierto es que no va a volver al trabajo. Si se recupera irá de cabeza para un sitio tranquilo en el Ministerio.

—¿Y Eduardo, y Puyol? ¿No protestarán por mi ascenso?

—Esos no son un estorbo para ti. El viejo Puyol no quiere el puesto, y Eddy es un bala perdida que no goza de mi confianza. Por otro lado, ninguno de ellos tiene tus encantos. —Y añadió con sorna—: Ambos tenemos que reconocer que *esto* te ayuda bastante.

Ana Rosa se había quedado sin palabras. Capitana de la PNR. La primera capitana municipal y una de las pocas oficiales con ese rango en todo el país.

—Pero, insisto en una cosa —dijo Villazón acariciándole el cabello—: para poder justificar mi decisión de promoverte debes cerrar el caso del violador. Dime que lo comprendes.

Ella asintió en silencio.

—Y voy a comentarte algo más importante —añadió Villazón—: este será el primer gran paso de tu promisoria carrera, Anita. Tengo planes para ti. Si te dejas llevar por mis consejos, vas a subir por el escalafón ministerial mucho más rápido de lo que puedas imaginarte.

Ana Rosa hizo un esfuerzo para contener su regocijo.

Villazón encendió un cigarrillo mentolado y dio una calada profunda mientras contemplaba el cuerpo desnudo de la teniente.

—¿Sabes dónde te veo yo en diez años, mi niña?

—Tú dirás.

—De viceministra. Créeme.

—Viceministra —repitió ella, como si le costara esfuerzo visualizarlo.

—¿Te parece suficiente estímulo?

A ella se le empañaron los ojos. Se tragó su opinión.

—Así que ya lo sabes —insistió él—. Resuelve el caso. Ahora mismo ese violador en serie es lo único que se interpone entre tu estatus actual y la capitanía.

8

—Estamos esperando la señal definitiva de la justicia del Señor cayendo sobre los pecadores —explicó el pastor—. De ahí nuestro réquiem.

Sus ojos eran de un color azul intenso, enormes, calmados, y en torno a ellos el tiempo y el peso de las decisiones habían esculpido una fina red de pliegues sobre su piel de albino. Rondaba la cincuentena, pero al hablar mostraba el aplomo de un anciano venerable.

Sentados frente al líder de la congregación, ancho buró de por medio, Eddy y Wendy le escuchaban, después de haber inspeccionado el resto de la casa-templo. La visita había resultado satisfactoria: la mayoría de los feligreses continuaba en recogida meditación, y la actitud general observada transmitía bienestar y sosiego; disponían de personal médico calificado, colchonetas para el descanso, equipamiento sanitario, una despensa bien provista de víveres y agua potable, y aunque se advertía cierto nivel de aglomeración con respecto al área de espacio habitacional del templo, todavía estaba muy por debajo del umbral de hacinamiento de miles de familias del municipio.

No obstante, las preguntas de rigor tenían que ser formuladas.

—¿Réquiem? —repitió Wendy con incredulidad.

—Un réquiem por La Habana —asintió el pastor—, nuestra liturgia fúnebre por el alma colectiva de esta ciudad, por una sociedad que está a punto de desaparecer. La Habana caerá, como cayó Babilonia.

Eddy escuchó las palabras, parpadeó como un sonámbulo que despierta en medio de la noche sobre un tejado y dijo:

—Y ustedes van a estar atrincherados aquí hasta que eso ocurra.

El albino sonrió con expresión beatífica.

—Ese es nuestro propósito. Esperamos no sufrir interferencias externas y rezamos para que el Señor así lo disponga.

Eddy frunció el ceño ante la actitud del hombre. En otros tiempos lo habría esposado y sacado a empujones de allí, pero ahora, para su sorpresa, las directivas de sus superiores indicaban que en este caso concreto debía primar la tolerancia y la moderación.

—Espero que comprenda nuestra interferencia —dijo Wendy—; es lógico que las instituciones estatales estén preocupadas por lo que ocurre aquí. No queremos que esta situación sea tomada como una manifestación de disidencia política...

—Descuide. Nuestros motivos son estrictamente espirituales.

—¿Pero cuánto tiempo durará el encierro?

—No lo sabemos. Depende de lo que nos esté destinado. Pero es muy importante que nos aislemos de la sociedad y que nos mantengamos alejados de cualquier influencia de las ideologías que propugnan el pecado y el desamor —explicó el pastor, que a pesar de la gravedad de sus palabras se mostraba sereno. Alzó un dedo a modo de advertencia—. Se acerca un evento trascendental que debemos afrontar armados de fe.

Eddy se cruzó de brazos.

—Y, ¿se puede saber en qué consistirá ese evento?

El pastor ladeó la cabeza; parecía esforzarse por escuchar un lejano roce de briznas de hierba, un mensaje traído por el viento; era difícil adivinarlo.

—Es probable que quieran oírlo, pero no les gustará.

—Inténtelo, por favor —pidió Wendy.

Los párpados del albino se cerraron, como si quisiera atenuar el dolor que sentía al transmitirles la revelación.

—Un cataclismo —anunció con solemnidad—. Seremos castigados con un tsunami que barrerá la Isla.

—¿Un qué? —preguntó Wendy.

—Un maremoto —respondió el hombre—, una serpiente de agua, una tromba divina. Ya habíamos sido advertidos con enfermedades y calamidades, señales menores, advertencias sutiles que la sociedad no ha sabido ni querido entender, y ahora nos espera un castigo de proporciones apocalípticas.

—¿Un tsunami? ¿En el mar Caribe? —dijo Eddy burlón—. No creo que vaya a suceder. Estamos bastante lejos de cualquier falla tectónica.

—Dios no procede según la lógica del Hombre —enfatizó el pastor—. Me temo que la ciencia sería inútil para anticipar un designio suyo.

Parecía inútil discutir con él; hablaba como si tuviera línea directa con su dios. Los oficiales se sentían visiblemente incómodos por las palabras altisonantes del albino. Eddy pugnaba por levantarse e irse, pero no quería terminar aquella visita de forma intempestiva.

—¿Y quiénes se salvarán? ¿Ustedes?

—Solo se salvarán los fieles y las almas puras —anunció el hombre—. Mi misión, por supuesto, es proteger a mis feligreses y prepararlos para el cataclismo que está por llegar.

—En su Iglesia le han desautorizado —dijo Eddy—. Incluso han declarado que es usted víctima de un fanatismo religioso extremo.

El pastor asintió.

—Nuestras diferencias con el Consejo Ecuménico son muy conocidas en el seno de la comunidad adventista. Ellos nos llaman sectarios; nosotros preferimos pensar que somos iluminados, pero aunque yo creo que se trata de una cuestión de... interpretación teológica, el Consejo lo considera desacato, por utilizar un término con el que ustedes están familiarizados. —El pastor entrelazó sus manos de dedos alargados y pálidos e hizo una pausa para escoger sus palabras—. En cuanto a las acusaciones a mi persona, no dejan de sorprenderme. Si leen la prensa oficial, y me consta que lo hacen, podrán comprobar que en los artículos de las Reflexiones de Fidel Castro se hace un continuo énfasis a la cercanía del Apocalipsis, del fin de los tiempos. Claro, él utiliza palabras modernas, como neoliberalismo, geopolítica y armamento nuclear, pero anuncia lo mismo que yo, y su vocación de profeta es algo que la mayoría de ustedes parece aceptar de buen grado. —Su sonrisa se tornó evidente—. ¿Cómo pueden acusarme de fanático a mí, sin señalarlo a él con el mismo adjetivo?

Wendy comenzó a ponerse nerviosa; trató de evitar los ojos del pastor dejando vagar su mirada por la pintura que colgaba a sus espaldas, pero el hombre enseguida captó la turbación de la chica.

—Veo que la señorita se siente atraída por ese cuadro —observó—. Se trata de una reproducción litográfica de la pintura *La vocación de San Mateo*, de Caravaggio. Es, quizás, uno de los cuadros esenciales del *chiaroscuro*, una técnica pictórica que consiste en el alto contraste entre los volúmenes de luz y sombra. Representa a Jesús señalando a Leví, cobrador de impuestos, llamándolo a convertirse en uno de sus seguidores. Es una pintura muy hermosa, ejecutada con maestría suprema. Los estudiosos la consideran una de las cumbres del Barroco y del tenebrismo, pero la razón por la cual la prefiero es mucho más simbólica; para mí representa una metáfora de la vida misma.

Eddy, que estaba a punto de despedirse, se mantuvo a la escucha.

—¿Una metáfora de qué? ¿De la obediencia? —dijo Wendy contemplando la reproducción del óleo: una ventana superior, luz sobre una escena de taberna del siglo XVI, con personajes en torno a una mesa, ataviados como italianos de la época.

El pastor se giró un poco para admirar la litografía.

—No, no me refiero a la interpretación formal de la obra; lo que me atrae es lo que puede significar el propio claroscuro en sí: el alto contraste entre la luz que despide cada alma y las sombras que proyecta a su paso; pueden ser luces oscuras y malvadas, quizás opacas y mediocres, o brillantes y perfectas, pero en sus interacciones se conforma el relieve espiritual de la humanidad. Si nos detenemos a pensarlo, la vida es un paisaje moral donde las almas tejen un tapiz de claroscuros, ¿no creen?

—Mira tú —dijo Eddy aparentando reflexión—, y yo que pensaba que, como dice la canción, la vida es un carnaval y las penas se van cantando...

El pastor se volvió hacia ellos y miró a Eddy fijamente.

—El humor y la irreverencia casi nunca están fuera de lugar, señor, pero cuando son utilizados para esconder el sufrimiento se convierten en armas de doble filo.

Eddy lo miró fijamente.

—¿Por qué lo dice?

—Lo digo porque puedo advertir su conmoción interior —alegó el pastor señalándolo. Su rostro permanecía impasible al hablar, lo que de alguna forma le confería más peso a sus palabras—. Usted está roto por dentro, oficial.

—Siga jugando a adivinar —dijo Eddy.

—Se equivoca. La fe me guía, me ayuda a evitar que otros sigan el camino de la oscuridad. Usted mismo mencionó antes que yo he sido acusado de ser un fanático, pero no sabe que Dios me ha elegido por mi... ¿cómo decirlo?, hipersensibilidad hacia la afliccciones del prójimo. Es el don que me ha sido concedido. —Hubo un ligero encogimiento de hombros bajo su ropaje—. Quizás a usted le parezca un tanto esotérico, o crea que se trata de una farsa, pero le aseguro que puedo percibir el padecimiento ajeno por mucho que se esconda. Y usted no lo esconde muy bien que digamos.

—No va a llegar a ningún lado si sigue por ahí.

—Su dolor trasluce —dijo el pastor—. Parece provenir de una afectación reciente, pero en realidad pone de manifiesto un trauma pretérito. Usted ha resultado herido en profundidad, en el pasado; le fue robado algo esencial, irremplazable, y esa pérdida lleva décadas carcomiéndolo.

Eddy trató de disimular su perplejidad. Por un breve instante, luchó contra una oleada de creciente ansiedad. No podía dejarse sugestionar de aquel modo. Se defendió con socarronería.

—Para ser un seguidor de la Biblia, habla usted como un espiritista...

—Puede que esa sea mi carga, mi cruz, pero no la rehúyo —apuntó el pastor—. Es usted el que debe reconocer el dolor que lleva por dentro.

Eddy sintió que el vello del cogote se le ponía de punta. Si el maldito albino seguía hablándole de aquella forma terminaría por hacerle perder los estribos. Tenía que marcharse cuanto antes de allí.

—Muy bien —concluyó—, hemos venido buscando respuestas y creo que ya hemos oído suficiente. Es probable —añadió— que hayamos escuchado un poco más de lo que necesitábamos saber, pero igualmente le agradecemos el tiempo que nos ha dedicado. Ahora tenemos que irnos.

Wendy se incorporó en silencio.

El pastor los acompañó a la puerta. Se despidió con un breve gesto de la mano y dijo:

—Me alegra haberle conocido, oficial. Se acerca un momento crucial para esta nación, y siempre que mis obligaciones en la congregación me lo permiten, hago lo posible por prestarle mi ayuda a aquellos que carecen de luz.

El teniente lo ignoró, se dio media vuelta y empezó a bajar la escalera.

La subalterna apuró el paso y le dio alcance.

—Espérate, Eddy, ¿qué hacemos con esta gente entonces?

—Nada. ¿No ves que están en su quemadura colectiva? No tienen remedio.

—Ya, pero todo parece en orden. ¿Qué le recomendamos a la Central?

—Qué sé yo —dijo él exasperado. Luego se detuvo y lo consideró un momento—. Creo que deberían mantener el cordón de los BEN e ir arrestando a todo el que vaya saliendo del templo en los próximos días. Nada drástico. Poco a poco, el arrebato se les irá diluyendo y empezarán a irse. Tú sabes cómo funciona este país, Wendy. Esto es el trópico: todo va con calma y muy poca coherencia. El paso del tiempo alentará las deserciones. Por lo que a mí respecta, el asunto está zanjado. ¿Te encargas tú de hacer el papeleo para la Central?

9

Manolito sabía que el dinero empezaba a entrarle de madrugada.

Pichón de robo, lo habría denominado orgullosamente su padre, un viejo palomero de Cayo Hueso, muerto por alcoholismo años atrás.

Para Manolito las jineteras eran hermosas palomas mensajeras, aves sensuales con billetes CUC o euros atados a sus patitas al abandonar hoteles o bajar de un taxi. Era importante no equivocar nunca el objetivo; escoger a las solitarias, las novatas, y sobre todo no importunar a la chica equivocada, aquellas dispuestas a formar escándalo por avasallamiento y abuso de autoridad. Pero él se creía curtido en tales lances, con experiencia y suficiente vista larga para detectar a la típica prostituta jovenzuela desesperada por pasar desapercibida y temerosa del peso de la ley. Esas eran sus presas ideales.

Manolito las esperaba en las afueras de los hoteles y las cazaba al vuelo.

Las pellizcaba; les sacaba un diezmo a cambio de no encerrarlas.

Algunas jineteras eran de un caché tan elemental que solo podían dejarle dos CUC; otras, menos abundantes y más talentosas en su oficio, se lo quitaban de encima con un billete de diez pesos convertibles y desaparecían en la noche. Casi nunca volvía a verlas; el jineterismo era un negocio mayormente itinerante, sin cotos fijos.

Lo malo era cuando, en noches escasas, dos palomas batían alas al unísono.

Como hoy.

Oculto en las sombras de los soportales de La Sortija, al acecho, Manolito vio salir a dos jineteras por la puerta del hotel Saratoga; una era negra y la otra mulata. Conversaron brevemente mientras caminaban hacia Monte, pero se separaron para tomar direcciones opuestas. El policía salió de la oscuridad, cruzó la calle con paso ágil y les silbó.

Ellas volvieron la vista por reflejo.

—Eh, ustedes dos —las llamó en voz alta—, se me quedan quietecitas ahí.

La más cercana, la mulata, se detuvo junto al contén de Monte como si estuviera paralizada. La negra, en cambio, apuró el paso, dobló la esquina y desapareció de vista. Manolito, que no quería perder ninguno de sus diezmos, llegó junto a la otra y le ordenó:

—Dame tu carné de identidad. Rápido, rápido.

La chica era la mulata más linda que él había visto en su vida. Usaba lentillas de contacto color verde que parecían reflectantes a la luz indirecta del Saratoga y era casi tan alta como el policía, con el cabello planchado veteado de iluminaciones rubias y unas piernas largas ceñidas por mallas de licra negra. Temblaba como una hoja en la brisa nocturna. Sacó el documento plastificado y se lo entregó a Manolito, que acto seguido le dijo que no se moviera del sitio y echó a correr hacia la esquina de la manzana.

La otra jinetera estaba a veinte metros de distancia; se había descalzado y, con los zapatos de tacón alto colgando en una mano, le hacía señales a los almendrones que pasaban por la calle.

—Oye, no inventes más —la amenazó Manolito con voz colérica—. Dame el carné y estate tranquila si no quieres que te ponga las esposas y te arrastre hasta la Unidad, ¿me oíste bien?

La chica estaba llorando. Era probable que tuviera cartas de advertencia previas, que estuviera circulada por acoso a los turistas y prostitución; si el agente la llevaba detenida y la acusaban podía cumplir de dos a cinco años en la prisión de Manto Negro. Llevaba un vulgar vestidito blanco sin mangas y olía a perfume barato. Uno de los tacones se le había roto en la huida.

Manolito la tomó del brazo y la forzó a caminar descalza.

—Vamos.

Por Monte aceleró un taxi y se perdió en dirección a Infanta.

—Ay, por su madrecita, guardia —suplicó la negrita entre lágrimas—. Por lo que más usted quiera, no me lleve pa' la estación. No me lleve, por favor...

Llegaron a la esquina y no había rastros de la mulata.

—¿Dónde se metió tu amiga?

—Ay, guardia, yo no sé... —gimoteó la otra—, no es mi amiga.

Manolito pensó en el taxi que acababa de irse y llegó a la conclusión de que la chica se le había escapado a la cara. Pero tenía que estar loca; con el carné de identidad que le había entregado, él podía averiguar su nombre y dirección. Sacó el documento del bolsillo y leyó: Yuletsy Pérez; con domicilio en Mayajigua, provincia de Sancti Spíritus. ¡Una condenada guajira, sin residencia legal en La Habana! Manolito se sintió estúpido, engañado por la jinetera; la osadía de la joven lo enfureció.

—Esa mulata —le preguntó a la otra—, ¿de dónde la conoces?

Ella sacudió la cabeza.

—Yo no la conozco, de verdad...

—No me digas mentiras, coño; yo te vi hablando con ella.

—No, ella me preguntó si tenía cambio para un billete de...

Manolito la aferró por la muñeca y le dio un tirón brusco.

—Vamos pa' la Unidad...

Cruzaron Monte y caminaron un poco bajo los soportales oscuros, pero al llegar a la calle Egido la chica estaba tan asustada que le fallaron las piernas y se desmadejó en el suelo llorando con desesperación. Aun así, el policía no la soltó.

—Dale, párate y camina...

—Ay, guardia, no me haga esto, por favor —siguió suplicando ella, sentada sobre el suelo mugriento—. No me lleve, que me van a meter presa y mi mamá está muy viejita y se me muere si no la cuido. Ay, por favor, señor, pídame lo que quiera; yo le doy lo que usted quiera, de verdad. Lo que usted me diga yo lo hago ahora mismo.

Manolito vio que tenía a la pichona en su palomar y decidió aflojar el lazo. Lo que él llamaba «gardeo a presión» solía darle resultado.

—Está bien —le dijo—, vamos a serenarnos. —Observó en derredor con cautela, verificando la soledad del vecindario y la ausencia de tráfico. Se agachó junto a la muchacha—. ¿Quieres que te ayude? Entonces dime qué tienes tú para ayudarme a mí.

La chica hiperventiló un rato hasta que dejó de sollozar. Abrió su carterita de piel de mala calidad forrada con lentejuelas negras y sacó unos billetes.

—Ahí hay veinticinco CUC —se explicó; tenía la voz enronquecida por el llanto—. Es todo lo que tengo, se lo juro.

El dinero desapareció en uno de los bolsillos del policía. Soltó a la muchacha y esperó a que se pusiera en pie. Le devolvió el carné de identidad sin haber mirado sus datos siquiera. No le interesaban en lo más mínimo. Lo que él quería era echarle mano a la otra jinetera, la fugitiva. ¿Cómo podía encontrarla? Se la había jugado en su propia cara y eso no iba a perdonárselo. Aquella mulata elusiva lo había puesto caliente.

—Dime lo que quiero saber y te dejo ir. ¿Quién era esa otra fulana?

Ella enjugó las lágrimas y el moqueo con un pañuelo de papel manchado de rímel que luego tiró al suelo.

—Mire, guardia... le dije la verdad...

—Te vi hablando con ella. Tienes que haberla visto antes.

—Sí, pero no la conozco. No sé cómo se llama ni dónde vive. Solo la he visto dos o tres veces antes, matando la jugada por ahí.

Él apretó el dedo índice en el pecho de ella, sobre uno de sus enormes senos.

—Matando la jugada por ahí... ¿por dónde?

La joven tragó saliva con dificultad.

—Por el Sevilla.

—¿El hotel Sevilla?

Un asentimiento.

—¿Anda sola en esta movida?

—No lo sé. Las veces que me la he tropezado ella iba sola.

Manolito dejó de presionarle el busto con el dedo.

—*Okay*. Voy a creer en ti. Pero si te la vuelves a encontrar, mejor no le digas que la estoy buscando. Prefiero darle la sorpresa.

La jinetera se calzó de nuevo; guardó el tacón roto en la carterita.

—¿Puedo irme ya?

Él negó con un gesto de cabeza.

—Todavía no. Ven conmigo.

Cruzaron Egido y la hizo caminar hasta que llegaron a un oscuro callejón.

—¿Y ahora qué? —preguntó la jinetera cuando se detuvieron.

Manolito la miró como si fuera lerda.

—Ahora agáchate y haz tu trabajo.

Ella obedeció sin rechistar y él cerró los ojos pensando en la mulata.

Fue rápido.

Luego la agarró por el mentón y le alzó el rostro.

—Ya puedes largarte. Y la próxima vez que nos encontremos no se te ocurra volver a salir corriendo porque va a ser peor para ti, ¿me entendiste?

La joven asintió en silencio, se limpió los labios con el dorso de la mano y salió cojeando en la oscuridad. De pronto tropezó con algo y cayó al suelo.

Manolito estaba abotonándose la portañuela cuando la oyó exclamar.

—¡Ay, madre mía... ay, Virgen santa...! ¡Qué mala suerte la mía!

—Oye, deja la escandalera, que vas a despertar a la gente. ¿Qué pasa ahora?

—Ay, mi madrecita. ¡Esto es un muerto!

—¿Qué? —Manolito veía muy mal en aquella oscuridad. Estaba claro que necesitaría gafas graduadas para seguir trabajando en el turno de noche.

—Un muerto —repitió la jinetera al borde del pánico.

Él se acercó, encendió la linterna y se tropezó con la mirada vacía del cadáver de un hombre tendido en el suelo sobre un charco de sangre y la chica arrodillada a su lado con expresión aterrorizada.

—Coño. Pues sí. Eso es un muerto.

La muchacha se tapó la boca para atenuar el sonido del llanto.

—Cállate. ¿Estás manchada de sangre?

—No —gimió ella incorporándose y tratando de limpiarse la suciedad de las rodillas, haciendo todo lo posible por controlarse para no empezar a chillar—. La sangre está para allá. Tropecé con sus piernas y me caí, pero no me he manchado.

Manolito la examinó a la luz de la linterna y comprobó que era cierto.

—Entonces vete. Piérdete de aquí ahora mismo y olvídate de lo que has visto. Si no lo hablas con nadie, no tendrás problemas.

Ella seguía quieta, conmocionada.

—¡Vamos, muévete, mujer! —la urgió él dando enérgicas palmadas—. Sal de aquí, desaparécete ya, que esto es asunto mío.

SEGUNDO DÍA

PREGUNTAS

10

Lloviznaba sobre el asfalto del callejón; un cernidillo tímido, inoportuno, de la peor cobardía posible, de esos que levantan el vapor del pavimento y en vez de refrescar la atmósfera rasante terminan calentándola.

Además, estropeaba las pruebas forenses en el escenario del crimen.

Al bajar del Niva, Eddy se fijó que habían puesto una capa de nailon amarillo por encima del cadáver para preservarlo del agua; de lejos le había parecido un ridículo tenderete destacando en medio de la suciedad.

Respiró hondo. Era demasiado temprano para empezar a trabajar.

Lo había despertado el teléfono móvil media hora antes, a las cinco y diez de la madrugada. Fernández, el oficial de guardia, le informó: lo esperaba un cadáver en el callejón Bayona.

—Persónate allí lo más pronto posible.

—¿Y por qué me llamas a mí? —protestó Eddy mientras bostezaba.

—Porque no queda nadie disponible, cerebrito —le respondió Fernández con aspereza—. Puyol está en el caso del ahorcado desde ayer, Ana Rosa con la ciega violada, y Wendy va a estar ocupada un par de días con el informe para la Central sobre los locos de la secta de Prado.

—¿Y por qué no despiertas a Batista y lo mandas a él? O dale el trabajo a ese tipo raro que no habla con nadie, el tal Heredia, del turno de noche...

—Teniente, ¿ahora resulta que vas a decirme cómo tengo que hacer mi trabajo?

Eddy había desistido. Nunca era saludable intercambiar fintas con Don Quintín el Amargado.

—Está bien. Voy para allá. Diles que me tengan listo un termo con café.

—¿Sí?, no me digas. ¿Y cómo va querer su café el señor? ¿Con azúcar y un poco de crema de leche?

—De ser posible. ¿Es mucho pedir?

—¿Y necesitará una capa también, por si llueve? —dijo antes de colgarle.

Eddy, con el móvil en la mano, se había vuelto a tender para darse un estirón.

—Qué tipo más comemierda —murmuró tras otro bostezo.

Pero, en efecto, lloviznaba. El tono rojizo del cielo acentuaba la lobreguez del callejón sin alumbrado público. Junto a la capa amarilla lo esperaban varios agentes del turno de noche: el patrullero Manolito, el forense Acevedo, el fotógrafo y un sargento apellidado Canales con el que Eddy había coincidido en anteriores ocasiones.

—Bueno, ¿qué tenemos de merienda? —preguntó Eddy.

Todos ellos sonrieron al escucharlo. Los del turno de noche eran más cínicos y casi siempre estaban de mejor humor que los polis del turno de día; se tomaban el protocolo con más flexibilidad.

—Un pastel, pero ya se te puso frío —le informó Canales.

Se estrecharon las manos. Eddy observó que bajo el bulto del cadáver había un gran charco de sangre. Por un costado de la capa asomaba parte de una zapatilla deportiva Nike, el relieve de tracción en las suelas era impresionante. No había dudas de que el muerto sería afrocubano; los jóvenes negros adoraban las Air Tech de Nike.

—Pues si la intención era robarle —reflexionó Eddy—, el que lo mató se dejó ahí doscientos cucos en calzado.

—A lo mejor no era el número de pie del asesino —bromeó el gordo Acevedo junto a ellos.

—O quizás no le gustó el color —añadió el fotógrafo—; la gente hoy en día es tan enigmática.

—¿Y a quién se le ocurrió lo de tapar el pastel con una capa?

—A mí —dijo Manolito—. Como estaban empezando a caer goticas...

—Yo te daría un premio Nobel, Manolo, pero tienes suerte de que te tocó este forense. Román te hubiera guillotinado por menos que eso.

Eddy se agachó y descubrió el cadáver. Negro, veinteañero, alto, fibroso; trenzas *cornrows* pegadas a lo largo del cuero cabelludo, un pendiente facetado en el lóbulo de la oreja derecha, el rostro lampiño y anguloso. Sus ojos abiertos, vidriosos, alojaban los restos de una expresión de sorpresa. Le habían abierto la garganta de un navajazo. La herida era enorme; la sangre le empapaba el cuello y los amuletos, y había grumos coagulados sobre la camiseta sin mangas y los holgados tejanos Levi's de color índigo. La mano derecha, ensangrentada, descansaba sobre el pavimento, muy próxima al cuello, como si la víctima hubiera intentado retener el brote de sangre.

—Este le caía mal a alguien —dijo Manolito.

—Y ese alguien decidió abrirle una sonrisa extra —comentó Canales.

—A primera vista, no parece que el móvil sea un robo —dijo Eddy señalando el iPod Classic colgado de la cintura del tejano, de cubierta negra mate y pantalla LCD—. Súmale cien cucos más por el aparatico. Debajo de toda esa sangre hay un par de cadenas, y los anillos de oro siguen en sus dedos. El que lo hizo iba en serio, pero el propósito no era robarle.

—Se la tenían jurada, seguro —dijo el forense.

—Lo raro es que no se haya defendido. El negro estaba bastante fuerte.

—Puede que fueran varios. Y puede que lo sorprendieran.

—Un tajo y directo al otro barrio.

—La vida no vale nada.

Eddy frunció el ceño.

—¿Algún testigo? —preguntó.

—Ninguno —dijo Canales—. Bayona parece un cementerio. Y si alguien ve algo, prefiere no meterse en problemas.

—¿Iba armado?

—No lo sabemos. Nadie lo ha revisado todavía. Nos dijeron que esperáramos por ti.

—¿Quién lo descubrió?

—Yo mismo, por pura casualidad —respondió el patrullero Manolito—. Estaba haciendo la ronda por la zona, me entraron ganas de orinar y cuando me acerqué a la pared me lo encontré así como está.

—¿Lo registraste? —preguntó Eddy mirándolo fijamente.

—Por supuesto que no —dijo el patrullero.

Eddy se inclinó sobre el muerto y lo aferró por un costado, cuidando de no mancharse las manos de sangre.

—¿Quieres unos guantes para manipularlo? —le preguntó el forense.

Eddy lo miró burlón.

—Eso me lo dices de jodedera, ¿verdad? Seguir al pie de la letra todas las reglas es ponerse obstáculos uno mismo. Aguántamelo en esta posición.

El forense sostuvo el cadáver de lado y Eddy revisó los bolsillos del Levi's.

—Nada —dijo cuando hubo terminado—. Ni billetera, ni carné de identidad.

—Un don nadie —dijo Acevedo.

—Tampoco tiene armas. Ni cuchillos, ni nada. O era muy

guapo y tenía demasiada confianza en su reputación, o le quitaron el arma.

—Si no tiene billetera, puede que sí le hayan robado —apuntó Canales.

—Sí —admitió Eddy—, pero es raro que solo le robaran la identificación y el dinero, y se olvidaran del resto de las cosas de valor. Todo eso vale un buen billete en la calle.

—Quizás no quisieron tentar demasiado a la suerte. Si se demoraban mucho aquí alguien podía verlos. Dieron el golpe y salieron pitando.

—¿Cuándo crees que ocurrió?

El forense ladeó la cara y dijo:

—Hace cuatro horas a lo sumo.

Volvieron a poner el cuerpo en el suelo. La costra de sangre coagulada se veía negra a la luz crepuscular. El destello de la cámara fotográfica iluminó el callejón como un relámpago.

—Muñoz, mi hermano —protestó Eddy—, avisa antes de hacer las fotos, que nos vas a dejar ciegos con ese *flash*.

—Ya —añadió el sargento Canales sonriendo—, y aunque nos hayan invitado a esta fiesta, no queremos salir en las postales.

Se apartaron del muerto.

—Ahora sí —le indicó Eddy al fotógrafo—. Puedes empezar a disparar, y tírale también unas cuantas a todo este basurero. —Señaló hacia una botella rota a unos pasos del cadáver, entre colillas de cigarrillos, mugre, restos de comida y envoltorios de papel cartucho—. Quiero que recolecten todo lo que haya cerca del pastel. A lo mejor los que lo mataron estaban dándose buches con él, o fumándose juntos un taladro de Mary Juana...

Los relámpagos continuaron; la luz se reflejó en los fragmentos de vidrio y mostró las cucarachas escabulléndose por la acera.

—¿Crees que fue un asalto, o no? —preguntó el sargento.

—Quizás es un asunto entre bandas rivales —dijo el patrullero Manolito—. En esta zona el ambiente es muy belicoso. Esto podría ser un mensaje que le manda una banda a otra.

—O un ajuste de cuentas. Algo personal.

—La mayoría de los tipos como ese siempre tienen una bronca pendiente —dijo Eddy—: deudas, estafas, novios de exmujeres, injurias, rivalidades de todo tipo... cualquier cosa puede ser motivo de venganza.

Canales se acercó a echar un vistazo.

—Te apuesto a que ese bicho —señaló al muerto— tiene un nombre que empieza con Y. Yulandri, Yotuel, Yasmany o alguna cosa así.

—Ah, qué sabrás tú —le porfió Eddy—. Ese tipo podría llamarse Rufino.

—Al sargento le gustan las apuestas —alegó el forense.

—Si te sientes tan seguro —dijo Canales atusándose el bigote—, me juego diez pesos a que el pastel es un *yeniano*. ¿Quién apuesta en contra?

—Eres un bocón —le dijo Eddy—. Acepto la apuesta. Van a ser los diez pesos más fáciles que gane en toda mi vida. —Se frotó las manos—. Bueno, pues pa' luego es tarde. Acevedo, llévatelo para Forense cuando Muñoz termine, y empieza a trabajar con él. Sácale las huellas también, a ver si hay suerte y lo tenemos registrado en la Unidad.

El gordo Acevedo puso cara de disgusto.

—Tú ves, estas cosas a mí me revientan. Me paso toda la madrugada aburrido en un laboratorio, sin hacer nada, y cuando el turno está a punto de acabar, algo pasa y me dejan un regalito como ese.

—Deja esta pincha y métete a cuentapropista —le sugirió en broma el patrullero Manolito—, aprovecha ahora que el trabajo privado está en alza.

—Búscate un empleo de cocinero en una paladar, gordo —se sumó Canales a la guasa—. Dicen que se paga bastante bien; y en CUC, no en pesos.

—Ni loco —dijo Acevedo abriendo su maletín—, eso del trabajo por cuenta propia es un chiste. A la mayoría de la gente no le va a salir las cuentas, ya verán. Seguro que dentro de unos años lo echan pa' atrás.

—Oiga, compañero —siguió mofándose Canales, simulando severidad—, ¿usted está poniendo en duda la eficacia de los lineamientos del Partido?

—Bah, váyanse todos pal carajo y déjenme trabajar en paz.

Hubo algunas risas y Muñoz se acercó a Eddy para enseñarle las fotografías en la pantalla de la cámara digital; era una Nikon D7000 de aleación de magnesio con un objetivo enorme adosado.

—Tremendo cañón tienes ahí, Muñoz —le señaló Eddy—. Estoy seguro de que, en un día de buena visibilidad, si te paras en el muro del malecón con eso y apuntas para el norte puedes ver hasta Key West.

Siguieron las risas. Canales sacó un teléfono y pidió un furgón a Medicina Forense, mientras el gordo Acevedo examinaba al muerto y hacía anotaciones en un cuaderno.

—Mira qué calidad —dijo el fotógrafo emocionado, muy orondo de sus capturas—, qué clase de resolución tienen esas imágenes. Esta réflex es lo máximo; puede disparar en modalidad de ráfaga seis fotogramas por segundo, filmar vídeo de alta definición y crear archivos de compresión sin pérdida. Tiene conexión USB, sensor de medición RGB y hasta un soporte para GPS, ¿qué te parece?

Muñoz era un tecnófilo incorregible; el tono extasiado que ponía en su explicación le pareció a Eddy de una intensidad casi pornográfica. Hablaba de la cámara como si se tratara de algo *sexy* que metería en su cama si le permitieran llevársela a casa.

—Lo importante es el muerto —le dijo Eddy intencionadamente.

—Nah —dijo el fotógrafo contemplando su preciada herramienta—, lo importante es *esto*, la perfección tecnológica; los muertos van y vienen.

—Ya está hecho, señores —anunció Canales volviendo del coche patrulla—, el carro Forense estará aquí en quince minutos.

A ver si nos acostamos temprano hoy, que Acevedo no es el único que tiene sueño.

Mientras el sol empezaba a asomar por el este, anunciando el lento despertar de la ciudad, Manolito se despidió del resto de los polis y se alejó por la calle Conde hacia Compostela. En el bolsillo trasero del pantalón llevaba a buen resguardo el dinero que había robado de la billetera del muerto. La billetera de piel, que incluía el carné de identidad del finado, la había tirado luego en un contenedor de basura, sin importarle que su hurto entorpeciera la labor policial, pues a él esos temas le traían sin cuidado.

11

—Ese tipo se suicidó, pariente —afirmó Román, señalando con sus delicados dedos de cirujano la bolsa de plástico que asomaba del congelador de la morgue.

Puyol se estremeció a causa de la temperatura.

—Cierra, cierra eso, Héctor. Entre el calor que hay allá fuera y el frío que sale de esa gaveta se me va a partir un pulmón.

El jefe forense pareció contrariado; le gustaba exponer sus informes con el apoyo visual directo del cadáver, prescindiendo incluso de las fotografías tomadas por los técnicos, pero se encogió de hombros y cerró el congelador.

—Eso está mejor —añadió Puyol—. ¿Ya tienes la hora aproximada de la muerte?

—El corazón se le detuvo en algún momento entre las diez y la medianoche del martes. Estuvo colgado de esa soga tres días y pico, hasta que la hija lo encontró.

—Y la soga no me lleva a ninguna parte —confesó Puyol con fastidio—. Según la gente del Departamento de Rastros y Materiales, se trata del típico cordel de fibra trenzada de henequén. Una soga vulgar.

—Pero ideal para matarse.

—Román, ¿por qué estás tan seguro de que ese hombre se mató?

—Está en las conclusiones del informe...

—Conclusiones que, desde luego, estarás encantado de resumirme.

—Claro, claro.

—Bueno, adelante.

El forense ignoró los papeles y miró hacia el congelador cerrado, como si todavía pudiera ver el cuerpo.

—El viejo era un bebedor regular, pero todo indica que su deterioro fisiológico se había ido acelerando en época reciente debido a un aumento significativo de la ingesta de alcohol. El cuadro metabólico que presentaba era lamentable. Cirrosis, inicio de una pancreatitis, niveles alarmantes de daño hepático, desnutrición, problemas en el sistema cardiovascular y circulatorio...

—Desastroso. Ni que hubiera salido de Chernóbil.

—Es que, a largo plazo, el etanol es como Chernóbil. Podría decirse que a ese ritmo le quedaban semanas de vida; dos o tres meses como mucho. Ese hombre no quería seguir viviendo; se estaba suicidando lentamente con ayuda del alcohol.

Puyol se cruzó de brazos pensativo.

—Parece que estaba muy deprimido —dijo—. Pero eso no significa que no lo mataran, solo que tú no has encontrado nada que desmienta el suicidio.

—No tenía marcas de golpes, ni rozaduras, hematomas o arañazos. Nada apreciable, al menos. Yo creo que él solito se subió a esa soga.

—Antes dijiste que ese hombre se estaba suicidando lentamente, ¿no?

—Ajá.

—Eso refuerza mi hipótesis de un crimen disfrazado.

—No veo cómo —replicó Román.

—Es evidente. Si ya se estaba matando a fuego a lento, ¿para qué acelerarlo todo colgándose de una guásima?

—De una guásima no —rectificó el forense perplejo—. De una viga...

—Da igual —terció Puyol—. ¿Por qué se volvió tan drástico de repente?

Román volvió a mirar hacia el congelador y su rostro se ensombreció por primera vez al considerarlo.

—Supongo que la gente cambia de opinión. Incluso para matarse.

—¿Tú crees? —insistió el teniente. Su tono indicaba que tenía otras variantes en mente, pero el forense no lo percibió.

—Sí. Desesperación, impulso súbito, vergüenza. El alcohol ayuda a tomar ese tipo de decisiones. Para mí no hay la menor duda; ese viejo se quitó la vida.

Puyol sonrió y le dio una palmada paternalista en el hombro.

—Héctor, amigo mío, tienes madera de criminalista, pero aquí el investigador soy yo. Concuerdo contigo en que el viejo Santiesteban quería morirse, pero estoy seguro de que alguien lo ayudó a cruzar al más allá.

—¿Muerte por compasión?

—Lo dudo mucho. En mi mundo eso suele ser asesinato. Con premeditación y alevosía.

Román sonrió y dijo:

—¿Ya echaste a andar tu dichosa máquina de tiempo extrapolativa?

—Aún no. Todavía estoy compilando información.

12

Batista aceleró rumbo al Hospital Emergencia. El olor a sangre dentro del Lada 2107 comenzaba a resultar incómodo. El sargento, que era muy pulcro, esperaba que no quedaran manchas en el asiento trasero. El tráfico de Reina estaba imposible; tomó un desvío por una calle lateral llena de baches. El coche iba dando tumbos.

—¡Ay, cojones, me cago en...! —se quejó el detenido, que iba completamente acostado para evitar que el asiento le rozara la herida. También iba descalzo y vestía una camiseta interior mugrienta y unos pantalones cortos de mezclilla empapados de sangre.

—Cállate de una cabrona vez, anda —le vociferó Batista, sin tomarse el trabajo de mirar atrás—. Tú solito te lo buscaste. Habértelo pensado más antes de meterte en la boca del lobo.

En su primer día juntos, él y el novato Yusniel habían intervenido una riña a navajazos en un solar y, como no había ambulancia para transportar al herido, Control les había ordenado trasladarlo al centro médico más cercano. Además de tener el rostro hinchado por los golpes, el tipo se había llevado un tajazo enorme en uno de los glúteos y sangraba profusamente.

El hombre gimió cuando el Lada agarró otro bache.

—¿Y se puede saber qué fuiste a buscar a ese solar? —le preguntó el novato mirándolo por el espejo retrovisor.

—Fui a arreglar cuentas con un hijo'puta que me debía plata —respondió el hombre, haciendo un esfuerzo por sobreponerse al dolor.

—Y seguro que te encontraste que el tipo vivía con una pila de primos allí y que te estaban esperando para caerte arriba.

El otro no dijo nada.

Batista cruzó la calzada de Belascuaín saltándose la luz roja.

—¿Cuánto te debía ese fulano? —preguntó el novato.

—Doscientas cabillas.

El sargento soltó una carcajada.

—¿En serio? ¡¿Y por doscientos pesos mierderos te has buscado que te piquen el culo?! ¡Hay que ser comemierda, chico!

—Es mi prestigio.

—Por eso mismo —asintió el novato—. Has tirado tu prestigio por el suelo por el equivalente a siete míseros CUC.

—Ahora vas a tener el culo picado para toda la vida, y la gente va a saberlo. Eso es moral. No valía la pena.

El detenido ladró una respuesta que parecía un sollozo enfurecido.

—A ese yo lo mato. ¡Por mi madrecita!

—Yo no te lo recomendaría —dijo Yusniel muy serio—. Si te sales con la tuya, vas a ir preso. Y si te sale el tiro por la culata te puede costar la vida.

—Lo voy a rajar al medio —repitió el herido con rencor—; a él y a sus dos primos. —Sofocó otro quejido—. Esos tres no llegan vivos al fin de semana.

—Eres un caso perdido, compadre —dijo el novato—. Vas camino del hospital y ya estás pensando en la revancha.

—Me lo voy a echar al pico —insistió el hombre con un hilo de voz—. Yo lo voy a rajar... Lo voy a rajar...

Continuaron avanzando hacia el Emergencia.

—Lo segundo que tienes que aprender en este trabajo es que la mayoría de lo que te enseñaron en la Academia es mentira —le sermoneó Batista al novato una media hora después, de regreso al patrullaje.

Condujo el Lada en sentido contrario a la circulación de Revillagigedo, maniobrando para zigzaguear entre los almendrones aparcados, la gente que ignoraba las aceras para caminar por el asfalto y los chiquillos que jugaban en medio de la calle.

—¿Mentira? —preguntó sorprendido el novato.

—Sí, mienten sobre el deterioro social —afirmó el sargento con desdén—, sobre el creciente índice de peligrosidad en la delincuencia. Es verdad que la gente todavía le tiene respeto a la Policía, pero eso también está cambiando. Esta ciudad lleva veinte años transformándose en un monstruo. Todavía le queda un buen trecho por andar para acercarse a las ciudades más peligrosas de Latinoamérica, pero... tiempo al tiempo, que hacia allá vamos.

—Creo que usted exagera —terció Yusniel.

—No me trates más de usted —rio el sargento—, que en la Unidad todos me tutean y me llaman Batista.

Revillagigedo estaba llena de baches y bajaba en línea recta hacia la bahía haciendo una suave pendiente. Predominaban los derrumbes y las edificaciones apuntaladas. El novato observó con aprensión el aspecto precario de las paredes y las balconadas a punto del desplome. Los bigotes oxidados de las antenas de televisión y los cables usados como tendederas aportaban un extra al caos de las fachadas. De un balcón les llegó el sonido demasiado alto de un reguetón de moda. Allí arriba, varias muchachas ceñidas en coloridas licras se contoneaban al ritmo de la música. Yusniel las miró fijamente al pasar.

—Yo creo que en la Academia nos adiestran bien.

—¿En qué los adiestran? ¿En teoría y procedimientos de manual? —se mofó el sargento—. Todo eso es un fiasco pedagógico; glosa barata para pioneros. La realidad es otra, mucho más agresiva, y solo puedes conocerla chocando con la calle, moviéndote por sitios como este día y noche, luchando con la chusma y la negrada al filo de la carretera.

Al oírle decir «la negrada», Yusniel se envaró ligeramente. Batista advirtió la breve tensión en el lenguaje corporal del chico y sintió una oleada de regocijo. Sabía que el novato era el típico mulato blanconazo de pelo bueno, educado y fino, que se empeñaba en ocultar cualquier indicativo fenotípico de su mestizaje.

—Los *niches* son los peores —apuntó, utilizando el término más racista que conocía—, pero nadie se atreve a decirlo en voz alta. —Se aclaró la garganta y lanzó un salivazo por la ventanilla sin molestarse en mirar. Señaló hacia los habitantes del barrio; los negros eran abrumadora mayoría—. Se están haciendo más astutos, más organizados, estratifican y diversifican sus chanchullos. Si no tomamos medidas drásticas, cualquier día de estos el tema racial nos explotará en la cara, ya lo verás.

El novato permaneció en silencio. Batista dobló muy despacio por la calle Esperanza, atento, como si estuviera buscando algo específico.

—En las academias tratan de crearte una visión positivista acerca de ser policía, y te mienten sobre la complejidad del trabajo. Ellos no te lo cuentan, para que no te asustes, pero yo estoy en la obligación de advertírtelo: el incremento de la delincuencia y de la marginalidad indica que estamos viviendo una época sin precedentes desde el triunfo de la Revolución.

—Precisamente por eso me hice policía. Para ayudar a la Revolución a luchar contra los antisociales.

El conductor chasqueó la lengua y dijo:

—Es una idea sublime, pionerito, pero me temo que has llegado con treinta años de retraso. —En los labios delgados se le dibujó una sonrisa sardónica—. Ya no se trata de la Revolución contra los antisociales; ahora la batalla del Estado se ha ramificado en muchos frentes: la delincuencia, los disidentes, los proyectos alternativos... —Detuvo el coche en la intercepción de Águila y se quedó contemplando la calle, a la espera—. La pobreza, el desengaño social y los experimentos económicos de Raúl lo han complicado

110

todo. Hace tiempo que el delito es una opción aceptada para sobrevivir y enriquecerse.

El novato Yusniel se preguntaba qué diablos estaban esperando allí.

—La prensa y la televisión evitan mencionar los actuales índices de criminalidad —siguió diciendo Batista—, y cuando tocan el tema solo se refieren a la corrupción en algunos sectores empresariales, pero la cosa está cambiando mucho más rápido en la calle.

—Me cuesta creerlo.

—Parece mentira que digas eso, tú que eres un hijo del Periodo Especial. Te criaste con la crisis.

—Pero desde entonces hemos mejorado —acotó el novato.

—La mejora es un fiasco, una puesta en escena. Debajo de ese maquillaje la cosa no ha hecho más que empeorar. Lo cierto es que la gente perdió la confianza en las instituciones; la actitud del ciudadano se ha hecho más irreverente, más esquiva, menos cooperativa. Nuestro trabajo es más difícil.

No parecían buenas noticias, pero Yusniel prefirió pensar que el veterano estaba jugando a meterle el miedo en el cuerpo. La Policía seguía teniendo enormes ventajas en su lucha contra los enemigos públicos: no sufría presión mediática, tenía la cooperación de los informantes del CDR, la tecnología, la infraestructura y la impunidad para detener, encarcelar y apretar a los sospechosos por tiempo indefinido; los abogados poco podían hacer en contra, ya que el derecho constitucional era apenas un chiste.

—Bueno —porfió en un arranque de optimismo—, pero la mayoría de los delitos terminan resolviéndose...

—Eso también es falso —dijo Batista rascándose el cuello rubicundo—. En Cuba, como en muchísimos lugares del mundo, hay miles de crímenes al año que no se resuelven: violaciones, asesinatos, desapariciones, asaltos. Los problemas van más allá de chulos y jineteras, de robos, carteristas y violencia doméstica. Esa época se terminó. Ser poli es mucho más delicado y peligroso que antaño. El juego y las apuestas en las peleas de perros y las vallas de gallos ilegales están aumentando; los prestamistas, la pederastia, las redes de pornografía infantil, el tráfico de personas... No puedes ni empezar a imaginarte las cosas con las que te puedes tropezar hoy día, pionerito. —Puso en marcha el coche y avanzó despacio por Águila—. Hay pequeñas mafias florecientes, drogas, pandillas; incluso hemos tenido enfrentamientos y tiroteos aislados en algunos barrios.

—¿Tiroteos?

Batista asintió con gravedad. Sus ojos azules y fríos seguían fijos en la distancia.

—Sí. Hay muchas armas sueltas en la calle; la cantidad ha ido en aumento en los últimos diez años.

—Pero ¿de dónde salen?

—Entran por el mar; las traen los narcotraficantes y las venden. También hay armas robadas a las FAR, o de policías corruptos que las han vendido. Como te dije, ha habido bastante descontrol en los últimos tiempos. Pese a lo que te han hecho creer, hace bastante tiempo que Cuba no es un sistema; es una suma de individualidades en muchas ocasiones.

El novato recostó la cabeza, tratando de digerir todo aquello de golpe.

—No pensé que la calle se hubiera vuelto tan peligrosa —reflexionó.

—La calle es un engendro —dijo Batista—. Si no te mata, te hará más fuerte. Pero te transformará; dalo por seguro.

Frenó el Lada de golpe, abrió la puerta, y sacó una pierna para bajarse. Se volvió hacia el novato.

—Presta atención, pero no salgas del carro si yo no te lo pido, ¿*okay*?

Yusniel asintió enfático y repitió medio en broma:

—Observar y aprender. Esa es la lección de hoy.

El sargento sonrió complacido.

—Lo has captado.

Salió del coche y fue directamente hacia un hombre que estaba parado en la esquina de Águila y Florida; vestía unos *shorts* desteñidos y rasgados, camiseta blanca con un ideograma asiático en el pecho y chancletas de goma de color marrón; a su lado tenía una cajuela de madera y encima una bandeja con papas rellenas envueltas en papel de periódico. El hombre era una especie de mulato mezclado con chino, muy delgado, con una cicatriz en forma de estrella en medio de la frente. Vio a Batista salir del vehículo y venir hacia él y supo al instante que se trataba de un poli. Trató de disimular la nota de miedo y contradicción que se le pintaba en el rostro.

Batista se acercó con parsimonia, aparentando aires de familiaridad. En realidad nunca había visto a aquel hombre, pero su intención era hacerle creer al novato que hablaba con un conocido.

—Coño, chino, estás haciendo tu agosto, ¿eh? —dijo, señalando hacia la bandeja de madera; la grasa de las papas transparentaba el papel impreso de los envoltorios.

El hombre, nervioso, forzó una sonrisa de circunstancias.

—Se hace lo que se puede, capitán.

«Capitán». Batista encontró muy divertido que le subiera el rango. Aquel tipo destilaba por la piel un tufillo a antecedentes penales.

—¿Y están buenas las papas?

—Están muy buenas —respondió el hombre—. El relleno es picadillo de carne'puerco auténtica; nada de masa cárnica ni ningún otro invento. ¿Quiere probar una?

El sargento lo miró a los ojos y suspiró como quien demuestra tener mucha paciencia.

—Si tú dices que están ricas, yo te creo, chino, pero el problema es que estoy seguro de que no tienes licencia para venderlas.

El vendedor se encogió de hombros, haciendo lo posible por mantener la serenidad.

—Mire, capitán —admitió en tono de disculpa—, le voy a decir la verdad. Todavía no me han dado la licencia de cuentapropista, pero ya está solicitada. Como yo he tenido problemas con la justicia, se me está demorando la licencia, pero en cualquier momento me la dan.

—Sí, te comprendo —asintió el sargento cansinamente—, pero tú sabes que vender alimentos sin licencia es una irregularidad que te puede costar muy cara.

—Pero yo tengo que buscarme la vida, eso usted lo entiende, ¿verdad?

Los rasgos del sargento se endurecieron.

—Yo lo único que entiendo, chino, es que debería cargarte pa' la Mazmorra por violar la ley. Aquí todo el mundo quiere hacer lo que le viene en gana, y eso no puede ser. Si yo soy flojo contigo ahora y me hago el de la vista gorda, ¿qué ejemplo le voy a dar a la gente del barrio?

El chino mulato permaneció en silencio. No convenía complicarse la vida haciendo sugerencias.

—A ver, chino —dijo Batista al cabo de unos segundos—. ¿Cuánto billete te has buscado vendiendo papas rellenas hoy? Y procura decirme una cifra que me convenza.

El otro vio una posibilidad de escape. La aprovechó.

—Cuatrocientos pesos.

—¿Cuatrocientos? No está mal.

—Ha sido un día bueno. Cuando me den la licencia de cuentapropista, mejoraré la oferta. Podré vender cajitas de comida preparada.

—Sí —apuntó Batista—, pero dime qué vamos a hacer hoy. —Su tono cambió, se hizo más sugerente y menos agresivo—. Yo también tengo que ganarme la vida, como tú; un salve por aquí, otro salve por allá, para redondear el día. ¿Qué hacemos?

—Lo que usted me diga.

El sargento miró hacia atrás; le sonrió al novato sentado dentro del vehículo, como dándole a entender que todo iba bien. Luego volvió a girar el rostro hacia el vendedor y se acarició la barbilla sin afeitar.

—Ta' bien. Voy a perdonarte —dijo—, y tú, en retribución a mi gentileza, vas a ponerme los cuatrocientos pesos debajo de ese periódico. —Había una página del diario *Juventud Rebelde* hacien-

114

do de mantel bajo las papas rellenas—. Hazlo con discreción, que parezca que te estoy comprando la bandeja completa.

El vendedor asintió, entró en un agujero de la fachada y regresó con la bandeja de madera cargada de papas para entregársela al sargento.

—Nos vemos otro día —se despidió.

—Que le aprovechen —dijo el vendedor, herido por el sablazo, pero feliz de evadir el arresto.

Batista fue hasta el Lada, abrió el maletero y, al inclinarse, sacó el dinero con discreción y lo guardó en un bolsillo. Regresó al asiento del conductor. El novato tenía expresión de curiosidad, pero no sospechaba nada.

—Ese chino es feo —dijo Batista—, pero tiene una voz de lo más bonita.

—¿Qué? —preguntó Yusniel sin entender de qué hablaba.

—Es un cantante de mi coro —explicó el sargento. Puso en marcha el Lada y salieron en dirección a los elevados del ferrocarril.

El novato seguía sin enterarse. La inactividad lo anquilosaba.

—¿Cantante?

Batista asintió.

—Cantante, trompeta, informante, chivato, confidente, o como diablos quieras llamarle.

—Ah, bueno... Disculpe, sargento, no sabía que existiera una metodología basada en la utilización de informantes...

—¡Pues, espabílate! Los informantes son la columna vertebral del trabajo policial. De hecho, toda esta sociedad está formada en la doctrina de la delación. ¿Cómo crees tú que se resuelven la mayoría de los delitos? ¿Con la policía científica? ¡Por favor! La envidia al prójimo y los hechos fortuitos ligados a los delitos contribuyen más a la resolución de los casos que la mayoría de las evidencias. —No podía creérselo. Aquel muchacho estaba más verde de lo que imaginaba—. Para obtener resultados hay que patearse las calles, tener contactos, presionar a los chivatos... Si quieres ser un buen poli, tendrás que aprender a ensuciarte las manos.

—Entendido. ¿Y qué fue lo que te contó tu informante?

Era un buen momento para echar el anzuelo, pensó el sargento.

—Me dio un buen chivatazo —mintió.

—¿En serio?

—Un asunto de drogas. La movida será pronto; dentro de dos días.

—¿Montarás un operativo?

—Claro. ¿Quieres participar, compañero?

Los ojos del novato parecieron iluminarse.

—Por supuesto.

—Sabía que podría contar contigo.

Yusniel se acomodó en el asiento. Quizás la relación veterano-novato no sería idílica, pero tenía la impresión de que con Batista aprendería mucho. De pronto recordó algo de la conversación anterior.

—Antes, cuando me hablaste de las omisiones de la Academia, dijiste que era lo *segundo* que tenía que aprender. Nunca mencionaste qué era lo primero.

Batista le dio un par de palmadas paternalistas en el hombro y dijo:

—Lo primero es ganarse la *confianza*, muchacho; mostrar lealtad absoluta hacia tus colegas de la Unidad. Si los demás polis de la Mazmorra no confían en ti, nadie querrá trabajar contigo. Y yo confío en ti. De lo contrario, ¿crees que estaría contándote todas estas cosas?

13

Sentado en un banco de mármol blanco con vetas grisáceas, junto a la puerta del Departamento de Medicina Forense, Eddy sacó su Nokia N73 y marcó un número de la agenda. Esperó varios tonos hasta que respondió la voz soñolienta de una mujer.

—¿Diga?

—¿Está Maikel por ahí?

—¿Quién habla?

—Despiértalo y ponlo al teléfono —exigió Eddy impaciente—. Si se hace el remolón dile que lo llama Eduardo.

La voz de la mujer se alejó un poco del aparato.

—Maik, despiértate...

—¿Qué pasa, vieja? —oyó decir a un hombre.

—Te llaman por teléfono —le respondió ella.

—Pero ¿quién carajo es? —dijo él con voz huraña.

—Tu acosador.

El hombre se puso al aparato.

—Dime, jefe.

—No me escribes, no me llamas, no me envías flores... —dijo Eddy—. ¿Por qué tengo la incómoda sensación de que me has abandonado?

—Teniente, mira... yo...

—Maikel, ¿tú crees que estás de vacaciones?

—No, no...

—¿Tengo que refrescarte la memoria sobre los términos de tu libertad condicional? ¿Cuál es tu obligación?

—Colaborar con la Policía —repitió el otro con desgana.

—Así me gusta. Por lo menos demuestras tener buena memoria. El problema es que, de la forma en que yo veo las cosas, no parece que estés cumpliendo con tu parte del trato últimamente. Por ejemplo, no tengo noticias tuyas desde hace más de un mes; no me das chivatazos, no me mantienes al día de la movida en el ambiente. Así que dime, ¿qué voy a hacer contigo?

—No sé, jefe, ¿qué me quieres decir...?

—Lo que digo es —cortó Eddy— que soy consciente de que aunque no me llames sigues ocupándote de tus chanchullos y tus bisnes... porque no estás trabajando y, claro, se supone que de algo tienes que vivir. El asunto es que no me queda más remedio que tomarme con despecho tu falta de compromiso. ¿Me sigues? Y eso significa que puedo regresarte al Combinado en el momento en que yo lo estime conveniente. ¿Te das cuenta por dónde va la cosa, Maikel?

—Sí —dijo el aludido con temor—, me doy cuenta.

Eddy subió las piernas en el banco y acomodó la cabeza en el apoyabrazos.

—¿Estás listo para hacer las maletas y volver al tanque?

Del otro lado de la línea hubo unos segundos de vacilación.

—Vamos, dilo sin miedo. Exprésate con confianza.

—No, teniente. No quiero volver.

—Entonces acaba de tirarte de la jodida cama y sal a la calle a cumplirme.

—Claro, claro —dijo Maikel—, enseguida salgo. ¿Qué tengo que hacer?

Eddy reacomodó la espalda y se metió la mano libre bajo la nuca.

—Hoy por la madrugada mataron a un negro en tu zona —explicó—. Le rajaron el pescuezo y dejaron que se desangrara. En la calle Bayona.

—¿Quién? ¿Lo conozco?

—Ese es el lío. El tipo no llevaba identificación y no hemos podido encontrar sus huellas en el sistema; quizás se hizo el carné en otra provincia y las redes provinciales no siempre funcionan como deben, así que necesito que bajes a ese barrio y me averigües todo lo que puedas sobre él: cómo se llamaba, dónde y con quién vivía, cuál era su invento, quiénes eran sus cúmbilas, sus enemigos, y si tenía cuentas pendientes con alguien. Apúrate. Quiero tener esa información lo más pronto posible.

—Necesitaré tiempo.

—Lo sé. Ponte en función de eso ahora mismo y dime algo en una hora.

—¿En una hora? —protestó el otro—. Pero, jefe, ese no es mi barrio.

—Bueno. Entonces todo queda bastante claro. Si pasada una hora ves que no vas a tener nada para mí, te aconsejo que aproveches el poco tiempo de libertad que te queda; échale un buen palo a tu negra, tómate un trago de ron, y luego preséntate en la Segunda Unidad y pregunta por mí. El papeleo va a ser rápido. Estarás de regreso en la prisión a tiempo para ver la telenovela. —Sonrió con malicia—. ¿Cuánto te queda por cumplir? ¿Cinco años?

—Creo que me las arreglaré —dijo Maikel—. Lo llamaré lo más pronto posible.

—Dije una hora —insistió Eddy—. Tengo un horario que cumplir.

—Está bien. En una hora a más tardar lo llamo.

Eddy colgó. Guardó el Nokia en el bolsillo del pantalón, comprobó la hora y se frotó los párpados cerrados. Tardó menos de dos minutos en quedarse dormido.

Soñó con el pasado. «Trauma pretérito», las palabras del maldito pastor albino habían trasteado en su subconsciente y ahora los recuerdos brotaban impetuosos en forma de pesadilla lúcida: su padre, fornido, manos enormes, poseso, el rictus deformando su rostro mientras estrangula a la madre de Eddy sobre la mesa de la sala; los vasos volcados, la loza rota de los platos de la cena, la vida extinguiéndose en los ojos de la madre frente a un atónito Eddy de siete años de edad que asiste a la violencia paralizado por la conmoción; el padre que afloja la tenaza mortal y, sin mirar a su hijo ni un instante, toma una llave inglesa, sale al jardín delantero, toca a la puerta del vecino y, cuando este abre, lo ataca con la herramienta y su rapto furibundo no cesa hasta haberle reducido el cráneo a pulpa sanguinolenta. El momento terrible, estático, expresándose en capas superpuestas de dolor. Las secuelas de Eddy: el desarraigo de diez años de experiencia en refugios para menores desamparados, la supremacía de la violencia entre adolescentes conflictivos, la crispación y el resentimiento general... hasta que apareció el coronel Patterson en su vida y lo rescató de todo aquello.

Lo despertó el teniente Puyol.

—¿Eddy?

Abrió los ojos. Le pareció que había dormido unos diez minutos. Pero podían haber pasado horas. Se sentó y sintió crujir sus tendones. Le dolía la espalda por culpa del banco.

—¿Qué hay, Puyol? ¿Tú también trabajas los domingos?

—Y sin cobrar horas extras —recalcó el veterano.

—Todo el mundo se queja de lo mismo.

—Qué desperdicio de sindicato.

—La dulce vida de los polis —recapituló Eddy—. ¿Y tú de dónde vienes ahora, de los cuarteles generales o de la sala del formol?

—De la morgue —sonrió Puyol—. Dice Acevedo que ya puedes pasarte por el laboratorio. Y por la cara que tiene, yo diría que a ese también le hace falta echar un pestañazo.

—No lo dudo. —Eddy se puso en pie—. Voy a ver si su insomnio valió la pena.

—Que te sea leve —dijo Puyol y se alejó.

Eddy entró al departamento. Al pasar por la morgue saludó con un gesto al doctor Román y siguió hasta el laboratorio. Allí dentro el olor a formaldehído era notable. El cadáver del joven degollado yacía sobre la mesa metálica de autopsia; lo habían lavado concienzudamente y tenía las cavidades torácica y abdominal abiertas por un corte bilateral de bisturí en forma de «Y» que iba desde los hombros hasta el pubis. El gordo Acevedo, todavía con los guantes de látex puestos, acababa de colgar el teléfono y estaba escribiendo en su cuaderno. Tenía los ojos irritados por la exposición al formaldehído, y por la falta de sueño.

Eddy apuntó con el dedo hacia la evisceración y los colgajos de piel.

—Podrías haberte ahorrado la exhibición de anatomía patológica.

—Supongo que sí —respondió el forense con redomado cinismo—, pero, por joder un poco al prójimo... Y con el prójimo me refiero a ti, que conste.

—Ya sé que es tu trabajo —terció Eddy—, pero creo que no hacía falta rajarlo más para averiguar de qué se murió. Le cortaron la carótida y el tipo tuvo un salidero con consecuencias mortales. Fin de la historia.

—Sí, pero resulta que tu pastelito venía con más de una sorpresa. —Le hizo señal a Eddy para que se acercara a una mesa de vidrio donde había colocado una de las trenzas *cornrows* del muerto y un pequeño frasco de plástico sin etiqueta—. Esta parte de la investigación le correspondía a la gente de Rastros, pero por puro azar me tocó a mí descubrirlo. A ellos no se les hubiera ocurrido revisar ahí, ni a ti tampoco, así que ya pueden darme las gracias por ser tan curioso.

—¿Le cortaste la trenza?

—No hizo falta. Es un postizo de fibra sintética teñido del mismo color que el resto del cabello. Parece una trenza más, pero está hueca por dentro.

Eddy lo comprobó. Era cierto. A él le recordaba un atrapade-dos chino, un juguete de su infancia. Miró en el interior con curio-sidad.

—Aquí no hay nada —observó con desilusión—, pero está claro que se trata de un receptáculo creado para ocultar y transpor-tar droga. Ingenioso; a ningún policía se le pasaría por la cabeza registrarle las trenzas a nadie. Si esto se pone de moda entre los distribuidores callejeros habrá que redoblar esfuerzos.

—¿Quieres adivinar qué se transportaba en esa trenza?

—No. Dímelo tú, que eres el experto en registrar hasta el últi-mo agujero de un cuerpo humano.

—Noto ironía en tus palabras. —Acevedo le guiñó un ojo en-rojecido y le indicó el frasco junto al postizo—. Echa un vistazo ahí dentro.

Eddy abrió la tapa de plástico. El frasco estaba lleno de peque-ñas píldoras de diferentes tamaños y formas, con llamativos colores. El teniente las dejó caer sobre la superficie de vidrio para examinar-las con atención. Cada píldora tenía un monograma distintivo: lo-gotipos de marcas de coche, de Play Boy, Xbox, Apple, Biohazard, Bayer e incluso el símbolo soviético de la hoz y el martillo; había pastillas redondas, triangulares, cuadradas y ovoides, con figuras de animales, palabras escritas, imágenes del yin-yang y símbolos del dólar, el euro y el yen grabados en sus caras.

—*Candys* —dijo Eddy.

—Drogas de diseño —asintió el forense—. MDMA, éxtasis, pirulas, caramelos; a veces son mezclas de muchas sustancias: me-tanfetaminas, LSD, cocaína, heroína y hasta matarratas y comida para peces. Psicotrópicos potentes. Van destruyendo las fibras pro-ductoras de serotonina y las neuronas, y con un poco de alcohol y mala suerte terminan dejándote el cerebro hecho una papilla. A los jóvenes les encanta.

—El muerto era un distribuidor.

—Eso sí que es un pastel.

Eddy se rascó detrás de la oreja, pensativo.

—El mayor se va llevar un buen disgusto.

—Ya se lo ha llevado —le dijo Acevedo—. Lo he puesto al tanto.

Eddy lo miró con sorpresa.

—Pero este caso es mío.

—El caso de homicidios es tuyo, claro. Pero si hay drogas implicadas el protocolo me exige que lo reporte inmediatamente a Villazón y al Departamento de Antidrogas. Además, el tipo tenía un buen mejunje en la sangre: alcohol, marihuana y cocaína.

—Lo malo es que el fulano está muerto —dijo Eddy—. Era nuestro mejor chance de averiguar si hay mucha mercancía de ese lote circulando en la calle, quién es el suministrador y dónde la almacenan. Si la operación que han montado es grande será difícil limpiar esa mierda de la calle.

—A lo mejor eso fue lo que lo jodió —dijo Acevedo mirando el cadáver—. Traficaba con material sensible y andaba embombado por ahí, haciendo alardes. Sus jefes se asustaron, vieron que el tipo podía caer en una redada y delatarlos, y entonces lo mandaron a matar. Un pescuezo rebanado huele a asesinato por encargo.

Eddy chasqueó la lengua con enfado.

—Esos *candys* lo complican todo. Ahora los de Antidrogas van a estar metiendo las pezuñas en mi caso y enturbiándome las aguas.

—Y eso no es lo más inquietante —añadió Acevedo con picardía, y descolgó de una percha de aluminio una bolsita de plástico precintado—. Todavía hay más. Te he reservado lo mejor para el final.

Eddy lo miró fijamente.

—¿Qué puede ser más inquietante que un cargamento de bombas MDMA?

—Esto.

El contenido de la bolsita consistía en una pieza irregular de color marfileño, larga, aplanada, y con una prolongación triangular de costados afilados. Estaba ensangrentada y había trocitos de materia orgánica pegados a su superficie.

—¿De dónde lo sacaste?

—Estaba dentro del muerto.

—¿Dentro? ¿Dónde?

—Lo saqué del interior de la herida del cuello.

Eddy sostuvo la bolsa en la mano y contempló la pieza. Estaba intrigado.

—¿Y esto qué carajo es?

—No tengo ni la menor idea —declaró Acevedo con júbilo—. Y esa es una de las pocas ventajas de mi profesión, que no tengo que romperme la cabeza.

—Tendré que llegarme a Rastros y Materiales; quizás Bruno pueda determinar si el patrón microscópico de la herida coincide con los filos de esta... cosa.

—¿Le habrán abierto la garganta con eso?

—No parece imposible. Es un poco pequeña para manipularla como cuchilla, pero está bastante afilada y cosas más raras se han utilizado para matar en la calle.

El forense asintió y se quitó los guantes de látex.

—Bueno, hasta aquí llega mi misión. —Masajeó el dorso de las manos. Se le escapó un bostezo—. Me voy a casa a dormir la mona.

—Dormir está sobrevalorado —dijo Eddy—. Mira, si te tragas un puñado de esos *candys,* seguro que te pasas una semana sin pegar ojo, y de paso aumentas tu rendimiento.

—No me tientes, Satanás.

—Tú te lo pierdes.

—Adiós. Me voy a disfrutar el domingo. Creo que me lo merezco.

—No sé si te lo mereces tanto. —Eddy le miró de soslayo—. Me has dejado con más dudas que las que ya tenía cuando entré aquí.

Acevedo recuperó su mordacidad.

—Supongo que eso es lo que hace que tu trabajo sea tan fascinante, ¿verdad?

Eddy iba por el pasillo que conectaba el edificio de Rastros y Materiales con la planta baja de la Mazmorra cuando recibió la llamada de su confidente.

—Te has pasado de la hora —dijo sin dejar de caminar—. No eres muy cumplidor.

—Me ha costado trabajo conseguir un teléfono.

—Creí que te dedicabas a carterear en las guaguas y arrancar cadenas en la calle. ¿No pudiste agitarle un teléfono a nadie?

—Yo ya no me dedico a eso, jefe. Eso fue una fase que dejé atrás.

—Ya. Bueno, ¿cómo se llama el tipo?

—Le dicen Yoyo. —Luego se corrigió—. Al muerto le decían Yoyo.

—¿Es todo? Eso no es un nombre, Maikel. Dime el nombre del tipo.

—Se llamaba Yolianko —dijo el informante—. Yolianko Etchegaray.

Yolianko, un maldito yeniano. Canales le había ganado la apuesta.

—No me estás alegrando mucho la mañana. ¿Qué más?

—Vivía en una barbacoa de la calle Merced con una mulata y tres chamas.

—¿Etchegaray, dijiste? —quiso confirmar Eddy, para luego buscar antecedentes en la Unidad. Se preguntó cómo diablos un tipo con un fenotipo tan carabalí podía tener un apellido vasco.

—Sí. Etchegaray. Pero en su barrio todo el mundo lo conocía como el Yoyo.

—¿Cuál era el bisne de Yoyo?

—El mismo de mucha gente; comprar y revender.

—¿Y qué es lo que compraba y revendía?

—Lo que fuera: ropa, zapatos, prendas, langostas, viagra, carne de res; lo que le cayera en las manos. Es lo que he oído decir.

Ni una palabra sobre droga.

—¿Alguna vez te compró lo que tú agitabas por ahí?

—No, jefe, ya te dije que no lo conocía. Somos de barrios diferentes.

Eddy se cambió el móvil de mano para escuchar con el otro oído.

—¿Por qué lo mataron?

—Eso no lo sé —dijo el informante—. ¿Tú crees que yo soy Mandrake el mago? Esas cosas no se pueden ir preguntando por ahí a la ligera.

—¿Algo más?

—No sé nada más, de momento. Pero seguiré averiguando, no te preocupes.

—Está bien —dijo Eddy—. Quiero que te centres en sus rivales, en sus amigos y en sus proveedores.

—¿Sus qué?

—El programa de alfabetización acabó hace cincuenta años. —Se exasperó Eddy—. Sus proveedores, toda la gente que le conseguía las cosas robadas. Joyas, ropas, merca, cualquier cosa. Puede que el Yoyo les debiera dinero y no quisiera pagarles. Eso ocurre constantemente.

—Es bastante complicado eso que me pides, jefe.

—Arréglatelas. Espero una llamada tuya para mañana. Me gustaría poner en el informe de tu evaluación de condicional que cumples con tus obligaciones.

Eddy colgó y fue a la oficina de los tenientes. Se entretuvo un rato hablando con un cabo llamado Argüelles hasta que aparecieron dos hombres preguntando por él. Uno de ellos vestía uniforme del MININT y se presentó a sí mismo como el sargento Boris García del Departamento de Antidrogas. Su acompañante era un jabao con ojos verdes de mirada hosca. Vestía como un pandillero de película: pantalones piratas de mezclilla, T-Shirt con motivos *hip hop* y zapatillas deportivas Reebok Pump de color blanco y suelas gruesas. Llevaba un pañuelo con la estampa de la Union Jack cubriéndole la cabeza, cadenas en el cuello y complicados tatuajes a lo largo de los brazos y la nuca. Muy malo. Eddy ya empezaba a cuestionarse por qué aquel elemento transuránico no tenía las esposas puestas, cuando el sargento Boris se lo presentó como el «compañero» Richard, agente de infiltración de la brigada de Antidrogas. Ambos iban a trabajar con él en el caso del joven degollado, por orden del propio mayor Villazón.

Conversó con Boris, pero no ocultó su menosprecio por el farsante. Había conocido antes a tipejos como Richard, criado viendo reposiciones televisivas de *En silencio ha tenido que ser* y soñando con ser un héroe clandestino; solo de oír la música de José María Vitier, ya Eddy se ponía enfermo. Podía trabajar con chivatos y exconvictos, pero no soportaba a los infiltrados. Para empezar, no tenía derecho a sacudirles ni ponerles contra las cuerdas. Luego, en su nada humilde opinión, estaba aquel asunto de los límites. Todo el mundo debería tener una delimitación; los chivatos –fueran infiltrados o involuntarios– no deberían pisar nunca una estación de Policía.

Eddy se resignó a la colaboración interdepartamental y les puso al tanto de algunos de sus progresos. Les dijo cómo se llamaba el muerto –no pudo evitar que el cabo Argüelles lo escuchara–, dónde podían encontrar a la familia y su zona de influencia, pero omitió todo lo referente a la extraña pieza afilada que había encontrado el forense dentro de la herida. Esperaba que Bruno, de Rastros y Materiales, pudiera echar algo de luz sobre el hallazgo esa misma tarde. Cruzaría los dedos por ello.

—Nosotros nos ocuparemos de las averiguaciones pertinentes —explicó Boris—. Richard cubrirá el frente callejero y yo llevaré la investigación formal. Y si descubrimos algo que le ayude a usted con su caso de homicidio se lo haremos saber.

—Perfecto —dijo Eddy. Que se encargaran ellos del peso de las formalidades. No creía que fueran a tener éxito. Boris se daría con un muro de silencio; los familiares no se atreverían a hablar por temor a represalias, y en la mayoría de los casos las mujeres no están al tanto siquiera de los asuntos de sus maridos. La gente del barrio se cerraría en banda ante el oficial, y los tipos peligrosos permanecerían invisibles. En cuanto al infiltrado... se encontraría más imposibilitado de penetrar la coraza del barrio que el oficial Boris, o el propio Maikel. De hecho, si un extraño como Richard conseguía algún avance rápido en la intrincada jerarquía criminal de las pandillas, lo más probable es que terminara por sufrir la misma suerte fatal de Yolianko Etchegaray.

Los de Antidrogas se marcharon y el cabo Argüelles llamó a Eddy.

—Oye —le informó—, mientras estabas hablando con esos dos mamarrachos, el mayor Villazón llamó por teléfono y me dejó un mensaje para ti.

Eddy se recostó al borde del buró de Argüelles. Le seguía doliendo la espalda.

—¿Y qué se le antojaba a su excelencia?

—Quería saber cómo te iba con sus muchachos —dijo el cabo—. Y luego me dijo que te recordara que hoy tenías que ir al hospital. Insistió en que el domingo es un buen día para hacer visitas a los hospitales. Dijo que tú entenderías.

—Si no queda más remedio... —dijo Eddy mostrando una de sus sonrisas torcidas—. Por cierto, ¿podrías hacerme un favor?

—Depende. No tengo dinero para prestarte.

—No. Se trata de otra cosa. Si pasa Canales y te pregunta por el nombre del pastel que estoy investigando, no le digas lo que oíste.

—Yo no oí nada —declaró el cabo con complicidad—. Soy sordo como una tapia.

—Bueno, pero si insiste en averiguar cómo se llama el muerto, dile que te pareció que lo nombraban David.

—¿Qué, hicieron una apuesta y Canales tenía la razón?

—Algo así. ¿Te acordarás del nombre?

—Claro. David —repitió Argüelles sonriendo—. Como Bisbal, el cantante.

14

La frustración era el combustible de la teniente Ana Rosa.

Siempre tenía de sobra.

Todos los días el mismo bregar: enfrentarse a la desidia de los ciudadanos, apechugar con la falta de recursos de la Unidad, y bracear en un mar de indolencia laboral. Esto último, la indolencia generalizada, era lo peor. A menudo, la falta de compromiso de sus compañeros la hacía estallar. Encima la gente la tildaba de intolerante, como si en aquella isla y con aquellos calores fuera sacrílego aspirar a que se hiciera bien el trabajo.

Parada en el balcón del apartamento de la ciega, Ana Rosa sacó el teléfono móvil y marcó el número de Rastros. Diez metros más abajo, el ambiente de la calle Cienfuegos parecía bastante tranquilo. No había piquetes de jóvenes en las esquinas, ni revendedores haciendo proposiciones, ni borrachos escandalizando. Cabía suponer que la madre de la joven violada había juzgado mal al vecindario. Pero ella sabía que la calma era epidérmica, pura cosmética conductual. Los pilares básicos de la supervivencia en la barriada estaban basados en la ilegalidad, eso no iba a cambiar, pero la mera presencia de la Policía científica, cuyo furgón estaba aparcado en la esquina de Corrales, había calmado las aguas de la actividad delictiva. Los negocios siempre podían esperar a que los fianas despejaran el terreno de juego.

Después de esperar diez timbrazos, Ana Rosa colgó molesta. No entendía cómo era posible que no contestaran en Rastros. ¿No había venido nadie hoy a trabajar al laboratorio, o estaban todos en una merienda simultánea?

Se dio media vuelta en el balcón y contempló el interior de la casa. Varios agentes de la Científica trajinaban en la salita y los dormitorios. Y a propósito de merienda, uno de los técnicos de fotografía, recostado a la pared en actitud ociosa, todavía con los guantes quirúrgicos puestos, estaba desenvolviendo el plástico de un oloroso sándwich de queso y tomate al que se disponía a darle una mordida.

—No irás a comerte eso aquí, ¿eh, Benito? —le dijo Ana Rosa, insuflándole a la pregunta un tono autoritario.

Benito, sorprendido, se quedó con la boca abierta al borde del sándwich.

—Pensaba que sí —dijo con voz medrosa—. Tengo problemas de azúcar y...

—O sea, que vas a contaminar la escena en la que tus compañeros están trabajando. ¿Vas a dejar caer miguitas por toda la casa, para añadirle un poco más de porquería al sitio?

—Discúlpeme —dijo el fotógrafo—, es que yo pensaba...

—No pienses tanto, Benito —cortó Ana Rosa—. Agarra la cámara y ponte a hacer tu trabajo; haz algo útil por ahí dentro, para variar.

El técnico, azorado, metió el sándwich sin envolver en el bolsillo de la bata blanca reglamentaria y se fue al interior de una habitación.

Ana Rosa se quedó con expresión ceñuda observando al resto de los técnicos. Todos siguieron inmersos en sus funciones, en silencio, y esquivaron sus ojos como si fuera capaz de convertirlos en piedra con una mirada. La teniente inspeccionó la sala una vez más y frunció los labios; estaba relativamente limpia, pero apestaba.

Apestaba a vulgaridad y mal gusto; muebles de madera sin barnizar, espacios estrechos, paredes desconchadas, cuadros con fotos familiares a las que el sol había robado el color, figuritas de yeso... Ana Rosa detestaba el pretencioso aroma a «pobreza con dignidad» impregnado en el ambiente de la casa, y odiaba aún más el olor a clase obrera y marginalidad que emanaba de aquella barriada y sus habitantes.

Pensó en su propio vecindario del reparto residencial Miramar, tan diferente y elitista, de avenidas arboladas, enormes chalets, apartamentos dúplex con jardines cuidados y garajes privados. El trazado perfecto de las calles, la belleza de los restaurantes, los clubes nocturnos; coches con chapa diplomática, gente haciendo *jogging* por el parque de Quinta Avenida al caer la tarde y mujeres elegantes paseando sus perros de raza. Se imaginó en su casa: la vista del mar sereno de agosto contemplado tras el cristal de su habitación de paredes blancas y cuadros con pinturas de naturalezas muertas, la brisa salobre que corría en el balcón a dos pasos de la costa. En Miramar se respiraba otro espíritu; un espíritu de triunfo, confort y ambición recompensada.

Y a diferencia de este maldito agujero en plena Habana Vieja, en Miramar la gente cooperaba con la Policía cuando era requerida.

Ana Rosa odiaba la falta de compromiso de los ciudadanos de barriadas como esta. Llevaba la mañana indagando, sin lograr un avance significativo. Los responsables del Comité de Vigilancia del CDR no tenían la menor idea de cómo había ocurrido la violación de una invidente en el edificio, no sospechaban de nadie. Los vecinos entrevistados no aportaban ninguna luz con sus declaraciones, los chivatos del barrio no aparecían y la mayoría de los inquilinos del edificio de cuarterías adyacente ni siquiera abrió la puerta cuando les tocaron; Ana Rosa sospechaba que tales residentes —en su mayoría prostitutas de muy bajo calado, emigradas de provincias y sin derecho a residencia en La Habana— evitaban a toda costa el contacto con las fuerzas del orden para escapar a cualquier tipo de coacción o represalia legal. El maldito edificio era un nido de ratas, y su investigación estaba atascada.

Bruno, el jefe de equipo de la Científica, se acercó al balcón.

—¿Han encontrado algo de provecho? —le preguntó la teniente.

El hombre negó y dijo en tono displicente:

—Los muchachos están haciendo lo posible por encontrar evidencias del intruso. Hemos recolectado cabellos, hebras, y también sacamos un montón de huellas dactilares que esperan ser procesadas y metidas en el sistema a ver si aparece algo. Pero es el infierno logístico de siempre; mucha huella y pocas nueces.

Ana Rosa volvió a fruncir los labios; a ese paso muy pronto le saldrían arrugas.

—Al menos tuvimos mucha suerte con el odorómetro —dijo Bruno con artificiosa alegría. Alzó las manos con las palmas abiertas hacia arriba y añadió—: Hemos conseguido levantar varias huellas de olor.

Ella lo miró con gravedad.

—¿Es una broma suya?

El técnico se encogió de hombros y dejó entrever una vaga sonrisa.

—Claro que es broma —se disculpó—. ¿No has visto esa serie policiaca que ponen en Cubavisión donde los técnicos siempre están levantando huellas de olor *in situ* y luego usan un perro para hacer la correlación? —Su sonrisa se ensanchó—. ¡Es ridículo!, el recurso más fantasioso que he visto en mi vida.

—¿A qué viene eso de hacerse el gracioso conmigo, Bruno?

—Disculpa, Anita, yo solo estaba...

—Shhh. Teniente Iznaga —aclaró ella—. No empecemos con las confianzas.

—Perdone entonces, teniente —dijo Bruno sonrojándose—. Era una simple broma sin intención de molestarla.

—Está bien. ¿Y se puede saber por qué están haciendo esto hoy?

—¿Hoy?

—Sí, hoy domingo. El caso está abierto hace veinticuatro horas. Si tu gente hubiera estado aquí ayer, haciendo su trabajo en tiempo y forma, ahora mi investigación podría estar más avanzada.

—Ayer sábado la mayoría de nosotros tenía el día libre —explicó Bruno—, y los que estaban en la Unidad fueron enviados a procesar la escena del caso de suicidio que está llevando Puyol. De hecho, hoy mismo el teniente Puyol solicitó a primera hora otro par de técnicos para volver a procesar el sitio, así que vamos cortos de personal.

—¿Entonces quiere decir que un muerto tiene más prioridad que la pobre muchacha ciega que violaron en esta casa?

—Yo no quiero decir nada —replicó Bruno, esforzándose en mantener su expresión de neutralidad al estilo «Ey, chica, no la cojas conmigo; yo solo te estoy informando»—. Si quiere saber por qué se tomó esa decisión tendrá que preguntarle al mayor.

—¿Alguna otra cosa?

—No, excepto que todo el procesamiento de pruebas va a demorar por lo menos unos tres días a partir de mañana, así que, con todo respeto, tómeselo con calma. Recuerde que hoy es domingo; la mitad del equipo está trabajando para hacerme el favor, que fui quien les pidió que vinieran. Luego hay que tener en cuenta que este asunto, independientemente de la violación, está considerado como un simple allanamiento de morada, así que pierde prioridad ante los casos de Puyol y Eddy, que implican muertes violentas. Y luego está el tema de los reactivos; no tenemos suficiente cantidad en el laboratorio y el próximo envío se podría demorar hasta el miércoles que viene.

—Los reactivos —repitió Ana Rosa con tono escéptico.

—Sí, los dichosos reactivos químicos. No es culpa nuestra que vayamos cortos de material.

—Ya veo.

—¿Alguna otra cosa que quiera saber?

La teniente negó con la cabeza y Bruno se marchó sin decir

nada más. Ana Rosa volvió a salir al balcón, más que nada para respirar con fuerza. Las contrariedades la sofocaban.

Bruno entró a la habitación de la ciega y se tropezó con Benito, que tenía el sándwich a medio comer; el técnico casi se atraganta. Luego intercambiaron sonrisas de confianza mutua.

—Dice la tenientica que yo le estaba «contaminando la escena» —mencionó Benito burlón—. Ni que fuera la escena de un crimen.

Bruno hizo un gesto despectivo y añadió en voz baja:

—Esa se cree que es la reina del Caribe porque es oficial, rubia y tiene las tetas grandes. Qué equivocada vive.

Afuera, en el balcón, Ana Rosa decidió echarle un vistazo a su coche particular, un Hyundai ix35 de color gris acero que su esposo le había comprado en la zona franca. Lo tenía aparcado en fila delante del furgón de la Científica, y se dio cuenta de que había un corrillo de chicos en edad de secundaria muy cerca del vehículo.

Volvió a pulsar el número de Rastros y alguien contestó enseguida.

—¿Sí? —dijo una voz de mujer al otro lado del teléfono.

—Tamara, soy yo: Ana Rosa.

—Hola, teniente. ¿Qué tal?

—¿Tienes algo nuevo para mí?

—¿Sobre el caso del violador?

—Que yo sepa, el caso del empresario español acusado de proxenetismo nunca fue asunto de nosotros —dijo Ana Rosa con rebuscado sarcasmo.

La voz de la técnica se mostró insegura.

—Teniente, no sé de qué me hablas...

—¡Pues claro que me refiero al condenado caso del violador! —dijo ella exasperada—. ¿Algún avance?

La voz carraspeó incómoda.

—Bueno... sí... tenemos algo. Las muestras de semen de las dos últimas víctimas pertenecen al mismo donante. Lo que quiere decir que ya no se trata de un simple *modus operandi*, sino de ADN que lo vincula a ambas violaciones. Un dato interesante es que el fluido seminal venía acompañado de una coloración anaranjada, lo que suele indicar hematospermia.

—¿Qué?

—Sangre en el semen.

—Pero eso podría ser sangre rectal de la víctima.

—No, se determinó que procede del fluido seminal, y podría ser un síntoma de infección en el tracto urinario. Pero lo interesante es que la hematospermia podría estar asociada a la anhedonia eyaculatoria. —Tamara hizo una pausa para agregar—: No es un trabalenguas, sino un fenómeno que incapacita al hombre para alcanzar el orgasmo.

Los chicos estaban ahora más cerca del Hyundai; probablemente el diseño del vehículo les resultaba hipnótico, pero Ana Rosa empezó a ponerse nerviosa. No se acordaba si había asegurado las puertas al cerrarlas, y se había dejado algunos CD a la vista. Aquellos ladronzuelos podrían sentirse tentados.

—¿Y qué importancia tiene eso? —preguntó, aunque estaba más centrada en lo que ocurría a media manzana de distancia que en la conversación de la técnica.

—No lo sé, pero deberías tenerlo en cuenta; el orgasmo consiste en el alivio de la tensión sexual, que normalmente se acompaña de la expulsión de semen. En este caso podría no ser así; el agresor eyacula, pero no puede experimentar placer. ¿Lo entiendes? Quizás eso explicaría su compulsión a violar.

La teniente resopló.

—Mira, Tamara, no estoy tratando de entender su compulsión, sino de agarrarlo y meterlo en una celda colgado por los huevos. Lo que me dices no me sirve de nada.

—Pues es todo lo que hay por ahora.

En la calle, uno de los chicos se acercó al parabrisas del Hyundai y echó una mirada al interior del coche. Otro pasó la palma de la mano por la pulida superficie del capó, y un tercero se agachó a contemplar uno de los faros delanteros. Ana Rosa no estaba dispuesta a tolerarlo.

—Está bien. Si aparece algo nuevo me avisas. Ahora tengo que dejarte.

Colgó y salió de allí. Apuró el paso escaleras abajo, mascullando, convencida de que la maldita mañana no daría más de sí.

15

Tatiana Santiesteban, la hija del ahorcado, vivía en un segundo piso de la calle Mercaderes, muy cerca del hotel Ambos Mundos y de la plaza Simón Bolívar.

El apartamento era pequeño, abarrotado de muebles, con una fachada que se había beneficiado del programa de restauración arquitectónica. Estaba muy cerca de la bahía y, de haber tenido mayor altura, se habría podido disfrutar de una vista espléndida desde el balcón, pero los edificios le robaban la panorámica del puerto y tenían que contentarse con ver la mole de la Lonja del Comercio.

—Adelante —dijo la joven con voz compungida.

—Gracias —contestó Puyol, y entró a la casa.

La joven compartía vivienda con su marido, su suegra y un par de gatos de Angora bastante flacos. Puyol observó que no había indicios de niños en la casa.

Los tres moradores estaban sentados en un sofá de avejentado mimbre que alguna vez había sido de color nogal; ahora recordaba a la paja seca. El armatoste tenía aspecto quebradizo y el forro de los cojines estaba hecho con una tela reciclada de mantel, cosida con descuido, pero al menos el tejido parecía limpio. En realidad el mimbre, de un estilo de mediados de los años ochenta, dominaba el ambiente decorativo de la sala: sillas, mesa, macramés, y hasta un alto anaquel con forma de viandero; incluso por el pasillo estrecho que conducía a las habitaciones podían verse algunos cuadros rústicos con marcos de mimbre. Por el olor se notaba que recientemente le habían dado una mano de pintura de aceite a las paredes, lo que atenuaba la peste a orines de gato.

Sentado frente a ellos en una butaca a juego con el sofá, Puyol esperó a que el incómodo silencio de la sala ascendiera como la niebla hasta disiparse en el bullicio callejero que entraba por las puertas del balcón.

Tatiana tenía treinta y cuatro años pero parecía mayor, envejecida de golpe, sus ojos pardos enrojecidos por el llanto y el insomnio, su belleza deslustrada por el abatimiento. Vestía unos pesqueros negros con pequeños lazos bajo las rodillas, una blusa de algodón blanco con el escote alto y unas sandalias de cuero amarillento con las suelas muy delgadas. Su marido se llamaba Alejandro y era dos años mayor que ella; calzaba botas militares embetunadas y llevaba puestos unos tejanos viejos y una camiseta sin mangas, con el logo impreso de los Orioles de Baltimore, que dejaba ver hombros y pecho cubiertos de una vellosidad negra y tupida. No era un hombre mal parecido, pero el cabello rizo le raleaba en la coronilla y su barriga comenzaba a acusar un abuso de la ingesta de cerveza. Bajo las pobladas cejas, sus ojos eran negros y rapaces. En sus inquietas manos sostenía una gorra de béisbol de los Orioles. Sentada en medio de la pareja, la suegra de Tatiana parecía una bruja fuera de lugar: el cabello cenizo, hirsuto, el ojo derecho ciego, velado por un matiz azulado de cataratas; la textura de su piel olivácea daba la impresión de estar construida con una infinidad de diminutos alambres tejidos a máquina y luego oxidados mediante procesos artificiales. La anciana enfundaba su delgado cuerpo en un batilongo grisáceo que la cubría hasta los tobillos, y tosía con nerviosismo.

—En primer lugar —dijo Puyol empleando su tono más protocolar—, les agradezco mucho que, a pesar de las circunstancias de duelo por las que está pasando la familia, hayan tenido a bien reunirse conmigo hoy domingo. Lamento mucho interrumpirles el día de descanso.

—Yo no descansaba hoy —puntualizó el marido de la joven levantando el índice de la mano derecha; la piel en el dorso de los dedos era muy velluda también—. Tuve que faltar al trabajo para estar aquí.

Puyol se extrañó.

—¿Usted trabaja los domingos, Alejandro?

—Normalmente no —explicó el interpelado haciendo economía de gestos—, pero como el taller no cierra, cada domingo un par de mecánicos se queda en el turno de guardia por si se presenta algún vehículo de la empresa.

—¿Dónde trabaja?

—En Habanamec, a una cuadra del Museo del Ron.

—Lo conozco. El taller de mecánica automotriz que está en la calle Sol.

—Ese mismo. Hoy me tocaba el turno —repitió—. Tuve que dejar a mi compañero solo, y si mi jefe se entera, puedo meterme en problemas. No me conviene; el jefe es muy exigente y en la calle hay mecánicos buenos de sobra.

—Le agradezco el esfuerzo —manifestó el teniente—. De todos modos mi visita no durará mucho. Solo necesito matizar algunas cosas sobre el señor Santiesteban, a ver si ustedes me ayudan a esclarecer ciertas dudas que me surgen al respecto de su deceso. No creo que la conversación se prolongue más de media hora, pero si usted piensa que puede tener problemas en su trabajo, yo puedo ponerme en contacto con su jefe y explicarle que se trata de un asunto de la PNR. ¿Le parece bien?

El hombre carraspeó al oír la propuesta del policía. En aquel clima económico de forrajeo y supervivencia, los asuntos de la PNR debían mantenerse lo más desvinculados posible de los centros laborales.

—No —respondió—, no hace falta que se moleste.

—¿Hace mucho tiempo que trabaja allí?

—Diez años.

Puyol asintió y dijo:

—Bueno, quiero disculparme de antemano por las preguntas que voy a hacer. Es muy posible que salgan a colación temas que resulten especialmente sensibles, sobre todo para usted, Tatiana, pero se trata de una investigación en curso y deben entender que no es mi intención crearles malestar.

—¿Una investigación? —preguntó la joven extrañada—. Pero, oficial, si mi papá se suicidó.

—Nadie lo pone en duda, pero cuando alguien muere en tales circunstancias, sin testigos y sin nota de suicidio, es reglamentario que la PNR inicie una investigación formal. —Sonrió para quitarle carga dramática a lo dicho—. Véalo de esta manera: tan pronto obtenga la información necesaria que me permita esclarecer los hechos, más rápido podré presentar mi informe en la Unidad y dar el visto bueno para cerrar el caso, y más rápido podrá usted disponer del cuerpo de su padre para darle la debida sepultura. ¿Entienden?

La pareja asintió. La anciana, en cambio, daba la impresión de no haber entendido una palabra; observaba al teniente con la cabeza ligeramente ladeada, y en su mutismo parecía una gárgola mitológica hecha de arcilla.

—Bien —continuó Puyol—. Hemos determinado que el señor Santiesteban murió poco antes de las doce de la noche del martes pasado. ¿Dónde estaban ustedes a esa hora?

—No le entiendo —dijo la joven.

—En la playa —declaró su marido—, a ciento cuarenta kilómetros de aquí.

—En Varadero —añadió la anciana; su voz sonaba como algo que brotara de un agujero en el tocón de una ceiba—. Mi hijito precioso se llenó de voluntad y me llevó a la playa más linda del mundo. Ya era hora, digo yo, de que me llevaran a alguna parte. —Giró un poco el cuello y el ojo opaco quedó más cerca de Puyol—. ¿Usted puede creer que a mis setenta años nunca había estado allí?

—Mamá... —la reprobó su hijo suavemente.

—Insisto en que se trata de una simple rutina policial. Necesito saber sus horarios de salida y regreso, dónde se hospedaron en la playa, cosas así.

—Salimos para Varadero el martes a las diez de la mañana y regresamos a La Habana el sábado bien temprano —explicó Tatiana—. Estuvimos quedándonos con un amigo de Alejandro que nos invitó a su cabaña. Podemos darle su dirección y teléfono. —Se volvió hacia su marido, como buscando confirmación. El hombre asintió sin decir nada—. El martes, a esa hora de la noche —prosiguió ella—, estábamos viendo un *show* en el Mambo Club. El amigo de Alejandro y su mujer nos acompañaron y nos pasamos la velada compartiendo con ellos.

—En esos cuatro días que estuvo ausente, ¿le hizo alguna llamada a su padre?

—No podía. En la casa de mi papá no hay teléfono.

—Ese viaje a la playa —le preguntó Puyol al hombre—, ¿fue algo planificado de antemano, o surgió de repente?

—Ya estaba planificado —respondió él—. Hablé con mi amigo hace tres semanas por teléfono y nos pusimos de acuerdo para esta fecha.

Puyol cruzó las piernas y reacomodó su cuerpo en la butaca. Trataba de mantener la conversación alejada de la típica hostilidad de un interrogatorio. Le gustaba mostrarse amable y comprensivo mientras su parte intuitiva se echaba a un lado y observaba el difuso entramado del lenguaje corporal de la gente. La gestualidad ajena le conducía a mensajes ocultos, y desentrañarlos favorecía su trabajo.

—¿Y qué tal la playa? —Cambió de tema de pronto, intentando involucrar a los tres con la pregunta—. Dicen que ya Varadero no es lo que era. El agua es más fría, la arena más sucia. Es por el cambio climático.

—Para mí estaba bien —dijo Tatiana.

Su marido se encogió de hombros, pero permaneció en silencio.

—Demasiados turistas —protestó la anciana—. Enturbian el agua, encarecen los sitios para comer... Y jineteras, muchas jineteras, es una vergüenza. Son peores que las fleteras de mi tiempo. Se exhiben sin el menor pudor. La Policía debería hacer algo para sacarlas de allí.

—Vieja, deja eso ya —protestó Alejandro sin mucha convicción.

—No me mandes a callar —masculló la anciana—. Esta es mi casa, y mientras yo respire y pueda valerme por mí misma diré lo que se me antoje.

Puyol sonrió divertido. Se volvió hacia la joven.

—¿Dónde trabaja usted?

—En el Hospital Calixto García. Soy enfermera en el pabellón de Quemados.

—¿En el Vedado? ¿Y por qué tan lejos?

—Allí fue donde me ubicaron. Uno no puede controlar esas cosas.

—Eso es cierto.

—Yo nunca trabajé en la calle —dijo la anciana sin que nadie le preguntara—. A mi marido no le gustaba. Soy ama de casa, pero pago la Federación y siempre he sido una mujer decente. Y le di a mi hijo todo el cariño que necesitaba. Él no se puede quejar de mí.

Nadie le respondió, y Puyol aprovechó para dirigirse a Tatiana.

—A su regreso de Varadero, usted declaró que no faltaba nada en la casa; ni dinero, ni objetos de valor.

—Exacto. ¿Por qué lo pregunta? ¿Cree que alguien entró a robar?

—No. Simplemente estamos descartando posibilidades. ¿Tenía amigos el señor Santiesteban? ¿Podría tener visitantes ese día?

—No lo creo —dijo ella—. Mi papá no salía mucho, y nadie iba a visitarlo.

—¿Tenía enemigos personales? ¿Alguien que quisiera hacerle daño?

—No que yo supiera. Pero lo dudo mucho; vivía muy recogido.

—Podría ser que alguien usara una llave para entrar —especuló el teniente.

—Imposible. Solo mi papá y yo teníamos llaves de esa cerradura.

—¿Está segura de que nadie más tenía copia de la llave? Es probable que su padre le hiciera una copia a la vecina para que la utilizara en caso de alguna emergencia.

—No, no existen otras copias —terció Tatiana—. La única llave, aparte de la que tenía mi papá, es la mía. Y nunca la saco del llavero. —Se levantó y tomó su bolso de cuero de la mesa. Sacó un manojo de llaves, donde destacaba una pieza de bronce idéntica a la antigua y elaborada llave que Puyol había etiquetado como prueba en la casa del ahorcado—. Mírela aquí. Le puedo asegurar que la tuve conmigo todo el tiempo.

Puyol asintió con neutralidad. No quería hacer demasiado énfasis en el tema de la llave, ni forzar sospechas en esa dirección.

—¿Por qué su padre no fue con ustedes a Varadero? Quizás sacarle de su cueva le habría venido bien.

—Ahora ya es muy tarde para eso —intercaló la anciana, aunque nadie prestó atención a sus palabras.

Alejandro seguía apoltronado en el silencio, pero sus ojos se mostraban inquietos; se le notaba incómodo ante la posibilidad de que la esposa pudiera culparlo de no incluir a su suegro en el viaje. Sin embargo, Tatiana no parecía albergar reproches.

—Los amigos que nos invitaron no tenían espacio para más de tres personas en su cabaña —declaró—. Por eso fuimos solo nosotros.

—Suerte la mía —volvió a inmiscuirse la anciana—. Por poco me muero sin ver Varadero.

—De todos modos él no hubiera querido ir —dijo la joven—. Usted no entiende. Mi papá estaba muy deprimido. No quería salir de la casa, y no permitía que nadie le dirigiera la vida.

—Ese hombre se mató —graznó la anciana—. Estaba muy mal de la cabeza...

—Vieja —la reprendió su hijo—, cállate de una vez y deja hablar a Tatiana...

—¡¡Te dije que no me mandes más a callar!! —estalló la mujer y se puso en pie para dirigirse a la cocina. Sus pasos eran extraños, como los de una muñeca animada por un mecanismo de cuerda.

Puyol alzó las palmas de las manos para imponer silencio.

—Por favor, cálmense —pidió—. Como les dije antes, mi intención es recabar información, no crearles un malestar adicional.

Los ánimos se distendieron. Por el balcón les llegó sonido de rumba en la calle, el repiqueteo de chancletas de una comparsita del programa folclórico colonial. El aire olía a ajiaco y azúcares fermentados.

Puyol buscó la mirada de la joven.

—¿Cree que su padre se suicidó?

Ella se estremeció y apretó los labios. Luego dijo:

—Tengo la impresión de que... de que no quería seguir viviendo.

—¿Por qué? ¿Manifestó una conducta autodestructiva? Algo que pudiera anticipar una tendencia suicida.

—No. Destructiva sí, pero no suicida. Lo que puedo decirle es que bebía mucho. Quería olvidar, pero nunca mostró intenciones de quitarse la vida.

—Entonces, ¿por qué está tan segura de que eso fue lo que ocurrió?

—No estoy segura, oficial. —Su voz era temblorosa, como si caminara sobre arenas movedizas—. Solo sé que me ausenté varios días para tomarme unas cortas vacaciones, y cuando volví me encontré a mi papá así, en ese estado de deterioro, colgado en medio de la sala... fue horrible. —Tragó en seco—. Yo nunca me hubiera imaginado... nunca me hubiera pasado por la cabeza que mi papá iba a cometer una locura así.

—Pues entonces, ayúdeme —le exigió Puyol suavemente—. Ayúdeme a deducir, a imaginar qué pasaba por la cabeza de su padre. Necesito ponerme en su lugar para entender por qué cometió un acto tan extremo.

La anciana regresó de la cocina con un tazón humeante. Lo puso sobre la mesita de mimbre frente a su nuera sin mediar palabra. Algo para calmarle los nervios. Tatiana le dio un sorbo al brebaje. Parecía más pálida.

—Vamos, écheme una mano —insistió el investigador—. Hágalo por su padre.

Tatiana se encogió de hombros.

—Creo que tenía sus motivos —dijo—. Fue por mi hermano. Por Arkady.

—Pobre muchacho —se lamentó la anciana hablándole al aire mientras se asomaba al balcón.

—Por Arkady —repitió el teniente—. Tengo entendido que su hermano murió mientras cumplía misión con el contingente médico en Venezuela.

Ella lo miró con los ojos húmedos y asintió.

—Así es. Papá sufría mucho desde que recibimos la noticia. No podía superarlo.

—¿En qué circunstancias falleció Arkady?

—Los compañeros del Ministerio de Salud que vinieron a hablar con nosotros dijeron que fue un caso de asalto. No explicaron demasiado. Dijeron que Arkady ejercía en una parte rural del país con mucha violencia. Mi papá se derrumbó, se hundió, se refugió en la bebida; después de eso empezó a comportarse como si ya nada le importara...

—Pero la muerte de su hermano ocurrió hace dos meses —alegó Puyol—. ¿Por qué pasó de la depresión al desespero de repente?

Ella suspiró y dijo:

—Creo que me hago una idea.

—¿Podría compartir esa idea conmigo?

Las pupilas de la joven parecieron empequeñecer.

—Hace unos días nos informaron de que la semana que viene van a traer de Venezuela el cuerpo de Arkady. Ahora que lo pienso, creo que eso debe haberlo enloquecido. Quizás no pudo soportar la idea de ver a su hijo dentro de un féretro. No pudo resistirlo... —Se interrumpió, y por un momento dio la sensación de encontrarse muy lejos de allí—. Papá no sabía cómo iba a afrontarlo. Creo que le faltó el valor, y por eso decidió... hacer lo que hizo.

—Es muy posible —dijo Puyol. Miró al hombre—. ¿Puede aportar algo a lo dicho, Alejandro?

—¿Yo?

—Sí, claro, usted. Me gustaría saber su opinión.

—No sé qué decirle. Él y yo nunca hablamos mucho. No lo conocí lo suficiente para tener una opinión. —Se puso en pie y añadió con aires de urgencia—: Mire, oficial, no tengo mucho que aportar sobre el asunto. Apoyo a mi mujer en lo que ella necesite, pero ahora debo estar en mi puesto de trabajo. Entiéndame, no puedo dejar tirado a mi compañero durante tanto...

—Lo entiendo perfectamente —le dijo Puyol irradiando cordialidad—, y no tengo inconveniente. Puede irse cuando quiera. Una vez más, le agradezco su presencia.

El teniente se incorporó, le tendió la mano a modo de despedida y Alejandro se la estrechó. Puyol se concentró en el breve contacto y dijo:

—Me alegra haber hablado con usted.

El hombre se marchó.

—Tendrá que disculparlo —dijo Tatiana en voz baja, refiriéndose a su marido—. Alejandro se siente muy incómodo con todo esto. A lo mejor se culpa de haberme alejado de La Habana durante estos días, no lo sé. Él y papá no eran muy cercanos...

—No importa que hables en voz baja —alegó la anciana desde la cocina—. Soy medio ciega, pero escucho muy bien todavía. Tu padre nunca recibió muy bien a mi Alejandrito. No lo quería para ti...

La muchacha hizo un esfuerzo por superar su abatimiento y ponerse a la defensiva.

—Eso no es así, Consuelo —terció—. Son dos generaciones en conflicto. Mi padre quería que yo me casara con alguien más... no sé, más involucrado ideológicamente con el proceso...

—Quería que te casaras con un príncipe rojo, eso es lo que quería.

—Es natural —intercedió Puyol—. Todos los padres aspiramos a que nuestra hija encuentre el mejor compañero posible. Olvidamos que nuestros criterios están lastrados por lo personal y vienen prejuiciados desde la raíz. Les damos alas a los hijos, pero nos cuesta confiar en su vuelo.

Ninguna de las dos mujeres dijo nada.

—Pues eso será todo —dijo el teniente—. Tengo que volver al trabajo.

—Como mi hijo —señaló la anciana.

—Como su hijo —corroboró él sonriendo—. Y no se preocupe, Tatiana. Creo que podré cerrar el caso mañana mismo, así que es muy posible que pasado mañana pueda disponerlo todo para los funerales.

—¿Mañana? ¿Tan pronto?

—Eso espero.

16

Eddy deambuló por los pasillos de Neuro del Hermanos Ameijeiras hasta dar con la habitación donde tenían ingresado al comatoso. Entró y se encontró a la tal Laura Núñez junto a la cama del hombre, sentada en el clásico sillón de hospital hecho con tubos de aluminio y cuerdas de plástico. Las cuerdas le recordaban a Eddy aquellas combas de juguete de su niñez.

Entre el enyesado, el aparato de respiración asistida y los monitores de diagnóstico, el tipo parecía el lamentable cruce entre una momia y un androide.

—Hola —dijo Eddy, parado en el umbral.

La mujer enmudeció al reconocerlo.

—Pero... ¿qué tú haces aquí?

Eddy cerró la puerta a sus espaldas. La segunda cama de la habitación estaba sin hacer; quizás Laura había dormido en ella durante la noche.

—¿La Policía va a seguir con el acoso?

—No. Vengo a decir algo.

Ella lo miró con expresión de furia contenida.

—No sé cómo te atreves —dijo con voz cortante—. ¿Cómo se te ocurre aparecerte en este sitio después de lo que le hiciste a mi marido?

—Lo hago por ti. Quiero ofrecerte una disculpa.

—¿Una disculpa? —repitió Laura—. Hay que tener una cara muy dura para venir a disculparse por tirar a una persona desde un tercer piso. —Acusarlo le infundía valor—. Eso fue un abuso, chico, y sin necesidad.

Eddy alzó ambas manos, conciliador.

—Fue un accidente. Él iba huyéndome, tropezó y se cayó.

—Seguro que se volvieron a fajar en la azotea y lo tiraste.

—No puedes decir eso. Tú no estabas allí.

Se acercó un poco más a ella. No era muy bueno manejando las emociones, pero había prometido que lo intentaría.

—Mira, Laura...

—¡No digas mi nombre, coño! —contestó furiosa la morena y cerró los puños en actitud ofensiva—. No se te ocurra mentar mi nombre otra vez, que tú a mí no me conoces...

—Te hice un favor —dijo Eddy—. Fui a tu casa porque me avisaron. Ese tipo te estaba dando tremenda paliza cuando aparecí por allí, no lo niegues. Si no llego a intervenir, a lo mejor serías tú la que ahora estuvieras en esa cama.

Ella lo miró estupefacta.

—Además —añadió Eddy—, la culpa es tuya; si no me hubieras retenido, yo lo habría esposado ahí mismo y nos hubiéramos ahorrado este drama.

—Es mi marido. Tenía que...

—Pero te estaba masacrando a su antojo.

—Mentira.

—Busca un espejo y mírate la cara. Míratela bien. ¿Por qué no lo denunciaste a él por hacerte eso?

—Da igual —declaró ella vehemente—. Me ayuda a mantener al niño.

Eddy señaló hacia el comatoso.

—Es una suerte que ese muchacho no sea suyo, con esos genes jodidos que tiene.

—No tenías derecho... —masculló Laura Núñez y descargó

sus puños sobre el pecho de Eddy, una, dos, tres veces; Eddy no se movió una pulgada.

—Te hice un favor —repitió.

El ímpetu de la morena disminuyó de golpe. Las lágrimas rodaron por sus mejillas.

—Sí, me hiciste un favor —gimió—, y mira el resultado. Me has perjudicado, ¿no te das cuenta? ¿Qué voy a hacer yo si él se muere?

Dar las gracias y seguir con tu vida, pensó Eddy, pero no lo dijo.

La morena se fue corriendo al baño de la habitación y entornó la puerta. Eddy escuchó sus sollozos a través del ruido del agua que caía del grifo.

Miró por la ventana; a lo lejos, el mar verdoso se encrespaba y adquiría un tono azul oscuro. Volvió la vista hacia el hombre que yacía entubado sobre la cama con un conducto metido en la tráquea.

El sonido de las máquinas de soporte vital se le antojó luctuoso. El tipo estaba hecho una ruina. Lo mejor que podía hacerse por él era desconectarlo. *Plug, plug*, una alimaña menos en el mundo.

Entró al baño y contempló a la mujer. Laura le daba la espalda y seguía llorando en voz baja; no era bonita, y los moretones le empeoraban el rostro, pero tenía una figura muy sensual, de curvas pronunciadas. Las cuerdas de plástico del sillón le habían dejado marcas rojizas en la parte trasera de los muslos.

Eddy se dejó llevar por el impulso. Se pegó a ella por detrás; la besó en el cuello. Olía a fragancia barata, de las que venden en Fin de Siglo, pero a él le pareció deliciosa. Laura se volvió, con el rímel corrido por las lágrimas, y le respondió con un beso desesperado, hambriento. Se apretaron con mutua fruición, como adolescentes, sin hablar, empleando el lenguaje de las manos. Eddy le alzó el vestido y ella gimió al sentirse penetrada; alzó las piernas, lo abrazó con fuerza, con los ojos cerrados, y le mordió los labios mientras se movía rítmicamente sobre él. El baño se inundó de jadeos.

Fuera, en la cama ocupada, los sueños eléctricos del hombre en estado de coma experimentaron una ligera sacudida; bajo los párpados, sus ojos entraron en REM.

17

Sentada en la oficina de tenientes, Ana Rosa estrujó los papeles que había estado garabateando y los lanzó a la papelera con irritación. Falló; nunca acertaba con los tiros. Después de haber pasado dos horas buscando y correlacionando registros de dactiloscopia en Archivos, intentando emparejar huellas parciales y completas levantadas en los recintos donde las cuatro mujeres habían sido violadas, se dio cuenta de que no estaba llegando a ningún sitio.

El teléfono móvil sobre su mesa de trabajo comenzó a vibrar. Chequeó en la pantalla la identificación del remitente: su esposo.

—Dime, Julián.

—¿Qué pasa, mi amor? —preguntó él—. ¿Por qué no estás en casa hoy?

—Trabajo —respondió—. Ya te lo dije ayer. Estoy con un caso complicado que reaparece cada cierto tiempo. Tengo que resolverlo.

Julián era muy paciente cuando dialogaba. Era cirujano en la Clínica Central Cira García, un hospital con grandes recursos dedicado exclusivamente a la atención de la élite gubernamental, los extranjeros y el personal de los cuerpos diplomáticos. Julián viajaba regularmente a Europa y obtenía importantes prebendas gracias a las relaciones que hacía durante su desempeño en el hospital.

—Deberías tomarte un descanso, Ana —insistió él con tacto—.

Pasemos juntos el domingo y vayamos a un restaurante bonito. Necesitas despejarte.

—Qué más quisiera yo —dijo Ana Rosa—, pero estoy en un momento crucial de la investigación. No puedo escaparme.

—¿Y ese caso no podría llevarlo otro, mi amor?

—No funciona así...

Afuera se oyó una risotada.

La oficina contigua a la de Ana Rosa era grande y estaba desordenada. La mayoría de los tenientes y sargentos del turno de día estaban allí ahora, huyéndole al calor de la tarde, y como el mayor no andaba cerca para incordiar, todos habían relajado el protocolo. Podría decirse que había un poco de algarabía. Eddy charlaba en una esquina con los patrulleros Acosta y Machado, Puyol escribía un informe en su buró, y Batista, haciendo gala de exagerada gesticulación, le contaba una de sus trasnochadas anécdotas a Wendy y el novato Yusniel. Un par de mesas de trabajo más allá, el cabo Argüelles le tomaba declaración a un detenido delgaducho con pose afeminada. De vez en cuando los polis se disociaban de la conversación de sus respectivos grupos e intercambiaban chistes con los otros.

—¡Oiga! —dijo exaltado el detenido de Argüelles—. ¡Usted no puede hablarme ni amenazarme de ese modo!

Con excepción del novato, nadie prestó la menor atención.

—En serio —continuó el detenido alzando su voz aflautada, como si quisiera acaparar el interés de los presentes—. En cuanto salga de aquí voy a hablar con los de Derechos Humanos, y cuando este atropello se publique *allá afuera* en Interné ustedes van a saber el escándalo internacional que...

—Dominico, relájate —le advirtió Argüelles con voz cansada.

—¡No me relajo, no! En la Constitución dice que tengo derecho a la libre asociación...

—Ese tipo está hablando mierda —dijo alguien.

—¿Y este qué hizo ahora? —preguntó Eddy intrigado.

—Lo de siempre —le explicó Argüelles—. Lo cogieron por enésima vez en una azotea, encuero con otros tres pajarracos.

—Pervertido y reincidente —dijo Machado con desdén—. Nunca aprenden.

—A ese le encanta que lo traigan aquí. Seguro que está enamorado de Batista.

—Oye —protestó el sargento—. A mí no me metan en sus bretes.

—Este país se está llenando de maricones —declaró el patrullero Machado en voz baja junto a Eddy—. Deberían meterlos en campos de trabajo forzado, como en los años sesenta, para que aprendan a comportarse.

Acosta le echó una mirada reprobatoria y dijo:

—Compadre, civilízate. ¿Qué diría Mariela Castro si te oyera?

—Diría que soy un dinosaurio —bufó Machado—, pero ¿a quién coño le importa lo que diga esa hijita de papá?

—¡Yo tengo mis derechos! —Seguía alborotando el detenido, de pie. Apuntó hacia Argüelles con la uña pintada del dedo índice—. No pienso quedarme con los brazos cruzados esta vez...

—Dominico, vuelve a sentarte y estate tranquilito —le ordenó Argüelles sin perder la paciencia—. Avísame si ya terminaste de hacer el numerito, ¿o prefieres que llame a King Kong para que venga a darte un calmante?

El otro se arredró. Farfulló algo y volvió a sentarse. No volvió a protestar. King Kong era notorio por sus calmantes. Puños de hierro; un directo al estómago y te quedabas anestesiado por unas horas. A veces el efecto duraba días.

En una esquina, el teléfono empezó a sonar. Era un teléfono viejo y hacía un sonido estridente, pero lo dejaron dar más de diez timbrazos, como si no existiera. Al final el flemático Argüelles se levantó, fue hasta la esquina y descolgó el aparato.

—Ordene.

—Oye —dijo una voz ronca—, tengo a una chiquita aquí que quiere presentar una denuncia por acoso policial.

—¿Quién me habla?

—Soy Antúnez —explicó la voz—. Dime qué hago con la chiquita.

El cabo suspiró.

—¿Cómo está vestida?

—Como una jinetera; mucho colorete, poca ropa.

—Pero ¿te parece que sea menor de edad?

Hubo una pausa muy breve.

—No, no —dijo la voz—. Yo diría que tiene unos veinte años. Y está bastante buena.

—¿Contra quién quiere presentar la denuncia?

—Contra Manolito.

Eddy, sentado sobre el buró de Batista, estaba contando otro chiste y su auditorio rompió a reír antes de que pudiera terminar. El cabo Argüelles apretó el auricular contra su oreja para poder escuchar mejor.

—¿Y de qué acusa a Manolito?

—Dice ella que la obligó a darle dinero y que luego la... sodomizó, cualquier cosa que signifique eso último.

—Está bien —concluyó Argüelles—. Tírala pa' un calabozo por anormal y guárdala un par de días hasta que cambie de opinión.

—No entiendo. Ella vino a hacer una denuncia. ¿La meto presa?

—Así mismo —confirmó el cabo—. Guárdala, pa' que aprenda. ¿A qué jinetera en su sano juicio se le ocurre venir a denunciar a un policía sin tener pruebas? —Colgó y regresó a su buró.

Por la puerta entró un recluta nuevo, uno de los custodios de la entrada a la Unidad; se veía desorientado y le preguntó a Batista:

—¿Dónde está el baño?

—¿Tú me has visto a mí cara de arquitecto? —le dijo Batista.

Otra risotada general. Era evidente que todo el mundo –con excepción del abstraído Puyol– se la estaba pasando en grande.

Entraron los patrulleros del coche 652, Pepe Casanova y Sandra Navas. Traían a un par de tipos esposados; uno de ellos estaba borracho y ambos tenían moretones en el rostro. Los polis enseguida reconocieron al borracho, un fanático del equipo Industriales al que todo el mundo conocía en la Habana Vieja por el apodo de Marquetti.

—¡Ahí llega otro regular de los domingos! —exclamó Acosta.

—Los conflictivos habituales —anunció Casanova.

—Marquetti, ¿ya te volviste a enredar con alguien en el Parque Central? ¿Y por qué fue la bronca esta vez? ¿Por *average*, por bateador, por bases robadas o por historial de juegos ganados?

—Lo de siempre —dijo la patrullera Sandra y señaló al otro detenido—. Hoy la bronca fue con ese avispa, por el juego que Santiago de Cuba perdió contra Industriales en febrero.

—¿En febrero? —dijo Machado—. Pero ¿quién se acuerda de eso, salvaje?

—¡Yo me acuerdo! —voceó el apodado Marquetti—. Los machacamos.

Sandra lo sentó en una silla y empezó a quitarle las esposas. Marquetti olía a vómito y estaba todo manchado de fango, como si se hubiera pasado durmiendo toda la semana en el terrario del Parque Central. La mayoría de los polis comenzó a protestar por la peste.

—¿Qué fue lo que comiste, Marquetti, un perro muerto?

Sentaron al otro detenido en un butacón, pero no le quitaron las esposas. El tipo era aindiado y rechoncho, con mechones de pelo canoso detrás de las orejas. Parecía muy contrariado y no estaba dispuesto a ceder sobre el tema de la discusión.

—Nosotros no perdimos en el Latino —declaró con obstinación—. Ese juego lo vendió el *pitcher* de Santiago por cincuenta mil pesos, y eso lo sabe todo el mundo. Si no fuera por ese vendido hubiéramos ganado el juego.

Marquetti, libre de las esposas, no pudo controlarse.

—¡Mentiroso! —ladró—. Te voy a reventar, cabrón. Te voy a...

Saltó sobre el indefenso oriental y la emprendió a golpes con él.

El asiento volcó y rodaron por el suelo. Los polis encontraban hilarante la pelea de los dos fanáticos, pero algunos ayudaron a Sandra y Casanova a separarlos. Los pusieron en esquinas opuestas. La patrullera Sandra volvió a esposar a Marquetti y luego se volvió hacia el grupo con una sonrisa en los labios.

—Batista, me dijeron por ahí que eres la nueva niñera del novato.

—Eso dicen.

—Ten cuidado con él, novatico —le advirtió Sandra Navas a Yusniel—, que a Batista le gusta la carne fresca. No te dejes coger agachado.

Más carcajadas; la algarabía fue en aumento. El novato sonrió, pero empezó a sonrojarse. Los chistes de referencia homosexual siguieron circulando.

En la otra oficina, Ana Rosa no pudo contenerse más.

—Caballeros —tronó la teniente asomándose al umbral—, ¡¡¿ustedes podrían dejar de escandalizar de una vez, por favor?!!

Se hizo un silencio repentino. Puyol levantó la vista de su informe.

—Ya salió la madre superiora —murmuró alguien.

—¿Qué pasa ahora, Ana? —preguntó Eddy cruzando las piernas para acomodarse sobre el buró de Batista.

Ana Rosa puso los brazos en jarras y empleó un tono de pretendida cordialidad.

—No pasa nada, pero si van a seguir haciendo bulla, sería mejor que salieran al patio de atrás. Algunos de nosotros estamos intentando trabajar. ¿Creen que uno se puede concentrar con la escandalera que ustedes tienen armada aquí?

—Atravesada —canturreó alguien en el murmullo general.

Ana Rosa prefirió ignorarlo. No podía evitar sentirse superior a sus compañeros de trabajo, pero tampoco tenía el temple ni la paciencia adecuada para iniciar una discusión con todos ellos en su contra. Entonces, por el pasillo central de la Unidad pasó un primer teniente rumbo al comedor y miró hacia dentro; por un instante sus ojos verdes se encontraron con la mirada de Ana Rosa, y luego el hombre siguió su camino.

Fue un momento providencial, pensaría ella después.

El teniente se llamaba Heredia y había sido el oficial de guardia del turno de noche durante los últimos cuatro meses. Venía trasladado de otra Unidad. Era un hombre solitario, hermético, que se mantenía al margen del compadreo de la Mazmorra. Nadie sabía nada sobre él, pero en cierta ocasión el mayor le había contado a Ana Rosa que Heredia era un investigador con un impresionante currículum de casos resueltos.

Ana Rosa tuvo una idea.

Olvidó la discusión de la oficina y salió con paso resuelto hacia el comedor.

18

La vecina del ahorcado se llamaba Xiomara; era delgada, cincuentona y ocultaba su calvicie con un pañuelo azulado.

—Pase, pase —invitó a Puyol desde la puerta, entornando los ojos ante el blanco resplandor de la calle—. Lo malo es que no tengo café, porque ya usted sabe cómo está la cosa últimamente, pero si gusta puedo brindarle un poquito de té que compra mi marido en la tienda de los chinos; es un té para tratar las enfermedades del riñón, pero tiene un sabor muy bueno.

Puyol hizo un gesto negativo.

—No se preocupe por eso, señora. No será necesario.

—Ay, es que hoy en día cuesta tanto trabajo ser una buena anfitriona —dijo la mujer arrebujándose con su bata de casa—. Usted me ha cogido así, desprevenida, y a mí me enseñaron a tratar bien a los invitados.

—Bueno, yo no soy estrictamente un invitado, y además tengo la intención de ser breve.

Ella puso cara de circunstancias y asintió.

—Claro, claro. Como usted ya sabrá, soy la responsable de Vigilancia en este CDR, así que pregúnteme lo que necesite saber; pero siéntese, por favor.

El investigador dio las gracias y tomó asiento.

—Usted dirá —indicó le mujer encendiendo un ventilador de tamaño industrial, de los antiguos aparatos que había en las tiendas de los años 50, cacharros grises con paletas de metal galvanizado. Ruidoso como un helicóptero. La corriente de aire le arrancó una sonrisa de agradecimiento.

—¿Hace mucho tiempo que conoce a la familia de Santiesteban?

—Sí, yo vivo aquí de toda la vida —dijo ella—. Noel..., el compañero Santiesteban era muy buena persona, un señor muy decente y entregado a sus hijos, y además un revolucionario y cederista intachable. Muy integrado. En este barrio todos lo queríamos y lo respetábamos mucho.

—Entiendo —asintió Puyol—, pero no he venido a indagar sobre la integración política del fallecido. Solo necesito algunas aclaraciones. La noche del martes pasado, después de las diez, que es la hora aproximada en que ocurrió su muerte, ¿escuchó usted algo inusual en la casa de al lado? Conversaciones airadas, ruidos... algo así.

Xiomara frunció el ceño.

—Si he de serle sincera, oficial, no recuerdo nada inusual esa noche. Nada que pudiera llamarme la atención.

—¿Está segura? —insistió el investigador fijando la vista en los ojos de la mujer—. Trate de recordar; cualquier detalle, por irrelevante que parezca, podría sernos de suma importancia: el ruido de una silla al ser arrastrada, el golpe de una ventana al cerrarse...

La mujer se quedó en suspenso unos segundos. Parecía concentrada.

—Bueno... ya que lo dice, sí que ocurrió algo en la casa de Santiesteban; nada que fuera raro en sí, ni que a mí me pareciera sospechoso, pero distrajo mi atención de la telenovela en un momento dado. Aunque fíjese si fue algo intrascendente que no se lo comenté a mi marido.

Puyol asintió y dijo:

—¿Y qué fue lo que le llamó la atención, si es tan amable de decirme?

—El sonido del televisor —explicó ella pensativa—. Estaba sintonizado en el canal Tele Rebelde; lo sé porque el sonido no le hacía eco a las voces de la telenovela que estábamos mirando en Cubavisión, y eso se nota. Quizás el volumen estaba un poco alto, pero tampoco es que nos molestara; nuestras casas no tienen la misma distribución de habitaciones, así que su salón queda alejado del nuestro. Lo que sí recuerdo es que oí el sonido de su televisor durante una media hora o algo así, y luego debe haberlo apagado.

—¿Por qué le pareció raro que la televisión de su vecino se escuchara?

—Es que el difunto últimamente no ponía ni la televisión ni la radio. —De pronto se mostró alarmada—. ¿Por qué pregunta si oí discusiones o ruidos esa noche? ¿Ustedes creen que pasó algo más?

—No, no tenemos ninguna sospecha —la tranquilizó Puyol—, pero intento establecer si el señor Santiesteban tuvo alguna visita esa noche, o si solía reunirse con alguien. ¿Sabe si tenía conocidos que lo visitaran, o alguna... amiga?

—¿Amiga?

—Sí, alguien especial... ya me entiende.

La mujer se acomodó el pañuelo y dijo:

—Oh, no, no, que va. Eso es imposible. Si él hubiera tenido una compañera lo hubiéramos sabido. Pero Santiesteban no hacía esas cosas. Mire, él enviudó hace más de veinte años y después nunca ha vuelto a tener pareja. Como le dije antes, era un hombre intachable, entregado a sus deberes. Su señora, que en paz descanse, siempre fue una buena mujer, pero él era un verdadero santo. Fíjese que ese señor crio sin ayuda de nadie a sus tres hijos. Él solito, ¿se imagina?

Puyol, a su pesar, pensó en sus propios problemas domésticos y respondió:

—Creo que puedo hacerme una idea.

—Era un padre ejemplar —insistió la vecina.

—¿De qué murió la esposa?

—Murió de un tumor cerebral, la pobre —respondió Xiomara—. Cuando se lo descubrieron ya lo tenía muy avanzado; la mató en cuatro meses. A ese hombre lo ha perseguido la tragedia desde entonces.

—¿Por qué lo dice?

—Por sus hijos. Mire, Santiesteban se sacrificó por esos muchachos, les entregó toda su vida. El mayor, Arkady, le salió muy disciplinado, muy inteligente; un modelo de hijo. Ese fue el que se hizo médico. Era el orgullo de su papá. La segunda, Tatiana, es buena chica, pero salió bastante cortica, ¿usted me entiende?; la cabeza no le dio para estudiar mucho y tuvo que conformarse con hacer un técnico medio de enfermería. Pero el menor, Yuri... —suspiró—, uy, ese muchacho era rebelde y recalcitrante. Le dio muchos problemas al padre. Dejó los estudios, tenía el pelo largo, andaba con malas compañías, tenía relaciones con extranjeros; y estoy hablando de relaciones... homosexuales. En fin, para abreviarle, Yuri se fue del país en una balsa hace unos años, en el 2006, y ahora vive en Miami. Creo que nunca ha llamado a su padre. Para Santiesteban ese hijo era como una mancha en el expediente, la vergüenza de la familia, pero según me confesó una vez nunca dejó de pensar en él, en cómo había perdido el vínculo con su hijo. Pese a todo, solía lamentar que estuviera tan lejos.

—Los hijos siempre son un asunto difícil —dijo Puyol.

—¿Usted tiene hijos? —preguntó ella.

—Tengo dos —respondió Puyol—. Y, dígame una cosa, Xiomara, ¿sabía que su vecino bebía mucho?

Ella asintió con tristeza.

—Lo sabía. Pero imagínese, supongo que estando tan deprimido necesitaba ahogar las penas. A veces con llorar no es suficiente. Yo lo veía muy poco, porque después de la muerte de Arkady en Venezuela él apenas salía a la calle y tampoco coincidíamos en la entrada de la casa, pero yo sabía que sufría mucho. ¡Pobre hombre! Dicen que ningún padre debería sobrevivir a su hijo.

—Estoy de acuerdo.

—Él adoraba a Arkady. Esta era su segunda misión internacionalista. Ese hijo significaba mucho para él. —Xiomara negó con la cabeza y bajó la voz—. Mire, que Dios me perdone por juzgar a otra persona de ese modo, pero yo creo que Tatiana no debió dejar solo a su papá tantos días para irse a la playa. Ese hombre estaba destrozado. Ella debía estar con él —insistió—, tenerlo bajo vigilancia durante un tiempo, llevárselo de la casa y mantenerlo distraído para que el viejo no pensara tanto en su pérdida.

Puyol se acomodó al respaldo.

—¿Y su esposo, Xiomara?

—¿Qué esposo? —preguntó la mujer sorprendida—. ¿Mi esposo Norberto?

—Sí, su marido. ¿Tenía buenas relaciones con el fallecido?

—Oh, sí, por supuesto que tenía excelentes relaciones con él. Ya le dije que éramos vecinos de toda la vida. Nos llevábamos muy bien. ¿Por qué lo dice?

—Porque es mi trabajo —dijo Puyol con una sonrisa—. Un par de preguntas más y no la sigo molestando. Al margen de esta escapada de Tatiana a Varadero durante varios días, alejada de su padre, ¿le parece que ella era una buena hija? ¿Se preocupaba por su padre lo suficiente?

—Sí, sí, sin duda —se apresuró a contestar la mujer—, ella venía casi todos los días por aquí. Aunque antes yo le haya dicho a usted que me parecía mal que se hubiera ido a la playa tantos días dejando al viejo deprimido, la verdad es que Tatiana siempre ha estado pendiente de su papá. Ella es la que limpiaba la casa, lavaba la ropa y le traía la comida hecha todos los días. Nunca dejó de atenderlo. Nunca. Esa muchacha tiene muy buen carácter; jamás la oímos discutir con su padre.

—¿Y qué me dice del marido de Tatiana?

La vecina lo miró con expresión de sorpresa.

—¿Alejandro? Ese hombre apenas venía por aquí.

—Pero... ¿se llevaba bien con Santiesteban?

—No lo sé. Tengo la impresión de que el viejo no aprobó esa relación al principio y por eso ella se fue a vivir con su marido.

Quién sabe, tal vez Santiesteban no confiaba en el buen criterio de selección de su hija. Nunca nos lo comentó. Ella vive en otro barrio, pero no es lejos. De todos modos, yo solo he visto a Alejandro unas pocas veces, cuando ha venido acompañando a Tatiana. No puedo decirle nada más sobre él.

—Tampoco será necesario —dijo Puyol poniéndose en pie. Al instante lamentó abandonar la corriente de aire impulsada por el ventilador industrial; sabía que iba a echar de menos el helicóptero durante el resto de la jornada—. Tengo que marcharme. Me espera un montón de papeleo en el trabajo. Gracias por su tiempo.

La señora se puso en pie y volvió a acomodarse el pañuelo.

—Una lástima no haberle ayudado más.

—Se equivoca —dijo él—. Ha sido usted de mucha ayuda.

Puyol salió a la calle, al castigador sol del mediodía. Fue caminando por Aguiar y luego dobló por Obispo para subir hasta el Capitolio. Todavía estaba decidiendo si debía regresar a la Mazmorra, desviarse para pasar por el solar de la calle Manrique donde había estado el día anterior, o irse directamente a su casa. El presunto suicidio seguía oliéndole a quemado; era un leño ardiente que humeaba y crujía, pero estaba envuelto en una madeja de posibilidades que sería necesario desenredar hasta dar con la hebra única, aquella que revelaría sin la menor duda al culpable y su motivo. A veces para resolver un puzle bastaba con definir una conjetura y luego aplicarle algo de ingeniería inversa, pero seguir la lógica de una arquitectura deductiva era algo que podía hacerse en la privacidad del hogar tanto como en la oficina. De todos modos, el trabajo de campo, como le gustaba llamarle a la parsimoniosa ruta de indagación, recién había comenzado. Al menos tenía aferrado un extremo de la madeja: la llave antigua. A partir de la llave llegaría al culpable. Tendría que realizar un circuito de rastreo por todas las cerrajerías de la Habana Vieja, aunque ya se imaginaba que, al ser domingo, probablemente iba a encontrarse la mayoría cerradas. Si la memoria no lo engañaba y el dueño del negocio seguía trabajando, la cerrajería más cercana estaba en una de las calles que hacían esquina con Obispo. Era un lugar tan bueno como otro para empezar.

Obispo era un bulevar: música, ropa colorida, sonidos de sandalias y chancletas repiqueteando sobre los adoquines de piedra; la marejada humana fluyendo bajo el sol, el lánguido paseo dominical de familias, parejas distraídas que caminaban tomadas del brazo, algún abuelo apurando frozen a la sombra de los toldos, merolicos intentando vender bisutería. *Boutiques*, tiendas y tenderetes estatales, cantinas de época, bares temáticos, solares yermos reconvertidos en placitas para la venta cuentapropista de artesanías. Sonidos de maracas y guitarras, olor a cerveza y mariscos, turistas que filmaban/fotografiaban aquel coto ancestral en vías de extinción, los bicitaxis apostados en las bocacalles. La típica vía peatonal del centro histórico, alegre y bulliciosa, moteada de comercios, restaurantes que cobraban en moneda «fuerte» y locales de improvisadas galerías de arte. Para los avezados ojos de un policía el bulevar era un río de dinero que atraía a los buscavidas desde sinuosos afluentes en los márgenes; una singularidad compacta de confluencia hiperactiva, de puntos de contacto, de leve roce entre tensiones superficiales: cubanos y extranjeros, turistas y cazafortunas, mendigos y opulentos, estafadores y víctimas, aventureros y perdedores. El mercado negro y el comercio sexual tejían una suerte de telaraña en los extremos, invisible al observador común, radiación de fondo codificada en un cifrado de astucia callejera.

Puyol se sumergió en el barullo de las multitudes. Predominaban los mestizos y los negros de diferentes etnias, la mayoría vistiendo pantalones bermudas de colores chillones y camisetas sin mangas. Evitó a un harapiento revendedor de periódicos *Granma* y pasó entre un puesto ambulante de venta de perros calientes y la entrada de un bar tradicional donde un grupo de rémoras ataviados de blanco, con el cabello estilo afro, invitaba a entrar a los transeúntes con aspecto de turistas; los melódicos retazos de *De dónde son los cantantes* se diluyeron en el aire mientras se alejaba.

Su cerebro trabajaba en dos asuntos diferentes:

-Seguir la ínfima evidencia dejada por el camuflado delito que investigaba.

-Ayudar a su anciana madre con las compras del día.

Puyol era un trabajador eficaz y disciplinado, un poli totalmente comprometido con su profesión, pero primero y por encima de todo era el miembro cabeza de un grupo familiar mermado por las limitaciones del tiempo y el azar. En algunos puntos muy concretos, Puyol se sentía identificado con el hombre que había encontrado colgado de la soga: una esposa ausente del hogar, una familia rota...

Estaba pensando que esa mañana su madre le había encargado comprar plátanos Johnson y tomates pintones para el resto de la semana, y ya que estaba por aquí podía rematar la diligencia; muy cerca de la cerrajería había un pequeño puesto de viandas, y aunque el precio era un poco caro debido a la zona —el negocio estaba orientado a los turistas—, la calidad de las frutas, hortalizas y viandas era inmejorable.

De pronto fue consciente del peligro.

Un fogonazo en su cabeza. Como el resplandor de una lámpara de azogue.

Alguien le pisaba los talones.

Ocurrió cuando estaba parado en un recodo del paseo, frente a la vidriera espejada de una droguería de principios del siglo xx. Un instintivo mecanismo de alerta alojado en él se activó de repente. Reflejos de la calle, el bullicio, una camisa estampada que se detenía en medio de la marea humana y luego desaparecía en una esquina por detrás de un kiosco rodante que vendía granizados de sabores. Puyol se envaró, sorprendido por el descubrimiento, pero mantuvo la compostura. Era tan extraño que alguien se atreviera a seguir a un policía, que resultaba razonable dudarlo. Atisbó la esquina en el reflejo, la visión invertida oscilando en el calor. Nada. Pero un segundo antes había estado allí. Puyol se concentró en las impresiones recientes, en integrar aquello que había percibido durante su periplo sin prestarle interés. Su entrenada capacidad de recuperar la memoria a corto plazo funcionó. Tuvo la certeza de que alguien lo había estado siguiendo por aquellas callejuelas desde que saliera de la casa de Empedrado. Quizás incluso desde la calle donde vivía Tatiana Santiesteban, en Mercaderes, pero no podía estar seguro.

Su mente se llenó de dudas: ¿Por qué lo seguía? ¿Quién era? ¿Tendría que ver con lo que estaba investigando, o con otra cosa? ¿Acaso pretendía agredirlo?

La paranoia era un veneno; entraba inyectada en el zumo de la adrenalina.

Puyol no llevaba arma —raramente cargaba con la suya—, pero a pesar de todo no sintió miedo. Tenía más de sesenta años de edad y, sin duda, no estaba en forma para plantarle cara a un agresor joven que intentara apuñalarlo, pero si se mantenía alerta nadie podría acercársele subrepticiamente para sorprenderlo.

De todos modos, no creía que se atreviera a atacarlo a plena luz del día y menos en medio del atestado bulevar de Obispo. Confiaba en ello.

Volvió a ponerse en marcha, fingiendo distracción, pero apresurando el paso con disimulo. Si el extraño estaba decidido a seguirle el rastro tendría que volver a la calle y exponerse. Y él estaría preparado. Cruzó de acera varias veces, como un turista torpe que pasea sin rumbo fijo, admirando la arquitectura colonial. Tropezó con un hombre de raza negra que aparentaba unos setenta años de edad y vestía un traje de color marrón que ya era viejo medio siglo atrás; se disculpó con él y continuó avanzando durante una manzana y media, invadido por la desagradable sensación de que su perseguidor podía estar más cerca de lo que pensaba.

En una de las esquinas de Compostela había una aglomeración de gente que Puyol decidió aprovechar a su favor. Un grupo de turistas europeos se movía hacia un bar de mojitos. Puyol se metió a contracorriente entre las personas; escudándose en la multitud volvió a cruzar la acera y se escurrió dentro de un local rústico con el nombre *La afortunada* anunciado en el toldo bicolor sobre la entrada. El sitio, una antigua bodega estatal cuya fachada había sido reemplazada con paneles metálicos y columnas de hierro fundido, consistía en una barra y un par de hileras de mesas de plástico con capacidad para dos sillas. La barra era atendida por una ajetreada morena y las paredes estaban decoradas con afiches que anunciaban ron y cerveza Cristal. A un costado de la entrada, un combo de seis integrantes tocaba una guaracha muy movida y la cantante se las arreglaba para insertar con entusiasmo fragmentos de temas de Mercedes Sosa subvertidos por su contagioso gozo rítmico. Los guitarristas del combo vestían tejanos y camisetas de *souvenir* con el Che Guevara estampado en dos tonos.

Puyol avanzó hasta llegar al fondo del local y tomó asiento. En medio de la mesa destacaba un cenicero de Havana Club rebosado de colillas y ceniza. Había manchas de suciedad y bebida derramada, pero a él no le importó. A su costado tenía unas persianas fijas y por fuera colgaban unas macetas con helechos. Era un buen sitio para permanecer oculto y espiar la calle.

Esperó.

Se le acercó el camarero.

—¿Qué va a pedir, señor?

—Nada todavía —respondió el policía—. Estoy esperando a alguien.

El camarero se mostró contrariado.

—Entonces no puede estar sentado ahí, mi viejo. Si quiere esperar tendrá que hacerlo allá fuera.

—Me voy a quedar aquí sentado un rato —dijo Puyol—, le guste o no.

—No puede —insistió el camarero—. Si no va a consumir, no puede sentarse.

Ir vestido de civil tenía sus inconvenientes; o su gracia, según se mirase.

Puyol le mostró el carné de la PNR en un movimiento fluido y breve, sin dejar de prestarle atención a la calle.

—Me apuesto cualquier cosa a que *esto* me permite sentarme aquí sin consumir todo el tiempo que yo quiera.

La expresión del camarero cambió enseguida.

—Tranquilo. Puede quedarse —dijo, y se alejó.

Puyol se mantuvo alerta. «¿Dónde estás, dónde estás?».

El desconocido apareció.

Alto, corpulento, el cabello cortado al rape. La camisa, de un diseño de estampado verde, de estilo retro. Gafas de sol. Su rostro era anguloso, de mandíbula cuadrada. El desconocido se detuvo en la esquina, indeciso sobre el camino a seguir, y miró hacia Compostela. Se le notaba desorientado, estupefacto por haber perdido de vista a Puyol.

Sus manos eran grandes y fuertes. Se rascó el cráneo y sacó un teléfono móvil de su bolsillo trasero. En sus manazas, el teléfono se veía minúsculo. Marcó un número y empezó a hablar. A menos de quince metros de él, en su escondrijo, Puyol se inclinó y estudió su rostro. Mientras hablaba, el desconocido fue girándose para echar un vistazo a la calle, intentando distinguir al poli. Y entonces Puyol vio la marca de un navajazo en el costado derecho de su rostro, el queloide rosado de la piel mal cicatrizada que bajaba desde la oreja a lo largo del pescuezo hasta perderse por detrás del cuello de la camisa. El tipo, visiblemente agitado, terminó la conversación y guardó el móvil. Luego giró a su izquierda y se alejó por Compostela con premura.

Puyol sonrió.

Las piezas del puzle empezaron a encajar en su cabeza.

19

Para sorpresa de Ana Rosa, el teniente Heredia se mostró muy receptivo.

A pesar de que ambos apenas habían intercambiado un saludo en los meses que Heredia llevaba en la Mazmorra, el hombre aceptó tácitamente su petición de ayuda. Con un gesto la invitó a sentarse a la mesa y mientras comía la escuchó exponerle el caso del sodomita; asintió interesado mientras ella hablaba sobre las víctimas, los antecedentes, las escasas evidencias recolectadas y en general los vericuetos estériles que habían conducido su investigación a un punto muerto.

Heredia rebasaba los cuarenta y lo aquejaba un ligero sobrepeso; tenía la piel cobriza, el cabello ralo muy negro y los ojos de un verde claro bastante llamativo. Una cierta solemnidad se le alojada en el rostro, y la mirada, ávida y penetrante, poseía una fuerza inquisitiva que a la teniente le gustó.

—El caso es interesante —declaró él, ignorando el postre y echando a un lado la bandeja de comida—. Quizás pueda ayudarte.

—Me alegra saberlo —dijo Ana Rosa—. Este caso me está volviendo loca. Me he quedado sin ideas. Necesito que alguien me ayude a ver otra perspectiva.

Heredia asintió.

—Nunca está de más disponer de un compañero con ideas

frescas. Por cierto, me he fijado que el jefe instructor del turno de noche suele emplear grupos para trabajar en los casos. ¿Por qué ustedes no lo hacen así?

—Cada turno tiene sus reglas —dijo ella—. Y, para serte sincera, hasta ahora me había ido bien navegando en solitario. Pero esta vez es diferente. Llevo más de un año rastreando a ese sujeto, ampliando su perfil, dándome cabezazos para idear una forma de agarrarlo. He llegado a tener la impresión de que me desafía, de que sabe que hay una mujer a cargo de la investigación y disfruta evadiéndola. Creo que le gusta dejarme evidencias.

—Es un error —señaló Heredia—. No puedes asumir que alguien esclavo de su propia compulsión esté tratando de echar una partida contigo. Eso es cosa de películas y novelas policiacas, en la vida real no suele ocurrir. Las subjetividades entorpecen cualquier línea de razonamiento. Yo he estado en tu lugar, y cada vez que me he tomado una serie de acciones delictivas a título personal ha resultado que me equivocaba. No cometas los mismos errores que yo.

Ana Rosa asintió, satisfecha de haber acudido al teniente a pesar de no saber casi nada acerca de él.

—Está bien, pero ¿qué puedo hacer?

—Cíñete al perfil que has hecho del sujeto y trata de anticiparte a su próximo movimiento.

Ella hizo una mueca de incredulidad.

—Se dice muy fácil, pero me ha sido imposible trazar una estrategia que me lleve hasta él. Es cuidadoso, parece planificar con bastante antelación... Yo diría que es inteligente, probablemente con estudios y un buen trabajo.

—¿Qué edad podría tener, según las pruebas seminales?

La teniente hizo un ligero gesto con la cabeza.

—Como tú. Sobre los cuarenta años.

Él no pudo evitar sonreír; por un breve momento, la máscara de solemnidad en su semblante se transparentó y dejó entrever el verdadero rostro del teniente Heredia, más mundano y alegre, menos contenido y receloso.

—¿Y tú cómo sabes mi edad? —preguntó.

—Puede que este caso me traiga de cabeza pero todavía no he perdido mis facultades de observación. También podría decirte que no se te ve muy feliz supervisando el turno de noche.

—Tendría que ser masoquista para estar a gusto —admitió él—. A este paso terminaré clonándome la malacara y el temperamento agraviado de Fernández.

No rieron como viejos amigos que comparten una fechoría con humor, pero Ana Rosa sintió que el camino entre ellos se allanaba.

—Me sorprende que seas capaz de hacer un chiste sobre Fernández —le dijo—. Como siempre te he visto tan serio...

—Tengo entendido que tú también eres un bicho raro, teniente —repuso Heredia—. Se dice que tratas con distancia a los oficiales, que no confraternizas con ningún subalterno y que vas por ahí dándote aires de superioridad.

Ana Rosa hizo lo posible por mantener el tipo.

—¿Y dónde has oído eso?

—Por ahí —dijo él—, cosas que uno oye por los pasillos.

—No creas en los rumores de pasillo. Y menos en los de la Mazmorra.

—Lo tomaré como un buen consejo. —Sacó un cigarrillo y, sin molestarse en preguntarle a la teniente si podía fumar, lo encendió con la llama de un Zippo de carcasa plateada—. ¿Quieres que sigamos jugando a las revelaciones personales o prefieres que volvamos al tema del sodomita incapturable?

—Volvamos a él —aceptó Ana Rosa dando un suspiro—. Ayúdame a corregir esa situación, por favor, a ver si podemos meterlo entre rejas.

Reclinado en el asiento, Heredia le dio una calada al cigarrillo y echó el humo hacia un lado. Sus ojos verdes estaban fijos en ella.

—Podría ayudarte a buscar información —dijo—, aportar ideas, compartir mi experiencia, pero no puedo aparecer en ningún informe de investigaciones penales.

—¿Y eso por qué?

Heredia torció los labios.

—No puedo decírtelo.

—Pero al menos puedes acompañarme a capturar a algún sospechoso, revisar el expediente del caso y participar en interrogatorios, espero.

El hombre asintió con lentitud.

—Siempre que mi participación no quede reflejada en ningún informe —repitió.

—Sí, claro, pero si tenemos éxito y no apareces en los informes vas a dejar escapar una buena ración de méritos.

—Eso es asunto mío —dijo Heredia de forma tajante.

—De acuerdo, nada de informes —cedió ella—. Ahora dime, si el caso fuera tuyo, ¿cómo empezarías a escarbar en él?

Heredia jugueteó con la tapa labrada del Zippo.

—Depende. Si supiéramos cómo selecciona a sus víctimas, podríamos planificar algo y tenderle una trampa.

—Pero no lo sabemos.

—¿Qué tienen en común todas esas mujeres violadas?

Ana Rosa caviló un rato. El comedor se había vaciado de personal y los pantristas estaban baldeando el suelo y limpiando el panel de autoservicio. Había ruido de calderos y cubiertos dentro de la cocina.

—Las cuatro mujeres tenían un impedimento —dijo ella—. Esta última era ciega y obesa. Las anteriores eran gordas y ancianas. Todas eran presas fáciles.

—Está claro que a nuestro hombre le gustan las carnes abundantes.

—Las carnes fofas —corrigió Ana Rosa.

—Detrás de una violación siempre hay dos motivaciones básicas: la compulsión y el deseo de tener el control sobre otra persona. Que la compulsión sea estrictamente sexual, todavía está por demostrarse; vamos a considerar que se trata de una persona que se satisface a través del control. Un médico, por ejemplo. Puede que las cuatro mujeres se atendieran con un mismo especialista.

—No es un médico. Todas ellas van a policlínicos diferentes.

—¿Y un dentista?

—No —dijo ella—. Fui exhaustiva en la indagación. No tenían nada en común; ni clínicas, ni médicos, ni centros culturales, ni bodegas, ni tiendas. Nada; las tres viejas ni siquiera compartían un maldito gerontólogo.

—¿Un fumigador? —aventuró Heredia—, ¿un cobrador de luz o agua? ¿El de la compañía de teléfonos?

—¿Estás de broma? También lo investigué. Negativo.

—Un asistente social, entonces.

—Lo mismo. La muchacha ciega vivía con su madre y no hacía uso de ningún tipo de asistencia social. Dos de las señoras asistían al círculo de los abuelos, pero la otra se valía perfectamente por sí sola. ¿Ves ahora por qué estoy atascada?

—Mmm. Sin embargo, ese sujeto debe ocupar un puesto que le permita conocer de antemano la susceptibilidad de sus víctimas; en los tres primeros casos, la vejez, y en el último, la ceguera. Además, sabía que las ancianas vivían solas y que la madre de la ciega estaría ausente por unos días. Es alguien que las conoce de antemano.

—La técnica de Medicina Legal me explicó que el análisis de las pruebas de semen reveló que padece un tipo de afección urinaria, y además podría estar incapacitado para sentir placer a pesar de eyacular perfectamente. —Ana Rosa tamborileó con los dedos sobre la superficie de la mesa—. ¿Crees que ese hombre tenga un expediente médico en algún hospital? ¿Algo que pudiéramos consultar?

—Todo eso es hojarasca —opinó Heredia—. Solo funcionaría si el sistema de archivos médicos estuviera integrado en una red nacional. Pero en los hospitales escasean las bases de datos digitales y buscar registros en papel no sería muy práctico. Por ahí no vamos a llegar a ningún lado.

Ana Rosa se aferró a una idea.

—Y ya que hablamos de sistemas informáticos, el violador podría ser alguien que opera con bases de datos. De ese modo encuentra y elige a sus víctimas. Eso respondería tu pregunta inicial.

—Tienes razón. Podría tratarse de un funcionario.

—Sí, pero ¿qué clase de funcionario?

—No lo sabemos todavía —declaró Heredia pensativo—; uno que maneja bases de datos. Me gusta esa línea de razonamiento. Tiene lógica. Y ahora que lo pienso, si utiliza bases de datos para seleccionar a sus víctimas, nosotros podemos encontrarlo a él mediante un procedimiento similar. Necesitamos parametrarlo.

—Tenemos un perfil —añadió Ana Rosa.

—Exacto. Necesito que me entregues ese perfil y esperes hasta mañana. Tengo un contacto que podría ayudarnos a rastrearlo.

Ana Rosa no pudo evitar mostrarse suspicaz.

—¿Un contacto? Parece algo muy irregular. ¿Confías en esa persona?

El teniente Heredia sonrió otra vez. Se le veía más animado.

—Te prometí ayuda, Ana Rosa, y voy a cumplir mi palabra. Eres tú la que tiene que confiar en mí.

Media hora más tarde, Heredia salió de la Mazmorra e hizo el trayecto a pie hasta el bufete de abogados que había junto al Tribunal Supremo. No encontró a la persona que buscaba, pero consiguió que le prestaran un aparato telefónico y marcó un número de móvil. Respondieron enseguida.

—¿Sí?

—Soy yo —dijo el teniente con un nudo en la garganta.

—¿Heredia?

—Tienes buen oído.

—Qué sorpresa —dijo la voz de mujer, sin sonar sorprendida en lo más mínimo—. Por fin te acordaste de mí.

—Te equivocas. Me acuerdo de ti todos los días.

—No lo parece. Hace diez meses que no hablamos.

—Entiéndelo. Nuestra relación no terminó muy bien que digamos.

—Yo no diría eso, Heredia. Formábamos un buen equipo; seguimos un rastro espinoso y los resultados fueron buenos.

—No, el resultado fue que me extralimité. Llevé las cosas demasiado lejos.

—Tuvo que ser así. Da las gracias que todavía estés vivo para contarlo.

—Ese es el problema, que no puedo contarlo.

—Lo cierto es que hiciste bien tu trabajo. Es lo que importa.

—Y por eso me gané un Plan Pijama.

—Lo sé, pero te agradezco mucho lo que hiciste por mí —dijo ella—. Estaré en deuda contigo por lo que me resta de vida.

—Qué dramático suena eso.

—Pero es algo que necesitaba decirte. Hace meses que espero esta llamada. Siento que no pude darte las gracias en su momento y quiero hacerlo. Me gusta pagar mis deudas.

Heredia se aclaró la garganta y dijo:

—Puede que tengas la oportunidad de hacerlo. Ha surgido algo... una investigación relacionada con delitos sexuales. He pensado que quizás podrías ayudarme.

—Me sorprende que te dejen investigar.

—La verdad es que no estoy en activo. Me tienen de *punching bag* en el turno de noche, y me han apartado de la investigación.

—Es una medida temporal, supongo.

—No lo sé.

—¿Sigues en la estación de Zapata y C?

—Tampoco. Me trasladaron a la Segunda Unidad, en la Habana Vieja.

—¿A la Mazmorra? —dijo ella sorprendida. Resopló—. Coño, Heredia, eso es una olla de grillos.

—Dímelo a mí.

—¿Tan mal te van las cosas, capitán?

—Ya ni siquiera soy capitán —le confesó él—. Me degradaron.

—Siento enterarme de eso —dijo ella con una nota de decepción en la voz—. Parece que ciertos ángeles no se pueden tocar en este país.

—Yo no diría ángeles, más bien demonios.

—Sí. Mala suerte.

—No creas. Teniendo en cuenta la envergadura del asunto, es una suerte que haya conseguido conservar mi trabajo.

—O que no te hayan metido preso.

—Eso sobre todo.

—Pero al menos seguirás casado, ¿no?

—¿Por qué lo preguntas?

—Por curiosidad. No serías el primero cuya defenestración tiene consecuencias matrimoniales. Yo podría consolarte, si no te molesta el hecho de que sea diez años más vieja que tú.

—No exageres. Sigo casado, y tú eres lesbiana.

—Sí, pero soy una lesbiana conversa. Nunca confíes en la integridad de una conversa.

—Todos los días se aprende una cosa nueva.

—Bueno, y si no te dejan investigar, ¿a quién le estás haciendo el favor esta vez?

—A una colega —dijo él—. Ya me conoces, siempre estoy haciendo favores.

—Mientras no vuelvas a meterte en problemas...

—¿Puedo contar con tu ayuda?

—Ya te lo dije. Mi deuda contigo es eterna. ¿De qué se trata?

—Mejor lo hablamos cuando vengas al bufete. ¿Podemos vernos?

—¿Cuándo?

—Lo más pronto posible.

—No tenía pensado volver a la oficina hoy, pero... de acuerdo. Si tanta urgencia tienes, estaré ahí en una hora.

—Gracias por ser tan solidaria —bromeó él a medias.

—Tú harías lo mismo por mí.

20

De ronda por el barrio de Belén, Leo Batista y el novato avistaron un grupo de extranjeros que conversaban con dos jóvenes negros con aspecto de jineteros.

—La hostelería está contaminando este país —reflexionó Batista—; por ahí es por donde está entrando el capitalismo y la jodedera.

Los jineteros advirtieron la llegada del coche patrulla y echaron a andar sin despedirse de los extranjeros.

Batista condujo despacio hasta ponerse a la altura de los dos jóvenes y sacó la cabeza por la ventanilla para hablarles.

—Ustedes siempre están en el mismo invento. —Les señaló con un dedo amenazador—. Sigan con el acoso al turista, que el día menos pensado les voy a conseguir una habitación de lujo en el hotelito, y de ahí directo pa' la beca un par de años.

El *hotelito* era La Mazmorra, y la *beca,* la prisión del Combinado del Este.

Los jineteros, tensos, evitaron responder. Siguieron su camino, doblaron en la esquina y se metieron en un edificio.

—Esta gente no aprende —comentó el novato—. Yo creo que, en el fondo, el tanque no les da tanto miedo.

—El problema es que nos estamos relajando demasiado —dijo

el sargento—. A Cuba todavía no le conviene abrirse. Una apertura real sería el caos.

—Pero la gente quiere y se merece apertura...

—La gente, la gente —remedó Batista con tono exasperado—. La gente aquí no cuenta para nada. ¿A quién le importa lo que quiera el pueblo, la gentuza, la escoria y el jodido lumpenproletariado? Si este país se abre al mundo, los primeros que van a cagar pelos sin haber comido mango somos los policías. ¿Tú te imaginas lo que pasaría si Cuba se convierte en un país normal, muchacho? El entra y sale constante, la droga colándose por todos lados...

—Ya la droga se cuela bastante...

—No es lo mismo. Todavía el asunto de las drogas podemos dejárselo al apartado de maquillaje y control de daños. Lo que ahora mismo entra furtivamente no es nada comparado con lo que podría fluir si nuestro muro de bagazo se cayera. No puedes imaginar el tropelaje que se armaría. Piénsalo: construcciones por todos lados, especulación inmobiliaria, corporaciones privadas, extranjeros pidiendo permisos para vivir aquí, prensa libre, inmigración en oleadas desde Latinoamérica, cultura no supervisada por el estado, gente enriqueciéndose, funcionarios vendiéndole información sensible a las empresas privadas, cotos exclusivos para los ricos, la pobreza resentida con las minorías acaudaladas, zonas de exclusión marginal, partidos políticos abogando por el anexionismo. ¿Te imaginas todo eso junto? ¡Bum! ¿A quién crees que le complicaría la existencia todos esos cambios?

—Pues a...

—A los encargados del orden, compadre. ¡A nosotros! A ti y a mí que, por un sueldo miserable, nos veríamos expuestos a mucho más peligro que el actual. La de tipos raros que empezarían a pulular por esta tierra rica en mulatas, rumba y ron; asesinos a sueldo, sicarios del narcotráfico latino, crimen organizado ruso y asiático.

—Bueno, pero el bienestar...

—Qué bienestar ni qué niño muerto, so mentecato. El progreso no es algo factual, es un fiasco utilizado por los leguleyos para enajenar a las masas. Cuando este país se abra y el dinero empiece a fluir en torrente, entonces sí que todos los males mayores y menores van a descubrir que esto es una islita virgen de verdad, con doce millones de consumidores ávidos de lo que les echen, y se van a cebar con nosotros: bancos, drogas, manipulación financiera, más represión, endeudamiento institucional. ¿Eso es lo que quieres, pionero, que el mundo entre aquí y desencadene el caos del capitalismo de tercer mundo en toda su expresión? ¡Dime!

—No, no, tampoco así, sargento...

—Entonces procura tener tus prioridades claras. Al menos como policía.

—Sí, sargento, pero usted se olvida de que el Partido no permitirá que...

—¿Quién coño está hablando de política? Olvídate de la política, que eso no tiene nada que ver con lo que te estoy diciendo. ¿Tú crees que el Partido va a sobrevivir a ese marasmo? Esos, los de arriba, son los primeros que van a cambiar de color y bando, todo con tal de mantenerse en sus puestos y con beneficios adicionales. Los que van a tener que comerse el cable somos nosotros, y va a ser un cable sin fin. Para siempre. Sin vuelta atrás.

Yusniel abrió la boca para objetar pero en ese momento la radio crepitó. Batista respondió la llamada.

—Leo recibiendo. Indique, Control.

—Sargento, avance hasta la calle Teniente Rey, 250. Se denuncia un cinco-dos con arma blanca. Repito: Teniente Rey, 250, localizar a la persona lesionada.

—Copiado, Control —dijo Batista—. Vamos para allá.

—Correcto.

Cinco minutos después, llegaron a la dirección indicada.

—Eh —advirtió el novato—, esa es la salida trasera del solar donde estuvimos hoy por la mañana. Es el mismo sitio donde ocurrió la bronca.

Batista asintió con sorpresa.

—¡Coño, tienes razón! Qué conflictivo es ese puñetero solar.

Entraron al patio de tierra con el Lada y se acercaron a un par de vecinos y al policía de la Mazmorra que esperaba junto al caserón colonial. El sitio, en general, estaba tan desvencijado que tenían la impresión de que en cualquier momento todo aquello se les iba a derrumbar encima. Frenaron al ver al herido sentado junto al poli.

—No me lo puedo creer —dijo el novato con asombro.

—La madre que lo parió —comentó Batista alzándose las gafas para poder ver bien a la víctima—. Mira quién regresó al solar.

El hombre era el mismo herido que habían llevado al Emergencia. Ahora vestía otros pantalones cortos, camiseta sin mangas y calzaba mocasines apache de confección artesanal. Mostraba heridas leves en el torso, recientes hinchazones en el rostro y, al igual que en la mañana, la sangre en sus posaderas era abundante.

—Le han rajado la otra nalga.

La expresión de derrota en la cara del tipo era abrumadora. Parecía al borde del desmayo. Batista se plantó delante de él y le espetó:

—Reconócelo, compadre. Tú no vienes al solar a matar negros.

21

Puyol regresó a su casa al anochecer. Los asuntos personales que le llevaron a visitar el solar de la calle Manrique, y luego la indagación en las cerrajerías de la Habana Vieja y Centro Habana que encontró abiertas, no habían dado ningún resultado positivo. Había sido una tarde infructuosa.

Abrió la puerta y entró al hogar. La casa tenía puntales altos, y había sido mucho más grande originalmente, pero en los años sesenta Reforma Urbana añadió paredes para hacer subdivisiones de modo que pudieran alojarse tres familias, y algunas esquinas del inmueble habían quedado con ángulos extraños. Puyol nunca se había acostumbrado.

—Mamá, he vuelto —anunció al entrar.

La anciana prefería alumbrarse con bombillas incandescentes de 60 vatios. La luz amarillenta le daba un aspecto lúgubre a la casa. Para colmo, por motivos de extrema necesidad, el crudo olor a desinfectante que usaban en las habitaciones posteriores solía extenderse a través del pasillo hasta el punto en que, al menos un día a la semana –normalmente, los domingos– hacía muy incómoda la estancia en el salón.

—Qué tarde es —dijo su madre saliendo de su habitación. Llevaba amplios ropajes de color negro, sufría sobrepeso y cojeaba de la pierna izquierda—. ¿Qué te pasó? ¿Estuviste todo el día trabajando?

—Algo así —respondió él, inclinándose para darle un beso en la frente. El cabello, totalmente blanco, olía a algún tipo de colonia barata, pero no lograba borrarle del todo el tufillo a desinfectante.

—¿Comiste algo en la calle? —preguntó ella, acomodándose las gafas de pasta marrón y gruesas lentes de vidrio verdoso.

—Almorcé en la unidad, pero la comida estaba malísima. —Puso sobre la mesa del salón la bolsa de plástico con la compra. La bolsa era de Cubalse, tan fina que la carga la había roto por un costado y parte de una yuca terrosa asomaba por el agujero—. Tus encargos. Ahí tienes tomates pintones y maduros, pepinos, canela en rama para cuando hagas natilla, los plátanos Johnson y, como puedes ver, me tomé la libertad de añadir un par de yuquitas.

—Espero que salgan buenas. Las yucas siempre son una sorpresa. ¿Entonces no has comido nada desde la hora del almuerzo?

—Nada. ¿Hay algo hecho?

—Claro. ¡Qué pregunta! —dijo ella sacando los plátanos y apreciándolos a la luz mortuoria de la lámpara que colgaba sobre la mesa—. Caliento el arroz y te sirvo en dos minutos. ¿Qué vas a hacer?

Puyol entró en el baño contiguo a la cocina y abrió el grifo del agua.

—Lavarme las manos —dijo—. ¿Cómo se ha portado Ernest hoy?

La madre de Puyol suspiró.

—Bastante bien, dentro de lo que cabe.

—¿Comió?

—Devoró la comida —respondió la anciana entrando en la cocina para disponer la cena de su hijo.

—Eso significa que no has perdido el toque —dijo él, sonriendo con cansancio—. Sigues siendo la mejor cocinera del mundo.

Usó el trozo de jabón que quedaba en el bordillo del lavamanos para frotarse las manos hasta lograr una espuma blanquecina, se enjabonó la cara y luego se enjuagó. Se secó con un trapo que colgaba de un clavo en la pared sin azulejos. Cada día hacía lo mismo al llegar del trabajo; su pequeño ritual de higiene antes de ver a Ernest.

Dejó atrás los ruidos de cacerolas en la cocina y caminó por el pasillo interior de la casa, sus pasos retumbando sobre el oscuro embaldosado de granito, la respiración serena y la mente anticipando el momento. A medida que avanzaba hacia las habitaciones del fondo, sentía que el olor del líquido desinfectante se hacía más fuerte y se mezclaba con una fetidez dulzona que flotaba en el ambiente.

La puerta de la última habitación era gruesa y estaba pintada de un tenue color verde manzana. Estaba cerrada con pestillo desde fuera, un pestillo grande, macizo, bruñido por el constante roce. En el centro de la puerta habían encajado una mirilla acanalada de metal esmaltado, como la ranura de un buzón de correos.

La fetidez era más fuerte allí.

Puyol corrió el pestillo y abrió la puerta.

En un rincón del cuarto casi vacío, arrodillado sobre el suelo en medio de un charco de orina y excrementos recientes, había un chico desnudo vuelto de espaldas a la puerta. Tenía el cabello muy corto, la piel pálida y brillante por el sudor, y se encorvaba sobre sus hombros al aferrar los mojados jirones de una sábana gris. De su boca salían unos sonidos guturales, monótonos. A su lado yacían los restos de un calzoncillo sucio, desgarrado con furia. La habitación carecía de muebles o juguetes, y la única ventana estaba muy alta y había sido reforzada con barrotes de hierro. Las lámparas de luz fría del techo le recordaron al teniente el depósito de cadáveres de Medicina Forense.

Puyol se sobrepuso al hedor y entró en la habitación.

—Hola, Ernest —saludó.

El chico desnudo se volvió a medias, sorprendido por la voz del hombre. Estaba mocoso y su mirada parecía ligeramente perdida. Su cuerpo despedía un tufo rancio.

Pero sonrió.

Para Puyol, era el mejor momento del día.

—Papá está en casa ya —dijo, y le tendió los brazos.

22

—Es una prótesis —dijo Bruno por teléfono, refiriéndose a la pieza que Eddy le había dejado en Rastros y Materiales.

Eddy, caminando descalzo por el pasillo de baldosas, fue hasta el salón de su casa. En penumbras, recostó la frente contra el cristal de la ventana y contempló la iluminada calle 17. Eran las diez de la noche.

—¿Una prótesis de qué? —preguntó.

—Dental. La parte larga y afilada es un colmillo.

—Será para tiburones —dijo Eddy atónito—. ¿Te estás burlando?

—Confía en mí —terció Bruno—; es un trozo de prótesis dental. Muy Hi-Tech. Óxido de zirconio con revestimiento de cerámica sinterizada y la superficie externa esmaltada. Es un material de importación. Y es caro. La persona que lo adquirió tenía billete.

—¿Pudiste hacer las comparaciones de micrografía?

Escuchó que Bruno soltaba el aire de golpe.

—Eddy —dijo con voz cansada—, ¿en qué mundo de perfección burocrática tú vives? Ni me han traído el cadáver de la morgue, ni se ha autorizado el procedimiento. Es domingo, ¿recuerdas? Además, con el tiempo que ha pasado, yo no creo que las micros vayan a ayudarte mucho.

El calor agobiaba a Eddy. El salón cerrado era como un invernadero.

—¿Encontraste alguna huella al menos? —preguntó abriendo las ventanas.

—Nada útil. Lo siento.

—Pero... esa cerámica, ¿serviría para cortar un cuello limpiamente?

—Mejor que un bisturí de acero —admitió Bruno—. El principio de su confección es similar al de las navajas de cerámica. Se afilan mediante discos de diamante.

—Sin embargo, no es un cuchillo.

—No —repitió el otro con paciencia—. Es una prótesis dental.

Eddy se masajeó la barbilla.

—Y está rota.

—Sí, seguramente formó parte de un armazón flexible semicurvo con otro colmillo a juego. La parte posterior se pega en las encías y la dentadura. Por supuesto, los colmillos son tan largos que sobresalen de la boca aunque esté cerrada, pero supongo que esa es la intención.

—No jodas, Bruno. ¿Qué función tendría una prótesis así?

—Estética. Lo estuve pensando y me dije: ¿y si en la escuela de cine de San Antonio de los Baños hay algún realizador filmando una película de terror? Cabía la posibilidad de que ese artículo viniera de allí, así que se me ocurrió llamar y preguntarles. Me aseguraron que ellos no tienen nada parecido a eso. El atrezo de plástico barato les sirve igual; la magia de Méliès.

Abajo, por la 17, pasaron rugiendo dos almendrones tuneados –un Chevrolet y un Cadillac de Ville de los años 50– echando una carrera en dirección al Nacional. Si el semáforo del cruce con avenida de los Presidentes estaba apagado alguien iba a perder la vida.

—¿Eddy? ¿Te quedaste dormido?

—Estoy pensando y el calor no me deja.

—Tómate una cerveza y vete al cine a coger aire acondicionado.

—No puedo darme ese lujo —replicó Eddy—. Tengo a un par de atravesados de la brigada de Antidrogas metiéndome ruido en el caso. Necesito saber quién tiene dinero y es lo suficientemente extravagante para andar por La Habana exhibiendo unos colmillos postizos de ese tamaño.

—Tribus urbanas —dijo Bruno.

—No te sigo, mi socio.

—Tú vives en el Vedado, ¿no?

—Sí.

—Entonces las tienes cerca. Sal a la calle y busca entre las tribus urbanas.

El Vedado.

Burbuja. Brisa. ADN urbanita, ecléctico, recombinante.

Veredas, mansiones, colinas suaves de cara al mar. Rascacielos, torres de propiedad horizontal, *penthouses*, hoteles de lujo, *skyline* de hormigón recortado contra un poniente de resplandores áureos.

El Vedado inflama amores, envidias y odios; es la joya financiera del país, el pulso cultural de la ciudad; es asombro del turista, meca del peregrino provinciano y recuerdo decadente de un racionalismo relumbrón. Aquí los sueños de prosperidad flotan en el aire y sobreviven a los cambios y caprichos estatales, reinventándose a sí mismos. En la noche voluptuosa del Vedado los cabarés, discotecas y clubes nocturnos ganan terreno, los vientos ideológicos se alejan de la Plaza, y las subculturas emergentes se convierten en tribus urbanas.

Eddy sacó el Niva de su garaje, condujo por calle A hasta la 19 y dobló a buscar la avenida Paseo para bajar hacia el malecón. Sabía que el grueso de los noctámbulos se reunía alrededor de la Fuente de la Juventud, entre los hoteles Meliá Cohíba y Habana Riviera y el centro comercial Galerías Paseo. Aparcó a un costado del Riviera y bajó a pie para mezclarse con las multitudes. El frescor marítimo lo envolvió y el calor dejó de ser un martirio; un simple detalle climático, y su humor comenzó a mejorar.

La Fuente era una fiesta oficiosa, para variar: botellas compartidas bebidas a pico, música estruendosa *anime*, tecnología audiovisual portátil, gente arracimada en torno a los combates de danza, jolgorio, vocerío, risas, saludos y besos. Los adolescentes eran mayoría, con diversidad de estilos contraculturales: ropajes, mallas, tatuajes, *piercings*, cabellos teñidos de azul, complementos. A Eddy le hizo recordar una película que había visto sobre el festival de Woodstock. Pensó que la droga no andaría lejos. La euforia puede ser un monstruo de naturaleza noble, pero necesita del empuje químico para perpetuarse.

Música y estética definían al tipo de tribu urbana. Mikis, repas, roqueros y emos se repartían el paisaje de identidad tribal; clásicos y postmodernos, todos formaban un frente de resistencia cultural alternativo al proyecto ideológico que el Estado propugnaba.

Eddy se decantó por las aglomeraciones junto a las Galerías Paseo sabiendo que allí habría mucha gente de la Habana Vieja.

Zona de reparteros; los repas, como se autodenominaban. Los repas estaban escindidos en facciones, según el tipo de música que siguieran: la timba, el *hip hop*, la salsa o el reguetón. Procedían de los suburbios y barriadas con mayor población marginal y eran reivindicadores étnicos.

Violentos.

Y odiaban a los policías.

—No hablamos con fianas —le respondió uno de ellos. A Eddy le había llamado la atención las afiladas conchas que colgaban de sus collares.

—Eso puede considerarse como arma blanca.

El joven, fortalecido por el sentimiento gregario, le miró con hosquedad. Se cubría el cabello con una bandera boricua y sus ropas holgadas eran parecidas a las que vestía Richard, el infiltrado de Antidrogas.

—No es un arma —espetó el joven frunciendo los labios y arqueando los hombros en actitud desafiante—, es una protección. Yo vivo y dejo vivir.

No tenía sentido insistir, se dijo; no estaba allí para buscar problemas. Dio media vuelta y siguió su camino entre el gentío.

Una hora después estaba a punto de tirar la toalla. A pesar del ambiente de jolgorio, tropezó en todos los grupos con la misma actitud de rechazo. Se cuidaron de mostrarse insultantes, pero ninguno quiso hablar; quizás recelaban de su edad, o tal vez podían advertir que era un intruso.

Decidió tomarse una cerveza en un kiosco de venta de bebidas en moneda convertible. El empleado que atendía el kiosco era un blanco corpulento con pintas de pertenecer al contingente de respuesta rápida paramilitar. Eddy advirtió la tonfa negra apoyada sobre una caja de plástico con botellas de agua Ciego Montero y cruzó una mirada con el hombre. ¿Sería un poli o un cooperante? Se quedó con la duda; la línea entre combatientes y chivatientes se había vuelto difusa.

—¿Trabajando hasta tarde, compañero? —le preguntó el empleado—. Pa' que luego no digan que la policía está echándose fresco sin hacer nada.

—¿Tan evidente soy?

—Como un fuego en el monte, compay.

Confirmado. Tendría que replantearse algo en su actitud. No podía seguir yendo por la vida apestando a fiana si pretendía pasar de incógnito. Pidió la cerveza. El empleado se la sirvió en un vaso mediano de cartón parafinado, de esos que solían llamar *pergas* en los carnavales y los puntos de venta en la playa.

—¿Buscas algo en específico? —se interesó el empleado.

Eddy se bebió medio vaso de golpe. Se relamió la espuma de los labios.

—Estoy buscando tipos raros.

El empleado sonrió, señaló con un gesto de cabeza hacia la Fuente y dijo:

—Yo diría que ahí tienes pa' escoger.

—Me interesan los que portan arma blanca.

—Te lo repito; tienes pa' escoger. Los reparteros son los más agresivos. La mayoría de esos chamas llevan chavetas, navajas o punzones. Incluso, algunos de ellos podrían llevar hechizas escondidas bajo el pantalón y atadas a la pierna.

Eddy asintió. Conocía las hechizas, armas de fuego artesanales utilizadas por los pandilleros. Diseño importado de Sudamérica. Tubos galvanizados, hule y disparador de martillo. Utilizaban munición de pistola Makarov.

—¿Y a quién le temen? ¿A nosotros?

—Es su manera de alardear. Con ellos todo es cuestión de actitud. Además, a veces tienen bronca con otros grupos: los metaleros y los punks.

Nada nuevo; se trataba de la actualización generacional de las peleas entre guapos y pepillos de la década del setenta, y los enfrentamientos entre bandas frikis de principios de los ochenta. Eddy volvió a contemplar la multitud. Se bebió el resto de su cerveza.

—Pero, por lo que veo, parece haber coexistencia.

—No dije que fuera una batalla campal. —El empleado volvió a llenarle el vaso—. Además, los grupos que le plantan cara a los reparteros no se reúnen aquí. Hay otras bandas. —Luego señaló en dirección a la avenida de los Presidentes—. La mayoría está en la calle G; acampan en los parques.

Debería ir a echar un vistazo por allí, pensó Eddy. Cogió la perga para irse.

—Me has dado una buena luz. ¿Cuánto te debo?

—¿Por el lagarto? —preguntó el hombre—. Nada. La cerveza es gratis pa' los compañeros. —Levantó la vista—. Ahí tienes un ejemplo de lo que te decía.

Por el paseo del malecón venían dos chicas, de las llamadas

«ilustradas». Tenían el cráneo rapado a los costados, con el resto del cabello laqueado, parado en escarpias y teñido de rosa; sandalias de cuero, *shorts*, camisetas con mucho escote y recortadas por debajo de los pechos. Entre tanta ilustración de tinta sobre la piel no les quedaba espacio para otro tatuaje.

—¡Oye, nene! —gritó una de las punks—, ¿por qué no compartes el buche?

Eddy tardó un segundo en darse cuenta de que se estaban metiendo con él. Se alejó del kiosco y esperó a que hubiera una brecha en el flujo del tráfico para cruzar. Ellas lo esperaron sentadas en el muro, con los lóbulos de las orejas y los labios perforados por *piercings* de acero al cromo que destellaban a la luz de las farolas de vapor de sodio. Compartieron la cerveza, se mofaron de él un rato y juntos echaron unas risas a costa de chistes faltos de gracia. Las punks estaban medio borrachas; apestaban a sudor y porros de marihuana; su erotismo era un subproducto tardío del efecto narcótico. Llevaban el cuello adornado por collarines de perro con clavos de acero inoxidable y remaches de latón incrustados en el cuero. Las muñequeras eran versiones más pequeñas del mismo complemento, trabajadas en vinilo.

—Tiene que ser una pesadilla besarle el cuello a ustedes —comentó Eddy.

—¿Y quién lo va a intentar? ¿Tú? —se burló una de ellas—. Qué fresco.

—Atrevido —murmuró la acompañante lanzando una colilla encendida hacia los arrecifes. Se acarició un pecho escuálido y repasó con la punta de la lengua los aros en su labio superior pintado de púrpura—. Te puedes cortar el pellejo.

—Era un simple comentario —dijo Eddy, manteniendo la sintonía con las punks—. Estoy buscando otra cosa. Es posible que ustedes me puedan ayudar.

—¿Qué cosa?

—Con dinero todo camina.

—Estoy buscando colmillos —declaró él.

—¿Colmillos?

—Depende de lo que quieras decir con «colmillos».

—Este quiere jeringuillas, chica —le explicó una punk a la otra.

—¿Estás buscando pincharte alguna mierda?

Recostado al borde del muro, con el mar bramando a sus espaldas al chocar contra los rompientes, Eddy tuvo el presentimiento de que estaba en buen camino.

—No —explicó, mostrando los dientes. Tocó uno de sus caninos—. Estoy hablando de colmillos que son falsos, enormes y afilados.

—Como los de los vampiros —dijo una soltando una risita.

—Sí, como los vampiros —respondió Eddy.

Se quedaron calladas un momento y él estuvo a punto de creer que había vuelto a meter la pata. ¿Había tocado un tema tabú?

Pero se equivocaba.

—Tú estás buscando a los emos —dijo la más alta de las dos—. Los emocionales.

—¿Los emos, o los homos? —Su amiga le dio un codazo y añadió con picardía—: Yo creo que a este lo que le gusta es que le den por detrás.

—Eso mismo es lo que estoy buscando. ¿Quién usa colmillos?

—Los vampiros.

—Vamos, en serio —dijo Eddy sin poder creérselo—. ¿Hay una tribu de vampiros?

—Por supuesto.

—¿Dónde puedo encontrarlos ahora?

—En donde siempre. Ellos son más territoriales que nosotros, no les gusta moverse mucho —manifestó la punk entornando los ojos como si hubiera niebla y le costara distinguirlo—. Sube por G hacia 23 y busca a los emos, o a los góticos. Pregúntales por los vampiros.

Emos, góticos, vampiros. Tenían que estar burlándose de él.

—Los aristos. Esos son los que usan colmillos.

—Se creen que son aristócratas.

—Anormales.

—Sí, es cierto —hipó su amiga—. Son los aristos los que usan colmillos.

Tenía que ser una burla. Seguro.

23

La mayoría de los patrulleros odia las rondas nocturnas en solitario; son aburridas, monótonas, y en algunas zonas pueden volverse peligrosas.

A Manolito le encantaban las rondas nocturnas. Por la noche el aroma del dinero podía olerse en el aire, adquiría una cualidad subliminal, a flor de piel en todos los trasiegos, que la luz del sol parecía diluir al mínimo. En su experiencia, la noche era mágica, productiva y prolija en sorpresas agradables para el cazador avezado. A veces, ni siquiera tenía que esforzarse mucho para recibir un buen pellizco.

Pasaba frente a la puerta del hotel Sevilla cuando el portero lo llamó.

—Agente —dijo adelantándose unos pasos hacia el policía—. ¿Puedo hablar con usted?

Manolito lo dejó llegar, intrigado.

—¿Qué pasa?

El muchacho, un mulato elegante con el pelo corto engominado, llevaba un cable de *walkie-talkie* adosado a la oreja y charreteras doradas en la chaqueta del uniforme; carraspeó y mostró cara de preocupación al decirle:

—Quisiera denunciar una irregularidad que está ocurriendo en el hotel.

Manolito asintió. No atinaba a calcular al portero.

—¿Una irregularidad?

—Sí. Se trata de actividades de proxenetismo.

El policía señaló la radio *walkie* del portero.

—¿Y por qué me llamas a mí? —dijo mirándolo a los ojos con fijeza—. ¿Por qué no le avisas al de seguridad del hotel?

El portero titubeó un segundo. Se quitó el cable de la oreja y apagó el *walkie*.

—Eh... —empezó—. Mire, lo que pasa es que yo no sé si existe algún acuerdo entre los de seguridad y las personas que están cometiendo el delito. —Miró al policía buscando un gesto de identificación—. Aquí no se puede confiar en nadie, y si meto la pata puedo perder mi trabajo. Por eso prefiero decírselo a alguien de fuera del hotel; un policía, como usted, ¿me entiende?

Manolito sonrió. Claro que te entiendo, pensó; reconozco al palomo por la cagada. Lo que tú quieres es que yo le meta el pie a alguien por allá dentro y luego te deje caer una comisión.

—No hay problema —dijo el patrullero acompañando al joven hasta la puerta. Le palmeó la espalda—. Hiciste lo correcto. ¿Dónde están?

El portero se mostró confundido.

—¿Dónde están quiénes?

—¿Quiénes van a ser? El chulo, las putas.

—Ah. Se trata de un tipo que viene con tres jineteras casi todas las noches. Es un blanquito, como de unos veintipico años. Las jineteras son dos blancas y una mulata, meloncitos lindos las tres; parecen muy finas y visten bien. El tipo las manda para las habitaciones de los clientes y se sienta en el *lobby* a esperarlas. A veces se queda en el bar durante horas, pero siempre espera a que las chicas terminen y sale con ellas. Hay días que viene solo con la mulata; yo creo que esa es la más solicitada. Debe sacarle buena plata.

—¿Él nunca sube a las habitaciones?

—No. Yo nunca lo he visto subir.

Manolito se permitió un poco de sarcasmo.

—Tienes que ser un portero fuera de serie para tener tan bien controlado lo que ocurre allá dentro. Es a ti a quien deberían haber nombrado jefe de seguridad.

El portero sonrió con timidez.

—Bueno, se hace lo que se puede. Hay que estar en todas.

—Bien dicho —asintió Manolito—. Señálame al tipo y yo me encargo.

—No lo veo en el *lobby*, debe estar en el bar —dijo el mulato mirando hacia el interior a través del cristal—. Va vestido con un *blazer* blanco y zapatos de gamuza carmelita. Y lleva un parle de oro que debe valer un potosí.

Volvió a colocarse el terminal del cable en la oreja y le abrió la puerta al policía.

—Tienes buena retentiva, muchacho —le comentó Manolito al entrar—. Si algún día quieres ser policía, avísame y yo te resuelvo.

—Gracias. Después nos vemos.

Manolito paseó por el vestíbulo del hotel, buscando al hombre descrito. Tardó un rato y al final lo encontró en el bar bebiendo daiquirí en copas nevadas y mirando el canal de ESPN en el televisor sobre la barra. Parecía aburrido. A la altura de la muñeca, la recogida manga del *blazer* dejaba ver el sólido Timex analógico; la manilla y la caja del reloj eran de un dorado pulido, y el cristal estaba lleno de esferitas.

—Tú —le dijo Manolito dándole un par de toques suaves con el dedo a la altura del hombro—. ¿Vienes conmigo al baño?

El hombre se volvió; llevaba el cabello muy corto y era bastante atractivo. Sus labios fruncidos indicaron sorpresa ante el uniforme de la PNR.

—¿Qué?

Manolito fue discreto, pero su voz denotó firmeza.

—Que me acompañes al baño. Seguro que después de tantos tragos tendrás ganas de mear, y yo te voy a servir de escolta.

El tipo arrugó el entrecejo y apretó los labios. Parecía haber estado practicando la cualidad del fruncimiento en su tiempo libre.

—Oiga —protestó en voz baja—. Yo estoy consumiendo en el bar. Tengo derecho a estar aquí.

Al otro lado de la barra, el barman dejó de prestar atención a la pantalla y miró hacia ellos. Manolito se inclinó hacia el proxeneta sentado y le susurró:

—A ver, es fácil; si te pones protestón te pongo las esposas y luego subo y me llevo detenidas a tus jinetas. A ver cómo van a salir de esa situación después. Lo sé todo, así que piénsatelo bien; ¿vas a formar escándalo o me vas a acompañar al baño?

El otro sacó un par de billetes de diez CUC y los dejó sobre la barra, junto a la copa de daiquirí a medio terminar; se bajó de la silla y fueron en silencio al baño del bar. Manolito se encargó de verificar que el baño estuviera vacío, y entonces le pidió al proxeneta el carné de identidad. Leyó el nombre en voz alta.

—Antonio Bermúdez. —Sonrió—. Caray, si te llamas igual que un primo mío. Es un nombre bonito, ¿eh? Ya se me quedó en la cabeza. —Miró la dirección particular y el municipio; costumbres de control—. ¿Cómo te dicen? ¿Tony?

—Chano —respondió el otro con aplomo. No parecía tener miedo—. En la calle me conocen como Chano. ¿Te puedo ayudar en algo?

Manolito vio que Chano se conducía con soltura. Eso le gustó. Decidió abreviar.

—'Ta bien, Chano. ¿Cómo va a ser la cosa?

El proxeneta se mostró complacido con el cariz de la pregunta.

—La cosa va a ser así —le explicó—. Yo te pago treinta CUC a la semana a partir de ahora y tú te haces el chivoloco con esto, así todos seguimos viviendo sin contratiempos. ¿Qué te parece?

—Me gusta el cambalache —dijo Manolito devolviéndole el carné—, pero para que no me confundas con un buche-y-pluma, mi tarifa mínima es cincuenta a la semana.

—¿Cincuenta? —repitió el hombre—. Socio, cincuenta a la semana me parece mucho. Si me cortas el oxígeno me ahogas, y si me ahogas no puedo seguir trabajando. Entonces se jode el negocio y los dos salimos perdiendo. ¿Por qué no lo dejamos en treinta y cinco?

Manolito pensaba rápido. Accedió con un gesto de cabeza.

—Me parece bárbaro, pero si te me escondes una semana o te atrasas en el pago, te voy a cobrar el triple, ¿estamos?

—Despreocúpate —dijo el proxeneta—. Eso no va a ocurrir. —Sacó la billetera y le entregó la cantidad pactada de pesos convertibles en manoseados billetes de a cinco—. Yo siempre cumplo mi palabra.

—Mejor que sea así.

El hombre se acercó al lavamanos y abrió el grifo del agua. Manolito guardó el dinero y dijo:

—Una cosa. ¿Qué pasa si alguna vez quiero cobrarte en especias?

Chano siguió con el aseo de sus manos.

—¿Qué quieres decir con especias?

—Esas palomitas que manejas tú —le aclaró Manolito—. A lo mejor un día quiero probarlas. Con descuento incluido, claro.

El tipo, pensativo, cerró el grifo y se secó las manos con una toalla de papel.

—Mi socio —hizo una mueca al responderle—, de ser posible preferiría que no tocaras la mercancía.

—No te las voy a romper.

—Sí, ya sé que no las vas a romper, pero me las asustas y eso me puede afectar la dinámica del negocio.

Cuando había mujeres de por medio Manolito solía forzar las cosas, pero hoy se dio por satisfecho.

—Bueno, ya veremos —dijo, dirigiéndose a la salida del baño—. La semana que viene paso por aquí.

—Te espero. Estamos para servirnos.

A la salida del hotel, el portero se dirigió a Manolito.

—¿Qué tal le fue?

Manolito ya ni se acordaba de él. Puso cara de deber cumplido.

—Lo verifiqué y parece buen muchacho —respondió, y echó a andar hacia Zulueta. Dejó atrás al sorprendido portero—. Y déjalo tranquilo, que está trabajando igual que tú y que yo.

24

Eddy condujo hasta Tercera y avenida de los Presidentes y guardó el coche en el *parking* de la Casa de las Américas. Su carné de teniente de la PNR era un boleto que le abría todas las puertas.

El resto del camino lo hizo a pie. Cuesta arriba, avenida de los Presidentes se había convertido en una sucesión de acampadas. Cada parque, desde Línea a la avenida 23, acogía una tribu urbana diferente. Roqueros, metaleros, punks y retros ocupaban las primeras manzanas, luego venía el territorio de los reparteros de la salsa —menos agresivos que los de la Fuente de la Juventud—, y después aparecía la acampada de los mikis, consumistas y elegantes centrados en la música *house*, el tecno y la novísima trova. Por encima de la avenida 23 dominaban los emos, chicos de aspecto sombrío, maquillados para dar una impresión de perpetua melancolía.

Eddy indagó. Los emos le enviaron a los góticos; los góticos se rieron de él, pero le indicaron dónde podía encontrar a los duendes, las hadas y los vampiros. Y con los vampiros halló a los aristos.

El santuario de los vampiros era el monumento a un antiguo presidente olvidado; el emplazamiento, una rotonda con una exedra cubierta de bóvedas y columnas ejecutadas en mármol de Carrara, contenía fuentes, escalinatas, terrazas y grupos escultóricos. La referencia original les traía sin cuidado, pero la exedra era enorme, las estatuas parecían antiguas, y el conjunto arquitectónico poseía el aspecto pretencioso y decadente que buscaban los vampiros.

En las terrazas se aglomeraba medio centenar de vampiros. Escuchaban *A Whiter Shade Of Pale* en versión gregoriana de un compacto altavoz Zeppelín para iPod. Los aristos apenas eran quince, formaban una facción elitista dentro de la tribu y guardaban las distancias. Todos eran de raza blanca, compartían el estilo de vestimenta negra ceñida, pero la ropa de los aristos era cara, aterciopelada y con encajes en los puños. No eran niñatos, eran los hijos consentidos de padres con alto nivel adquisitivo. Tenían teléfonos móviles y la mayoría de ellos probablemente había venido en sus coches. Y usaban lentillas fosforescentes de color ámbar felino.

Los colmillos de cerámica asomaban entre sus labios.

Al subir por la escalinata principal dos aristos le salieron al paso. Eran delgados y habían puesto mucho empeño –maquillaje mediante– en lucir pálidos y asexuados. Las prótesis podrían haber sido perturbadoras para alguien sugestionable, excepto que les dificultaba el habla y que a Eddy jamás le habría perturbado algo tan ridículo como un joven con colmillos y pestañas destacadas con rímel.

Bien. Sabía lo que tenía que hacer. Se comportaban como una manada. Primero buscaría al macho alfa. Después provocaría una reacción para contrastar el resultado.

—Quiero hablar con Umbro —les dijo.

No se había sacado el nombre de la manga. Uno de los góticos le había dicho cómo se llamaba el alfa de esos –sonrisa mordaz– cretinos dientes de sable.

En la plazoleta central había un bloque con figuras de bronce y alegorizaciones talladas en mármol. Los aristos, chicos en torno a los veinte años, formaban un grupillo al pie del basamento. Uno de ellos se adelantó y fue seguido por la cohorte.

—¿Quién eres? —preguntó. Era alto, delgado, con la mirada

de hielo. Se había cortado el cabello para parecerse a Robert Pattin-son en *Crepúsculo*.

Eddy esperaba que entraran en el arco de luz bajo las bóvedas de la exedra, pero se mantuvieron en las sombras. Tuvo que agudizar la vista para observarlos.

—Soy Frank —mintió—. Vengo de parte de Yoyo.

En aquella farsa residía la mitad de su estrategia.

—¿Qué quiere Yoyo? —dijo Umbro con toda naturalidad—. No se requieren sus favores hasta el próximo *weekend*. No estamos tan necesitados.

Él dudó un par de segundos. ¿Qué les vendía Yolianko? ¿Sexo o *candys*?

Se arriesgó.

—Yoyo quiere que ustedes sigan volando alto —declaró, alzando la palma de la mano como si fuera un cohete despegando.

El aristo no mordió la carnada. La desconfianza era un atributo esencial para sobrevivir. Cualquier extraño podía ser un chivato o un policía; todo el mundo era consciente de su vulnerabilidad frente al Estado, y nadie actuaba a la ligera.

—No —dijo Umbro sin apartar la vista—. Creo que no te envía Yoyo. Él nunca utilizaría un sustituto para tratar con nosotros.

—Yoyo está... indispuesto. No es probable que vuelva a venir.

—Quizás no hablemos de la misma persona —dijo el cabecilla escogiendo sus palabras con cuidado. Hizo una mueca y sus colmillos atraparon el tenue resplandor reflejado en las columnas—. Hay muchos que se llaman así.

Los aristos se movieron nerviosos, acercándose como si fueran a rodearlo. Eddy cedió espacio para atraerlos. Quizás no se atrevieran a atacarle, pero estaban dispuestos a responder con violencia si se sentían amenazados. Entraron en la franja iluminada y Eddy vio que uno de ellos no tenía colmillos; alguien le había dado un buen golpe en los labios.

—De acuerdo —dijo—. Me estoy yendo. No quiero problemas.

—No vuelvas por aquí, y no los tendrás —le advirtió Umbro, que parecía hablar por el resto. Detrás de él, la cuesta de avenida de los Presidentes empezaba a descender hacia el sur y La Habana se convertía en otra ciudad, más oscura y sofocante.

Eddy se volvió y bajó por la escalinata con calma, sonriendo para sus adentros.

Fue hasta el *parking* donde tenía el coche y luego condujo de vuelta a 29. Aparcó debajo de un almendro a medianía de la manzana y esperó. Actuaba como un depredador, vigilando los movimientos del rebaño desde una posición oculta, sin perder de vista al miembro más débil de la manada, esperando que cometiera un error para saltar sobre él.

No temía equivocar la presa. Nunca olvidaba una cara.

A las dos de la madrugada los aristos empezaron a dejar el santuario. Algunos salieron a buscar sus coches y otros se fueron a pie, cada uno por su lado. El miembro más débil de la manada bajó por la calle a buscar la avenida Carlos III sin darse cuenta de que un Niva se le encimaba a toda prisa. Oyó un chillido de neumáticos al ser frenados de golpe, y luego Eddy salió del coche, lo agarró con brusquedad y lo metió de un empujón dentro del vehículo.

El aristo descolmillado quiso gritar y recibió un *jab* en la boca del estómago que le cortó el aliento. Eddy aceleró el coche por el trecho de encuentro entre Zapata y Carlos III, avanzó dos manzanas y se arrimó al arcén al pie del promontorio del Castillo del Príncipe.

—Creo que se te ha corrido el maquillaje —le dijo Eddy—. Avísame cuando te recompongas, para que podamos hablar.

El rostro del aristo era un poema de agravio al borde de la histeria. Tenía el cabello oscuro, pero la palidez, los ojos sombreados de negro y la boca grotesca le daban un aire al Joker del Batman de Christopher Nolan.

—¿Qué quiere de mí? —jadeó.

—Conversar. El tema irá acerca de Yoyo.

El joven abrió los ojos con desmesura, asustado.

—¡Oye, esto es un secuestro! —exclamó.

—Claro. Nadie te lo discute.

El otro aferró la manija de la puerta y acto seguido empezó a chillar:

—¡Auxilio! ¡¡¡Me están secues...!!!

Eddy se inclinó un poco y le soltó otro directo a la altura de la garganta. El aristo se dobló como una rama y empezó a hacer ruidos como si se ahogara.

—Escúchame bien, chama —le dijo Eddy sin perder el talante—. Eso que sentiste fue mi zurda. Tengo una zurda muy nerviosa, pero el golpe no llevaba fuerza porque no pretendía hacerte daño. Mi derecha, por otro lado, es algo más contundente. Imagínate el daño que podría hacerte si me convenzo de que no estás cooperando conmigo.

El joven tenía la cabeza apoyada en el cristal de la ventanilla y temblaba entre jadeo y jadeo. Tenía los ojos cerrados y el rostro contraído de dolor.

—Antes, mientras tus colegas del cuerpo de baile representaban esa pantomima ridícula, me fijé lo mucho que les cuadra la onda territorial. Pues este carro es mi territorio, mi embajada. Aquí solo se aplica una ley: cumplir mis órdenes a rajatabla o enfrentarse al castigo. Y el castigo implicará dolor. ¿Te ha quedado claro?

El otro asintió. Movió los labios y susurró algo.

—Perdona, no te he oído bien —dijo Eddy—, pero me imagino que te estás preguntando cómo puedes salirte de esta jodida situación. Mientras recuperas el aliento, voy a resumírtelo. Tu papi no te va a sacar de esta, eso seguro. A mi modo de ver, solo tienes dos opciones para librarte: o aguantas la tunda que pienso darte por resistirte al arresto y esperas una semana tirado en un calabozo, o te dedicas a darme respuestas satisfactorias.

El aristo temblaba. Eddy esbozó una mueca.

—No me irás a decir que te la pongo difícil.

—¿Qué quieres saber? —balbuceó el joven.

—¿Cómo te llamas? Y no se te ocurra decirme que tu nombre es Nosferatu, Stoker o Lestat, porque te voy a aflojar la quijada de un sopapo y luego te va a doler cada vez que hables.

—Edgar. Me llamo Edgar Barrios.

—Qué bonito. Dame tu carné.

El joven obedeció. Eddy guardó el documento sin darle una mirada. Afuera, por la calle Zapata, pasó un ruidoso camión militar hacia la Plaza.

—¿Dónde están tus colmillos? —inquirió Eddy.

—¿Eh?

—No te golpee en la cabeza, así que no te me hagas el tonto. Te estoy preguntando dónde está el cachivache de cerámica que te pegas a los dientes. Eres el único de esos mamarrachos que no lleva colmillos postizos.

—No lo sé. Se me perdieron.

—Mala respuesta —dijo Eddy—. Vamos a empezar de nuevo. ¿Qué relación tienes con Yolianko?

—¿Quién?

—Yoyo, el negro de las trenzas pegadas a la cabeza. Lleva un MP3.

—No sé quién es. Hay muchos...

—Mala respuesta —repitió Eddy. Hizo un amago de golpearlo con el puño derecho, pero Edgar interpuso las manos extendidas y suplicó.

—Espera, espera. Sé quién es Yoyo, pero no te estoy mintiendo. No sabía que se llamara Yolianko, ni sé en qué parte de la ciudad vive. Viene a Palacio una vez a la semana.

—¿Palacio?

—Sí, nuestro santuario —dijo él recuperando su orgullo tribal.

Eddy fue paciente y se abstuvo de hacer comentarios.

—¿Qué relación tienes con Yoyo?

—Yo, ninguna en particular. Los aristos hacemos negocios con él.

—Apura la lengua. ¿Qué negocios?

Edgar se mordió los labios.

—¿Qué tratos tienen ustedes con Yoyo? —presionó Eddy—. ¿Les deja hacerle una mamada por turnos, o hay algo más?

—No somos maricones —declaró Edgar con firmeza.

—Nadie ha dicho que lo sean —dijo Eddy sarcástico y ligeramente divertido—. A veces uno siente curiosidad por esas cosas. Cómo será chupársela a un negro superdotado, y eso. Y como observé que no había mujeres vampiras en el Palacio, ya sabes...

—No. El sexo no nos interesa. Solo queremos expresar nuestra identidad.

—De acuerdo. Entonces ¿qué hacen con él? ¿Le pagan para que se deje chupar la sangre, o es que ustedes no son tan extravagantes?

—No. Nuestros ritos no incluyen el fetiche de la sangre.

—Entonces acaba de decirlo de una vez. Aquí no están tus amigos. Nadie sabrá lo que me cuentes. ¿Le compraban drogas a Yolianko?

Edgar lo miró con fijeza. A pesar del miedo que sentía no se atrevía a responderle aquella pregunta a un policía.

—No soy un policía de Antidrogas —le aclaró Eddy—. En realidad no me interesa lo que quieran meterse en la sangre unos espantapájaros como ustedes. No me importa; cada cual debería ser libre de envenenarse como quiera. Yo estoy detrás de otra cosa, y eso me ha traído hasta ti.

—¿Hasta mí?

—Sí. —Alzó una mano y le mostró un espacio ínfimo entre el pulgar y el índice—. Edgar, estás a un tramo así de verte involucrado en un asunto de asesinato.

—¡No tengo nada que ver con ningún asesinato! —exclamó el aristo horrorizado—. Por favor... si me veo metido en un lío así... mi padre me matará.

—Eso ya lo veremos. Dime qué le vendía Yolianko a tu gente.

—Drogas —respondió Edgar deseoso de hablar.

—¿*Candys*?

—Sí, pastillas. Éxtasis, anfetaminas, mezclas raras. En Palacio les decimos drogas recreativas. Los otros vampiros, los que no son aristos, se nos muestran leales porque de vez en cuando las compartimos con ellos. Esos no tienen dinero para pagar los precios de las drogas de diseño.

—¿Y qué pasa con la vieja y barata marihuana, por qué la discriminan?

Edgar, de vuelta al modo aristo, arrugó la nariz.

—No consumimos cannabis. Es una droga vulgar.

—Seguro que les mancha los colmillos.

—Fumar es de mal gusto. No es elegante.

—Muy aristocrático —comentó Eddy—. Dime, ¿cuándo fue la última vez que vino Yoyo a venderles material?

—El viernes, como siempre. Es rutina. Aparece los viernes a las diez de la noche, a veces a las once. Siempre viene solo. Llega por el lado de G que da a Carlos III y sube a Palacio. No habla mucho. Nos dice lo que trae y cuánto cuesta. Le pagamos y se marcha por los parques hacia los territorios emos.

—¿Alguna vez han tenido problemas? ¿Han dejado de pagarle lo que pedía, o él les ha dado drogas de mala calidad? Algo que le indujera a una riña con algún aristo.

—Hemos discutido por precios en alguna ocasión —le explicó Edgar—, pero Yoyo siempre ha sido flexible con nosotros. Su producto es fiable, y él sabe que los aristos somos compradores seguros.

—¿Desde cuándo Yoyo les vende *candys*?

—Desde hace algo así como medio año. Apareció y nos dejó unas muestras de regalo. Promoción y *marketing*, nos dijo. A nosotros nos encantó y empezamos a comprarle.

—¿Sabes si Yolianko le vendía drogas a otras tribus urbanas?

Edgar hizo un gesto negativo.

—No lo sé. Lo que el Yoyo hacía fuera de nuestros territorios era asunto suyo. Pero supongo que sí, que le vendía a otros.

El teniente se quedó con la mirada fija en la calle mal iluminada.

Todavía pasaban algunos coches y camiones. Pensó en la languidez del aristo. Edgar nunca se habría atrevido a meterse en la Habana Vieja para degollar a un negro más alto que él y mucho más fuerte. Entonces, ¿cómo había ido a parar un trozo de su prótesis a la garganta de Yolianko?

—Volvamos a tus colmillos —dijo—. ¿Dónde están?

—Ya se lo expliqué. No sé dónde están. Los perdí.

—Pensaba que dormías con ellos puestos.

—No. No los uso durante la mayor parte del día.

—Dime cómo y cuándo los perdiste. Y no me hagas sacarte las palabras de la boca poco a poco, porque voy a tener que darte un trastazo en los huevos. ¿Cómo perdiste la prótesis?

—En un combate —confesó Edgar—. Hace una semana.

—¿Una pelea? ¿Es que, además de ser vampiro durante los fines de semana, te dedicas a la lucha sumo en días laborables? Vamos, no me hagas reír.

—Fue un combate contra los invasores —le ratificó Edgar muy serio—. Los licántropos quisieron apoderarse de Palacio. Les plantamos batalla.

Eddy se lo tomó con calma. No valía la pena exasperarse con aquel fantasmón.

—¿Los qué? —le preguntó—. Si escucho otra alegoría tribal tendré que noquearte, encerrarte en el maletero y empezar mañana otra vez con la ronda de preguntas. ¿Has visto lo pequeño que es el maletero de un Niva?

—Los aristos llamamos licántropos a todas las bandas de reparteros. Son ruidosos, chabacanos y ambientosos. Vinieron la semana pasada. Eran muchos y pretendían tomar Palacio armados con palos y chavetas; creían que porque somos blancos y de posición acomodada íbamos a salir huyendo. Pero no fue así. Les plantamos batalla y resistimos el asalto. No pudieron con nosotros. Su sangre corrió más que la nuestra y al final tuvieron que retirarse.

—No te me pongas épico ahora, Edgar —dijo Eddy dándole una palmada en el hombro. El aristo se estremeció al sentir el contacto y reculó en el asiento—. Céntrate en los colmillos. ¿Cómo fue que los perdiste?

—Uno de los invasores me golpeó con un tubo en la boca. Me partió los labios y la pieza se me cayó. No la vi más.

Tenía sentido, pensó Eddy. Alguien con fuerza, agallas y la clara intención de hacer recaer las sospechas en los vampiros, había recogido la filosa prótesis del suelo y la había usado para ejecutar a Yolianko una semana después.

—¿Participó Yoyo en esa reyerta, posicionándose con ustedes?

—Claro que no. Él nunca se expondría al peligro por unos blancos. Además, ni siquiera estaba por allí esa noche.

—Los repas intrusos, ¿quiénes eran?

El joven le miró extrañado, como si le costara entender la pregunta.

—Reparteros... ¿qué más da? Aquella noche corrió la sangre, pero nadie murió; ¿qué tiene eso que ver con un asesinato?

—El que hace las preguntas soy yo. ¿A qué tribu urbana pertenecían los reparteros atacantes?

—A una banda de negros que se llaman los ekobios. Creo que vienen desde Poey.

—¿Poey? Eso es en Arroyo Naranjo. ¿Cómo sabes tú que vienen de allá?

—Porque es una banda que ha aparecido hace poco tiempo. Escuchan un tipo de rap que incita a la violencia. Son de un reparto conflictivo y bajan al Vedado a buscar problemas. Ya muchas tribus de G han tenido choques con ellos. Hasta los repas de otros municipios los rechazan.

Los ekobios. De Poey. Si eran tan conflictivos estarían fichados.

Eddy le dio al contacto y puso en marcha el motor del Lada. Se oyó un sonoro *chunk* metálico cuando se retiró el seguro de la puerta junto a Edgar.

—Bájate —ordenó—. Regresa a tu casa y trata de recluirte unos días.

Edgar abrió la puerta y se bajó rápidamente. Daba la impresión de que iba a echar a correr, pero se detuvo vacilante.

—¿Qué? —preguntó Eddy.

—Necesitaré mi carné —dijo Edgar con timidez.

Eddy se inclinó desde su asiento y cerró la puerta de un tirón.

—Si tanto lo necesitas, sácate uno nuevo —le dijo, dándole gas al motor con el freno puesto—. Me quedo con este, para ubicarte en caso de que quiera volver a hablar contigo.

Soltó el freno y el Niva salió embalado.

¡Colmillos y lentillas fosforescentes!, pensó mientras conducía. ¿Qué vendría después? ¿Pelucas eléctricas y ropajes de neón?

TERCER DÍA

RESPUESTAS

25

La mayoría de los cubículos del personal técnico se encontraba en la planta alta de la Mazmorra. Subiendo por las escaleras, a la derecha, en el extremo opuesto a la oficina de los jefes y el secretariado, había un par de puertas con rótulos adhesivos en el vidrio esmerilado que ponían: *ARCHIVOS*.

La primera puerta pertenecía al almacén de archivos en papel —expedientes, historiales de casos cerrados o en curso y fichas policiales que recogían medio siglo de actividad criminal en el municipio; la vieja guardia impresa en marchita y polvorienta celulosa— y su custodio era un oficial llamado Virgilio Fuentes. Virgilio, un rubio de cincuenta y nueve años de edad, cejijunto y reservado, era veterano de la contrainteligencia y, por deformación profesional, muy celoso con la información que atesoraba. El cuarto correspondiente a la segunda puerta contenía archivos digitales, pero el sitio estaba igualmente atestado; había anaqueles llenos de discos ópticos, un panel con varios ordenadores conectados en red, monitores, reproductores de vídeo de la hemeroteca, y una serie de periféricos que el teniente Puyol no tenía la menor idea de qué hacían, y mucho menos cómo manipular. Por suerte para él la suboficial Mariana Ochoa se encargaba de eso. Ochoa se había graduado de Informática y Bibliotecología y era una mujercita simpática que siempre vestía la ropa verde oliva del MININT; tenía cuarenta años, el cabello moreno y un busto generoso.

La otra buena noticia era que su oficina estaba climatizada y olía a ambientador.

—¿Cómo te va, Puyol? —preguntó Ochoa.

—No tan bien como a usted, Marianita —bromeó él, sintiendo el sudor enfriándose en su cuello—; sentadita cómoda y con la bendición de un buen aire acondicionado.

—El aire acondicionado es solo un beneficio coyuntural —replicó ella—. En realidad está ahí por las computadoras. Con este clima, ya sabes lo que suele pasarles a esos equipos; si se calientan mucho empiezan a hacer tonterías.

—Ya, ya. ¿Y nosotros qué? Si nos recalentamos también podemos volvernos locos.

—Cierto, pero el personal humano es fácilmente reemplazable. En cambio, este tipo de equipamiento es bastante caro. La plata manda.

—Pues espero que esas computadoras me ayuden a despejar el camino de este caso, a ver si justifican la inversión.

—Ya veremos —dijo Ochoa. Hizo ademán de invitarlo a tomar asiento frente a un monitor—. ¿Quieres sentarte y hacer alguna búsqueda en el sistema?

—¿Es una pregunta con trampa? —preguntó Puyol a la defensiva—. Ya sabes lo mal que me llevo con la tecnología moderna. Computadoras y teléfonos portátiles, ni me gustan ni los entiendo. Demasiado embrollados.

—¿Cuándo piensas aprender?

—Soy demasiado viejo para eso. Además, si todos supiéramos manejar el sistema, perdería usted este puesto. ¿Entonces cuál sería la gracia de venir aquí?

—Eres incorregible —lo acusó ella riendo—. Vamos a entrar en materia. ¿Qué necesitas?

Puyol se acomodó en la silla y disfrutó de la climatización. Había sido una mañana laboriosa, de periplo en coche por las cerrajerías privadas de la Habana Vieja y Centro Habana; mucho camino, mucho sudor y resistencia, como en una carrera de fondo. Sin embargo, sus indagaciones habían sido de provecho.

—Necesito localizar a un individuo —dijo.

—Muy bien. ¿Qué datos me traes?

—Ese es el problema. Que no sé casi nada sobre él.

—Y ahora viene la parte donde me explicas qué significa ese «casi nada».

—Bueno —repuso el teniente—, pude verle la cara, pero fue a unos quince metros de distancia y por poco tiempo.

Ochoa lo miró perpleja.

—Al menos tendrás un nombre, ¿no?

—No. Nada. Puedo describírselo someramente, si usted quiere...

—Con esos parámetros no vamos a sacar nada en limpio, Puyol. Tienes que darme una foto de carné, una impresión digital, un nombre o un apellido, un alias, una dirección de domicilio; algo que me permita establecer un vínculo útil. El programa de búsqueda y correlación no es mágico; habla en un lenguaje estadístico, de bases de datos, ¿me sigues?

—Creo que sí —asintió él—. El asunto es que tengo el pálpito de que tenemos una ficha criminal suya en esta Unidad. Solo pude verle un momento, pero todo su lenguaje corporal indicaba peligrosidad. Yo diría que ese tipo tiene kilometraje.

Ella, con las manos descansando al borde del teclado, le guiñó un ojo.

—¿Pálpito? ¿Lenguaje corporal? No parece muy científico de tu parte.

—No lo es, desde luego —dijo Puyol—. Mi motor es la intuición.

—Hasta ahí hemos llegado. Me doy por vencida.

—Mi olfato, como punto de partida, nunca me ha jugado una mala pasada. Creo que el individuo en cuestión está relacionado con el caso de asesinato que investigo. Si logro demostrar su víncu-

221

lo con los hechos, todas las piezas del rompecabezas terminarán encajando en su sitio.

Ella cruzó las piernas y comentó con picardía:

—¿Vas a darme algo más sustancial, o harás como el resto de tus colegas que vienen a solicitar mis servicios sin aportar mucho? Necesito un norte.

Puyol la puso al corriente del caso.

—Pobre hombre —comentó Ochoa, refiriéndose a Santiesteban—. Pero, por lo que cuentas, parece un caso bastante claro de suicidio, no de asesinato. Con una depresión así es muy probable que haya decidido tomar la salida fácil.

—Está apresurando las conclusiones, Marianita, al igual que Héctor.

Ochoa tecleó un código y apareció un icono con forma de reloj de arena sobre el logotipo del programa. El icono comenzó a girar.

—Si el doctor Román y yo pensamos igual, quizás deberías replanteártelo —bromeó ella mientras abría una ventana con hileras de alfanuméricos—. Tanta gente inteligente no puede estar equivocada.

—Ustedes dos ven el problema de una manera parcial —señaló Puyol—. A mí las evidencias me cuentan una historia diferente.

—¿Encontró evidencias?

—Varias —dijo él, y se puso a enumerarlas—: una llave antigua, una silla volcada, un televisor encendido en un intervalo sospechoso, ningún indicio de robo, y tres familiares con coartadas a prueba de fuego.

—No parece que sea mucho.

—Por eso he venido a pedir su ayuda. Necesito identificar al desconocido.

La suboficial abrió una base de datos con fichas de antecedentes penales.

—Vamos a ver lo que puedo hacer por ti. —Le señaló la pantalla—. Ese programa nos permite el acceso al sistema de archivos penales de todas las unidades de policía de la provincia. Si tuviéramos una foto, un nombre, o un alias, el programa lo encontraría enseguida. Pero como todavía no sabemos quién es, lo mejor será empezar a chequear el historial de fotos. Ahora bien —puntualizó—, sin un perfil delictivo será como buscar una aguja en un pajar, podríamos tardar años en dar con él...

—¿Años? No me disgustaría —dijo él—. Sentado, con aire acondicionado y gozando de su buena compañía, podría esperar hasta el día de la jubilación.

—Terminarías aburriéndote.

—Bueno, ¿qué podemos hacer?

Ella reflexionó un momento y dijo:

—Tendremos que simplificar el criterio de búsqueda. Me has dicho que lo viste un momento. Descríbemelo.

—De raza blanca.

Las manos de Ochoa se deslizaron sobre el teclado como arañas danzarinas.

—Era grande —añadió el teniente—. Uno ochenta, al menos. Más tecleos.

—Calvo. Más bien pelado al rape.

—No es un parámetro fijo —terció ella—; entorpecería la búsqueda. ¿Qué puedes decirme de su fisonomía?

—Poco. Llevaba gafas puestas, así que no pude ver el color de sus ojos. —El rostro de Puyol se iluminó—. Tenía una cicatriz bajo la oreja. Bastante fea; se le había hecho un queloide. ¿Te ayuda eso?

—Yo diría que bastante —manifestó Ochoa sin dejar de teclear códigos—. Una cicatriz registrada en una ficha policial es un genuino dato de identidad. Mejor que un tatuaje y casi tan bueno como una huella digital. —Cliqueó sobre una barra de menú—. Vamos a ver qué nos cuenta el sistema.

El programa había sido diseñado por el grupo InfoCart del Departamento Informático del Ministerio del Interior, que unos años antes había desarrollado un *software* similar por encargo del gobierno de Chávez para manejar y gestionar las bases de datos penales y criminalísticas de Venezuela. La presentación y la interfaz del programa tenían un diseño muy artístico, con fondos de pantallas estilizados, iconos, ventanitas, y efectos visuales seductores para los cambios de entorno de trabajo. Pero su ineficacia era notoria: era lento, se colgaba, daba problemas con la recuperación de datos remotos, y raramente tenía éxito para correlacionar registros de huellas escaneadas. Los operadores culpaban a los diseñadores de InfoCart, que a su vez le echaban la culpa a la mala arquitectura de la intranet nacional, y los cibernéticos devolvían la pelota culpando a los operadores de ineptitud al manejar el sistema; un círculo vicioso.

La mayoría de los investigadores prefería no perder el tiempo haciendo uso del programa. Decían que era un fiasco.

Pese a todo, ciertos operadores se las ingeniaban para sacarle algún partido.

—Una cosa está clara —declaró Ochoa tras un par de horas de infructuosa pesquisa—: el programa es incapaz de localizar a tu sospechoso. —Forzó una sonrisa de circunstancias y añadió a modo de disculpa—: El problema no es mío, Puyol; es del *software* y de la ineficiencia de los administradores de redes.

Él se encogió de hombros y comentó con sorna:

—No entiendo una palabra de lo que me dice, pero he oído hablar del asunto.

—Creo que, por el momento, es un callejón sin salida —dijo ella pensativa—. ¿Seguro que es indispensable identificarlo para avanzar con el caso?

Puyol se dio dos golpecitos en la sien con el dedo índice.

—En mi cabeza el caso está prácticamente resuelto —confesó—. Pero para probar el crimen necesito encontrar a ese hombre.

Volvieron a enfrascarse en la búsqueda, con paciencia y optimismo, navegando en la intranet –zozobrando en los remolinos, o bien quedándose atascados en las lagunas del sistema– sin lograr progresos. Pasó una hora. Ochoa coló café y descansaron un rato. Hablaron del conflicto de Crimea entre rusos y ucranianos y de los partidos emergentes en el panorama político español. Ninguno de ellos sabía mucho sobre lo que estaba ocurriendo en la Península

Ibérica o en la costa septentrional del mar Negro, pero la conversación sirvió para refrescarles las ideas. La cafeína tuvo parte de mérito. Puyol decidió cambiar el enfoque. Se planteó estar abordando el problema de manera errónea. Reflexionó sobre ello y concluyó que debía invertir el sentido de su estrategia; utilizaría la evidencia para localizar la pieza que faltaba.

La navegación por la intranet nacional podía estar plagada de defectos y molestas caídas de conexión, pero las bases de datos de la Mazmorra eran sólidas y estaban razonablemente actualizadas. Ochoa abrió una serie de archivos de centros laborales del municipio y correlacionó los datos de antecedentes penales del historial de la Unidad con las fichas de dichos empleados. El camino se despejó; el número de trabajadores con causas penales seguía siendo de envergadura, pero sintieron que iban por buen camino. Aplicaron criterios de discriminación más específicos y enseguida apareció un nombre.

—Santiago Lima, alias Fantomas —leyó Ochoa con satisfacción—. Aquí dice que en 1997 fue condenado a seis años de prisión por lesiones graves e intento de homicidio. Cumplió íntegra la condena. Nunca se le ha encausado por hurto, pero en un par de juicios se demostró que daba palizas y cobraba deudas para terceras personas. Según la descripción física que aparece podría tratarse de tu desconocido. No es idéntica, pero ha pasado tiempo. —Señaló una sección del documento electrónico—. Y el dato laboral es significativo, ¿no crees?

Puyol no estaba convencido.

—¿Por qué no aparece una foto suya en la ficha?

Ochoa dejó escapar el aire entre los labios.

—Otro fallo —dijo—. Las personas encargadas de transferir la ficha al formato electrónico no hicieron bien su trabajo. O quizás tenían pendiente escanear la foto, pero no disponían de escáner; no lo sé. Probablemente se deba a que Fantomas no ha caído preso después de que esta base de datos fuera creada.

—Marianita. —Puyol hizo un gesto indicando hacia la pared

que separaba las dos oficinas de archivos—. Tiene que existir una foto suya en la ficha original, la que está impresa en papel. Necesito echarle un vistazo a esa foto.

La operadora salió de la oficina. Regresó al cabo de diez minutos con un papel amarillento de bordes carcomidos. El documento apestaba a huevos de cucaracha; los agujeros dejados por las polillas habían hecho desaparecer algunos fragmentos de información.

—Malas noticias —anunció apesadumbrada—. La foto no aparece.

—¿Se perdió?

—Claro —corroboró ella—. Esas cosas pasan constantemente.

Puyol tomó el documento y empezó a leerlo. El semblante le cambió.

—Hemos tenido suerte —dijo con un suspiro de alivio.

El informe de conducta del detenido, medio borroso ya por el paso del tiempo y la humedad ambiental, hecho con una máquina de escribir a la que le faltaban las tildes y tenía defectuoso el tipo de la «l», informaba que Fantomas era «lumpen, crápula y antisocial». Y debajo, alguien –un burócrata, o un poli concienzudo– había tenido la delicadeza de anotar:

Características distintivas: tejido cicatricial bajo la oreja derecha.

Un cuarto de hora más tarde Puyol bajó a la oficina, marcó la extensión de la operadora de pizarra y emitió a todas las unidades de Ciudad Habana una orden urgente de búsqueda y captura para Santiago Lima, alias Fantomas, expresidiario domiciliado en el municipio Diez de Octubre. Después pidió que le localizaran al cabo Duniesky Milián y se sentó a redactar un informe mientras esperaba.

El cabo se presentó pasado un rato.

—Ordene.

Milián era un hombretón negro de casi dos metros de altura. Muy robusto. Le decían King Kong. Era de pocas luces, pero lo compensaba a base de fuerza bruta. Y sabía cumplir su cometido.

Puyol le extendió un papel con una dirección
Vieja y un nombre.

—Necesito que vaya a ese sitio y haga una deten

El cabo dejó escapar un gruñido en señal de aser

—No creo que le dé problemas —añadió Puyol—
manso. Pero espóselo. Lo quiero en media hora enc
sala de interrogatorios.

—¿En qué sala lo quiere, teniente? ¿En la Sauna,

—Póngalo en la Sauna. Que sude un poco.

26

A última hora de la mañana Heredia regresó a la Mazmorra y fue hasta la oficina de Ana Rosa, en la parte trasera del despacho de oficiales. Aunque la puerta estaba cerrada, no se anduvo con miramientos y la abrió sin llamar.

La teniente se llevó un sobresalto. A punto estuvo de soltarle un sermón sobre reglas elementales de cortesía laboral, pero contuvo la lengua.

—Alegra esa cara —dijo Heredia con una sonrisa de júbilo, y dejó caer una carpeta con tapas de cartulina sobre la mesa—. Llegó la Navidad.

El mal humor de Ana Rosa era algo inercial, parte de la personalidad de altivez y distancia mostrada hacia otros policías. Con Heredia estaba obligada a hacer una excepción.

—¿La Navidad en pleno agosto? —Contempló la carpeta—. ¿Qué es esto?

—Los regalos de Santa Claus.

Ella abrió la carpeta y empezó a leer su contenido. Nombres. Notas anexadas de tipología delictiva. Direcciones. La lista era extensa, con muchas páginas.

—¿Y esto? ¿Lo sacaste del DTI?

—No —respondió—. Esos datos están por debajo del umbral

de reconocimiento del DTI o de la PNR. Ahí hay una lista de candidatos a ser el delincuente sexual que buscas.

—Esto no es una lista. Es casi una guía telefónica.

—Vivimos en una isla muy caliente —dijo Heredia guiñándole un ojo—. Tenemos un impresionante porcentaje de acoso sexual en centros de trabajo, amoríos fuera del matrimonio, infidelidades entre parejas, sexo sin protección, enfermedades venéreas, divorcios por violencia, crímenes pasionales. ¿Te extraña que haya tantos depredadores sexuales?

—No —dijo ella sin dejar de leer el listado—, pero... no entiendo qué es esto. No veo condenas, ni actas de...

—Son datos confidenciales de denuncias por asuntos sexuales menores; denuncias que no prosperaron, o fueron retiradas, o fueron anuladas en reuniones de conciliación, y que por diferentes circunstancias corresponden a categorías inferiores al delito. Ahí tienes de todo: pajeros, jamoneros, exhibicionistas, rascabucheadores y el resto del lote de actos lascivos. La mayoría de ellos nunca llegó a los tribunales.

—Estoy impresionada. ¿De dónde lo sacaste?

—No preguntes.

La suspicacia volvió a asomar a los ojos de Ana Rosa.

—¿Quién eres en realidad, Heredia? ¿Un agente de Inteligencia?

—No. Tengo algunos recursos, eso es todo. —Suspiró—. Llevo más de veinte años en esta profesión, Ana. He conocido a mucha gente. ¿No te basta con eso?

—Más que bastarme, me desborda. El listado es demasiado extenso. Nos complica la búsqueda en vez de simplificarla.

Heredia inclinó el cuerpo hacia la mesa y pasó varias páginas de impresos.

—Yo sabía que ibas a sudar cuando leyeras esto, así que me puse a trabajar en los datos. Me vino bien para desempolvar las neuronas. El perfil que hiciste del violador fue de mucha ayuda. Me circunscribí a los tres municipios más cercanos y encontré a un tipo que, curiosamente, está en el epicentro de la zona donde se registraron las cuatro violaciones que estás investigando. —Señaló un nombre destacado con rotulador rojo—: Creo que este es el hombre que estás buscando.

Ella leyó el nombre.

—Aurelio Cruz Vega.

—Treinta y tres años —recitó Heredia—, raza blanca, con estudios, soltero. Hace dieciséis años, en la Escuela al Campo, se vio metido en algún asunto turbio de índole sexual que luego no pudieron probarle; pero quedó constancia escrita, y mi contacto se las arregló para desenterrar el dato. Por aquellos tiempos, sus compañeros le decían Dumbo, como el elefantico de la Disney, supongo que por la magnitud de su... trompa.

—Hay un problema —objetó Ana Rosa—. La edad no encaja. Mi perfil asume que el sujeto ronda los cuarenta y cinco años.

—Por supuesto. Pero también podría ser que tu perfil estuviera equivocado.

Ella lo miró dubitativa. Odiaba que pusieran su profesionalidad en entredicho.

—Quizás me equivoqué —dijo—; y algo en tu mirada me dice que estás a punto de explicarme la razón.

—Existe un factor de peso para reconsiderar ese aspecto del perfil —explicó Heredia—: el lugar donde trabaja el sujeto. Se trata de un funcionario, tal como habíamos supuesto.

Ana Rosa se aferró a los reposabrazos con exaltación.

—¿Dónde trabaja?

—En la OFICODA municipal.

Ella hizo un gesto histriónico y se dio una palmada en la frente.

—¡Un funcionario de la OFICODA! Dios mío, ¿cómo no se me ocurrió antes?

—El centro logístico ideal para un depredador —reflexionó Heredia—. Como oficina de control y planificación de la alimentación racionada, allí se lleva un registro exhaustivo de todos los

231

movimientos de los ciudadanos. Este funcionario, el tal Aurelio Cruz, puede tener acceso a información privilegiada de todas las viviendas del municipio; sabe quién vive solo, sabe quién está enfermo y recibe una dieta especial o un medicamento raro, quién tiene un pariente temporal en casa, quién ha dado de baja a un muerto o de alta a un recién nacido.

La teniente estaba atónita. No podía creer que tuviera tanta suerte.

—Es el candidato perfecto —dijo Heredia—. Si volvieras a entrevistar a esas cuatro mujeres y les hicieras las preguntas adecuadas, descubrirías que han estado yendo a la OFICODA por diferentes razones; dietas, medicamentos, defunciones, traslados. El tipo vio sus puntos débiles, sus carencias. Vio que podía aprovecharse de las ancianas y de la ciega, y su compulsión hizo el resto.

—Tienes razón. Ha tenido todo el tiempo del mundo para seleccionar a sus víctimas y observarlas; acercarse a sus casas, vigilarlas, conocer sus costumbres y estudiar estrategias de allanamiento. —Ana Rosa volvió a leer el nombre en el listado y dijo con voz entrecortada—: Tiene que ser él.

—¿No crees que deberíamos llegarnos por allí y darle un vistazo de cerca?

—¿Ahora mismo?

Él la miró perplejo.

—¿Qué quieres, esperar al mes que viene?

—Es cierto —dijo ella con resolución—. Vamos a detenerlo ahora mismo.

—Puede que el propio Aurelio en persona atendiera a esas cuatro mujeres cuando fueron a hacer sus trámites —añadió Heredia siguiendo la línea de razonamiento—. Tenemos que ir y encontrar los registros que lo vinculan a ellas; seguro que concuerdan. A él lo traemos para acá y lo trabajamos a fondo.

—De acuerdo. —La teniente se puso en pie—. Podemos ir en mi carro.

—Qué suerte la mía —dijo él en tono de mofa—. Así podré

contarle a mis nietos, cuando los tenga, que un día estuve sentado en el famoso Hyundai de Ana Rosa.

—Qué chistoso.

—No. Se dice por ahí que, comparado con los Ladas y los almendrones, el carro tuyo es como una nave espacial.

—¿Qué te advertí sobre los rumores de pasillo?

27

Eddy abandonó la Sexta Unidad de Policía del municipio Arroyo Naranjo y metió el Niva en el tráfico de la Calzada de Bejucal. En la Sexta, un subteniente llamado Lucas le había proporcionado la dirección del solar donde se reunían los ekobios y le puso en antecedentes sobre la banda. Se brindó a suministrarle varios agentes de apoyo, pero Eddy le dijo que no los necesitaría.

—No estoy interesado en un operativo de redada —le explicó—; quiero hacerles unas preguntas y, dependiendo de las respuestas que obtenga, tal vez me vea obligado a efectuar alguna detención.

—No debería ir solo, y menos vestido de civil —había insistido Lucas—. Los ekobios son tipos insolentes, conflictivos y saltan a la menor amenaza. Algunos son muy peligrosos.

—No se preocupe. Los peligrosos son mi especialidad.

Dejó la Calzada y condujo por Primera a buscar la intercepción Maceo y Jackson. Según el oficial Lucas, los ekobios eran una banda medio desarticulada. Muchos estaban detenidos en calabozos por diversos delitos, o cumpliendo condenas de prisión, así que Eddy tenía la esperanza de tener que vérselas con el banquillo de reserva. Aparcó en Jackson; se lo pensó un momento y luego, para evitar «accidentes», dejó la pistola dentro de la guantera del coche y bajó dos manzanas a pie hasta llegar a un enorme solar yermo bordeado de casas de dos plantas.

En el solar yermo, bajo el sol inclemente de las tres de la tarde, un grupo de adolescentes jugaba al taco utilizando un palo de escoba para batear una pelota de corcho envuelta en cinta adhesiva negra. Casi todos iban descalzos, vestían viejos pantalones verde olivo del servicio militar y exhibían torsos desnudos curtidos por el sol; quizás alguno formara parte ya de la banda, o integraría el relevo generacional de los ekobios cuando llegara el momento. Las casas eran toscas, construidas por mano de obra poco profesional; plantas bajas con ventanas y portales enrejados y plantas superiores de ladrillo desnudo, con puertas y ventanas de madera sin pintar y techos de metal acanalado. Las terrazas de las plantas superiores carecían de barandillas y se comunicaban por aleros, lo que dificultaría la persecución en caso de que un sospechoso se diera a la fuga.

Eddy cruzó el yermo; por las ventanas de las casas brotaba el sonido del *hip hop*, con acuse en los tonos graves y las letras contestatarias; temas de Los Aldeanos y de Molotov se mezclaban en el aire con la furia de Jay-Z o DMX. Los ekobios estarían pasando la borrachera de la noche anterior, desayunando con ron a palo seco y *gansta rap* atronador. Nada de esto era nuevo para Eddy, ni le preocupaba demasiado, acostumbrado como estaba a las expresiones de las subculturas violentas en la mayoría de los barrios de la Habana Vieja.

Dos o tres casas estaban valladas con cercas de alambre. En la puerta de la mayor de las viviendas charlaba un grupo de mujeres de etnia afro. Eddy reconoció el número que había estado buscando y fue hacia allí. Las mujeres le cerraban el acceso al portal; observó que un par de ellas tenían tatuadas unas artísticas iniciales EKB al costado del cuello y en el abdomen. Lo miraron con hostilidad, como sorprendidas de que un blanco se atreviera a adentrarse sin permiso hasta allí.

—Paso —pidió Eddy al acercarse.

—Qué paso ni paso —le espetó una de las mujeres—. ¿Quién

cojones tú te crees que eres, blanquito, para venir aquí a estar metiéndonos el pie?

—Están advertidas. No se atraviesen.

—Oye, cuidadito con la guapería, blanco de mierda —dijo otra.

—So maricón —escupió una tercera desde atrás.

No podía soslayar la confrontación con ellas; el resto del portal estaba cubierto por un enrejado de cabillas. Chasqueó la lengua y se abrió paso con rudeza. Las mujeres empezaron a protestar, formando algarabía. Eddy sintió palmetazos agresores en el hombro y un leve empujón por la espalda, pero no hizo caso de la violencia física o los improperios y siguió portal adentro hasta la reja que cerraba la puerta de la casa. Probó a abrirla, pero la reja estaba cerrada con llave desde dentro.

Las mujeres siguieron ofendiéndolo, y una mulata subió el escalón y entró al portal, aunque se detuvo a dos metros del poli. Enseguida un jabao vino desde el interior de la casa y se asomó a la reja. Aparentaba unos veinte años y tenía el pecho hinchado por el esfuerzo en el banco para Prom; sus ojos eran azules, el pelo rubio muy rizado, y llevaba la piel del torso cubierta con los tatuajes de la banda. La expresión amenazadora alojada en su rostro parecía ser algo congénito.

—¿Qué pasa? —dijo mirando a Eddy con manifiesta antipatía y agarrando las barras de la reja con fuerza—. ¿Por qué tanto lío?

—El blanco maricón este —explicó airada la mulata del portal—, que llegó aquí metiendo el pie como si él fuera el *mayimbe* del reparto.

El jabao lo miró de nuevo.

—¿Qué pinga quieres?

—Vas a tener que lavarte la boca para hablar conmigo —le respondió Eddy provocándolo. Necesitaba que abriera aquella puerta para poder entrar.

—¿Qué dijiste?

—Que te laves la boca y vayas a buscar a Marabú —dijo Eddy

con presunta calma—. Dile que aquí hay un teniente de la PNR que quiere hablar con él.

Algunas de las mujeres retrocedieron de la escalera al escucharlo. En el solar yermo los chicos habían dejado de jugar y prestaban atención a lo que ocurría en el portal de la casa de Marabú; movimiento en el *bullpen* y miradas de rencor. El jabao se lo pensó un momento, sin quitarle la vista de encima. Era un gallito caliente. Lanzó un salivazo al suelo y dijo:

—Marabú no conversa con fianas. Piérdete de aquí.

Por detrás del jabao de cabello rizo amarillo se asomó un negro gigantesco; calvo, sudoroso de ejercitar los músculos con pesas, le sacaba a Eddy un palmo de altura. Sus bíceps eran como troncos nudosos. Se había afeitado la ceja izquierda y hecho tatuar EKB en el espacio rasurado, con el tatuaje tribal de Mike Tyson estampado en la mejilla en torno a las tres iniciales. Miró a Eddy con malas maneras y dijo:

—¿Qué é lo que 'ta pasando?

—¿Tú eres Marabú? —le preguntó Eddy.

—No. ¿Qué quieres?

—Obviamente, hablar con Marabú.

—Habla conmigo. Marabú no va a venir.

¿Por qué la gente se empecinaba en no abrirle las puertas?, se preguntó Eddy. Vigiló de reojo a la mujer del portal y avistó tres tipos que venían por el solar en dirección a la casa. Iban rapados y uno de ellos llevaba atado con correa un pitbull Monster Blue de pelaje bayo; el pitbull pesaría más de treinta kilos.

Tenía que actuar rápido, antes de que los ekobios concentraran sus fuerzas.

—Te lo voy a simplificar —dijo Eddy—: o traes a Marabú, o te rompo una ventana y entro a buscarlo.

—¡¿Qué tú dices?! —se exaltó el jabao con chispas en los ojos.

—Ya me oyeron. Hablamos o les daré problemas. Ustedes deciden.

El jabao dio media vuelta y se alejó hacia el interior de la casa.

El gigantón abrió la reja con una llave que sacó del bolsillo y salió con paso confiado a confrontar al policía. Era tan ancho que sus abultados hombros rozaban el marco de la puerta.

Eddy sonrió con desdén y cuadró los hombros.

—¿Cómo es la vuelta, blanquit...? —empezó a decir el gigantón.

La pierna derecha de Eddy salió disparada y se le empotró en el abdomen. El gigantón se dobló sobre sí mismo, buscando aire; Eddy saltó, le hundió el codo en la coronilla utilizando la inercia de su cuerpo y el hombre cayó fulminado. Sintió que las uñas de la mujer le arañaban el cuello desde atrás y le soltó un codazo en la boca que la arrojó al suelo desmadejada. El jabao salió como un bólido de la casa, blandiendo un cuchillo de carnicero. Eddy lo vio venir, aprovechó su impulso, saltó por encima del gigantón, esquivó la trayectoria del cuchillo y acertó a pegarle una patada circular en la sien que lo lanzó sin sentido contra el enrejado.

El trío que caminaba por el solar yermo echó a correr hacia la casa. Eddy entró y cerró la puerta. Caminó con sigilo por el interior de la vivienda, siguiendo la música de DMX y el sonido de las carcajadas hasta llegar al patio trasero.

El patio: tres negros adultos y un mulato adolescente; a la sombra de un frondoso árbol de mango, cinco sillas alrededor de una mesa de vidrio con botellas de ron y un plato con chicharrones de puerco. El *gansta rap* procedía de altavoces en la planta superior.

El visitante se plantó frente a ellos y preguntó:

—¿Quién de ustedes es Marabú?

—Pero... ¿qué coño...? —dijo uno.

El más grande se le acercó con garbo de boxeador, el cuerpo arqueado y los puños enormes a la altura del rostro. Otro agarró un bate de madera maciza que tenía recostado a la pared y avanzó. Con tres o cuatro probables contendientes, Eddy decidió que no había lugar para el cuerpo a cuerpo o el Jiu-jitsu brasileño. Taekwondo; primero se encargaría del bateador y después del pugilista. El bateador le lanzó un golpe demoledor. Eddy hurtó el cuerpo; el bate trazó un arco, pasó muy cerca de su mejilla y chocó contra una columna. Los puños y las piernas del poli se movieron velozmente al contraatacar: una rótula desencajada y la mandíbula rota. El boxeador entró castigando las costillas de Eddy con golpes rápidos, pero el poli mantuvo los codos bajos y penetró una brecha en su guardia con una patada en el cuello que envió al pugilista contra la mesa; el vidrio se hizo añicos y las botellas de ron cayeron al suelo de tierra.

El adolescente no se movió, pero alguien lanzó un machete desde la planta superior y el tercer hombre se hizo con el arma. Eddy recogió el bate del suelo y le salió al encuentro, agarrando una silla de tijera metálica por el camino. El ekobio, un tipo achaparrado y regordete, le lanzó un furioso machetazo, pero la hoja dio contra la silla. El choque arrancó chispas del metal y el hombre perdió el equilibrio. El bate de Eddy le rompió la clavícula y un patadón en el rostro remató el trabajo y lo dejó tendido bocarriba. Eddy se inclinó y cambió el bate por el machete. El mulato adolescente se quedó mirándolo a los ojos con dureza; no se atrevía a atacar al policía, pero se negaba a salir huyendo.

Mientras Eddy recuperaba el aliento, los tres tipos que iban con el pitbull aparecieron por el terreno de la casa aledaña y entraron en el patio. Uno de ellos hizo ademán de quitarle el collar al perro.

Eddy levantó el machete en la mano derecha y le advirtió:

—Si yo fuera tú y le tuviera cariño a ese animalito, no me arriesgaría a soltarlo.

Agachado junto a su preciado pitbull, el ekobio se lo pensó.

—¿Crees que eres muy guapo y que puedes con nosotros tres y con el perro?

—¿Quieren probar suerte? —lo desafió Eddy, señalándole a los tres hombres que yacían en el suelo del patio.

—No —se impuso un vozarrón desde la planta superior.

La música se detuvo.

Por el alero se asomó un mulato de piel oscura, de más de

treinta años de edad. Tenía la cabeza rapada de tal manera que dejaba parches triangulares de pelo negro a lo largo del cráneo para formar un complicado dibujo, y en su mejilla izquierda se veía el mismo tatuaje tribal. Por el parecido entre los dos, podría tratarse del hermano mayor del mulato adolescente.

—Nosotros podemos encargarnos del fiana —insistió el del pitbull.

—Ya dije que no —tronó el mulato del alero—. No compliquen las cosas.

Eddy lo miró desde abajo.

—Déjame adivinar —le dijo—. Eres el susodicho Marabú.

El hombre miraba con atención a Eddy. Puede que no le temiera, pero le respetaba.

—¿Qué quieres?

Eddy, sin bajar el machete, soltó el aire con un resoplido.

—Me parece que llevo casi un siglo repitiéndolo: quiero que hablemos.

—¿Sobre qué?

—Un asunto de la Policía. Creo que tú me puedes echar una mano.

Allí arriba el sol pegaba fuerte. El hombre caminó por el borde del alero hasta entrar en la sombra del árbol de mango. Eddy lo observó sin perder de vista a los tres tipos.

—No somos chivatos —declaró Marabú con rotundidad.

—Solo quiero que hablemos —le dijo Eddy, y luego añadió sarcástico—: Haz una excepción esta vez, como un favor hacia mí.

—No hacemos tratos con los fianas —volvió a decir Marabú.

Eddy sacó el móvil y señaló hacia los hombres tendidos.

—Entonces, ¿prefieres que llame a los de la Sexta Unidad para que vengan a hacer recogida? Podemos seguir con esta conversación en un calabozo y acusar a un montón de ekobios por desacato a la autoridad e intento de homicidio.

Marabú reflexionó un momento y preguntó:

—¿Crees que todo esto podría quedar entre nosotros?

Eddy sonrió.

—Claro que sí. Después de todo, solo ha sido un malentendido sin más complicaciones que unas cuantas cabezas rotas. Seguro que tu gente puede vivir con ello sin perder el sueño.

—Está bien —accedió Marabú—. No quiero tener nada que ver con fianas, pero voy a creer en tu palabra de hombre. ¿Qué quieres?

—Para empezar, dile a esos tres mentecatos que se lleven a los heridos y que luego despejen la pista, para que entremos en confianza y yo me sienta menos amenazado. Luego acaba de bajar y hablemos al mismo nivel. El cuello me está doliendo de tanto mirar para arriba.

Marabú tenía enchapes de oro en todos los dientes y el aliento le olía a marihuana.

—¿Vas a soltar el filo ese? —preguntó refiriéndose al machete que Eddy, sentado en una silla a dos metros frente él, mantenía sobre sus muslos, con la mano derecha aferrada al cabo.

—No —contestó Eddy—. Me gusta el tacto; me mantiene calmado.

—Como quieras. ¿Qué te interesa saber?

—Seré directo —dijo el poli—. ¿Por qué mandaron a matar al Yoyo?

El cabecilla de los ekobios mostró sorpresa.

—¿El Yoyo?

—Un negro alto y con la pasa trenzada que se dedicaba a venderles *candys*. Vivía en la Habana Vieja...

—Ahórrate la saliva —lo interrumpió Marabú—, sé quién es el tipo. Pero no le compramos *candys*. Nunca le hemos comprado nada. Ese es nuestro problema con él; que no quiere vendernos su merca.

—¿Y eso por qué?

—A ese niche no le interesa hacer tratos con nosotros.

—¿Por eso lo mataron? ¿Por no venderles drogas?

Marabú le sostuvo la mirada un rato. Luego se reclinó en la silla de tijera y dijo:

—Estoy seguro de que te estás equivocando, fiana. Nosotros no hemos ejecutado a ese negro hijoeputa.

—¿Negro-hijo-de-puta? Creí que ese calificativo te lo reservabas para los blancos.

—No es así. Lo que pasa es que todos los blancos nacen ya hijoeputas; los negros nacen puros, y luego algunos se vuelven hijoeputas.

—Como Yoyo.

—Sí, como él —dijo Marabú—. Ese singao se cree que caga oro y que es superior a los demás... —Entonces se dio cuenta de que no era una trampa del poli y añadió—: ¿Yoyo está muerto de verdad? —No había falsedad en la pregunta.

Eddy asintió con gravedad.

—Le cortaron el cuello hace dos días. Parecía una ejecución.

El ekobio se rio con estruendo y declaró:

—Me alegra enterarme de que ese cabrón esté muerto, pero lamento informarte de que la orden de romperlo no partió de mi boca.

—A lo mejor tú no lo sabes. Quizás algún ekobio tenía tratos con él a tus espaldas y decidió sacarlo de circulación por su propia cuenta.

—Ningún hermano mío se habría atrevido a ejecutar a nadie sin mi permiso —dijo enaltecido—. Además, nunca nos meteríamos a dar guerra en los barrios de la Habana Vieja. Respetamos los territorios ajenos.

—Eso díselo a las tribus urbanas del Vedado. Según me han contado, los vampis y ustedes tuvieron un choque hace una semana.

Marabú sonrió con desprecio y el oro brilló en su dentadura.

—El Vedado es zona libre. Ninguna banda controla aquellos territorios, ni es dueña de esos parques. Y esos maricones vestidos de negro nos desafiaban. Necesitaban que les diéramos una lección.

Eddy le apuntó con el dedo índice.

—Yo creo que uno de los tuyos mató a Yoyo porque le vendía los *candys* a los tipos del Vedado en vez de vendérselos a ustedes. Por rencor.

A Marabú se le escapó un gesto de impaciencia.

—Escúchame bien, fiana —dijo con tono ofendido—. Estás aquí porque he pactado esta conversación por el bien de mi gente, para que no llames al resto de los monos y se presenten formando lío. Voy a mantener mi palabra, pero no me hables como si fueras un invitado. Aclara tus dudas y luego vete.

Eddy esperó en silencio, con el machete aferrado. La expresión severa del cabecilla se relajó.

—Si lo hubiéramos matado no te lo diría —confesó Marabú—, porque nunca delataría a mis hermanos, pero quiero que lo entiendas: no fuimos nosotros. No teníamos ninguna necesidad de ejecutarlo. Él era un negro que renegaba de su propia raza, pero no dependíamos de él para comprar merca. Nos jodía que no quisiera tratar con ekobios, pero para eso tenemos nuestro propio *man*.

—Le compran la droga a otro suministrador.

—Claro.

—¿Qué le compran?

—Piedra. Nos gusta la piedra.

¿Crack?, pensó el teniente. El *crack* explicaba muchas cosas sobre la banda. Dentro de poco los ekobios serían historia antigua.

—Entiendo —dijo Eddy—. La piedra es barata, pero no es igual de buena que los *candys* que movía Yoyo. Y el Yoyo no quería venderles...

—Eso no importa. A veces nuestro *man* nos traía un poco de la merca de Yoyo.

Eddy se esforzó por no mostrarse sorprendido ante la revelación.

—Ah, Yoyo y él se conocían.

—Sí. Eran colegas en el negocio de la merca. Yuntas. Se movían en una Jawa 350. Mi *man* manejaba el cohete.

—¿Y cómo se llama tu *man*?

Marabú volvió a mostrarle el enchape dorado.

—Lo primero que te advertí es que no soy un chivato.

—Piénsatelo bien —le dijo Eddy—. Estoy intentando protegerlo. ¿Qué pasa si el que mató a Yoyo quiere romper a tu *man*? Se quedarían sin suministrador.

—Son cosas que pasan —respondió Marabú—. Otro *man* ocupará su lugar.

Eddy se puso en pie. Ahora se sentía en posición de ventaja.

—No quiero parecer grosero —dijo—, pero todavía puedo darte un buen tajazo con este acero, y luego hacerle esa llamada a los monos de la Sexta.

—¿Me estás amenazando?

—Algo así.

Marabú lo miró. Un par de ascuas parecían danzar en sus ojos enrojecidos.

—Dame un nombre y esta conversación se acabará —insistió Eddy—. Y procura no mentirme, o volveré.

—Zombi —respondió el hombre con aspereza—. Le dicen Zombi.

28

El cabo Milián fue al taller Habanamec de la calle Sol y detuvo a Alejandro Otaño, el yerno del ahorcado; lo trajo esposado a la Mazmorra y, sin hacerle ningún tipo de acusación formal, le llevó a la sala de interrogatorios número 4, conocida como la Sauna. Puyol quería tomarse las cosas con calma, esperar a ver si prosperaba la orden de búsqueda y captura de Fantomas, así que no entró a hablar con él hasta pasadas un par de horas. En la Mazmorra había otras salas de interrogatorio y ningún apuro.

La Sauna tenía luces estridentes y mala ventilación. Era un cubículo de 3x4 metros, con paredes pintadas de un opresivo color negro. Enseguida los detenidos empezaban a sudar copiosamente; también los interrogadores. En el interior había un pesado buró de colegio y una silla de madera. Alejandro estaba sentado en ella con las manos esposadas a la espalda, luchando por mantener la respiración controlada, cuando finalmente entró Puyol. Traía un taburete metálico en una mano y en la otra un delgado fajo de papeles impresos sujetos con un clip de acero.

—Buenas tardes —dijo.

El detenido no respondió. Se mostraba hermético, como si creyera que cualquier palabra o afirmación pudiera incriminarlo. Pero su silencio era una reacción de miedo; sin saberlo aún, estaba empezando a quebrarse por dentro.

Puyol colocó el taburete en el suelo, al otro lado del buró, pero no se sentó. Dejó los papeles sobre el mueble y dijo:

—Tenemos que conversar.

Bajo el cono de luz, el detenido hizo una mueca de incomodidad.

—No sé por qué estoy aquí.

—Ah, ¿no lo sabe? —dijo el teniente mirándolo fijamente—. ¿Cree que hemos cometido un error? ¿Cree que está esposado por gusto?

—No creo nada —terció Alejandro.

Puyol se recostó a la pared lateral.

—Alejandro, perdóneme la forma de cuestionar su franqueza, pero estoy seguro de que usted *cree* en muchas cosas. Es un creyente fervoroso, diría yo. —Se cruzó de brazos—. Usted cree que es más inteligente que yo, y cree que puede planificar un crimen y salirse con la suya impunemente. Cree que ha cubierto sus huellas, cree que todos los policías somos estúpidos, y que la gente en general está tan aletargada por el calor, tan centrada en sobrevivir a las penurias diarias, que no puede hacer bien su trabajo.

El detenido permaneció callado.

—¿No piensa decir nada?

—No hay nada que decir. Yo no he hecho nada.

—¿En serio?

—Sí, en serio. No sé de qué me habla —espetó el detenido. El sudor le bajaba por la frente y las sienes. Tenía empapada la pechera del mono de trabajo, y ya la sala empezaba a apestar a sobaco, aceite lubricante y gasolina.

—Usted me está insultando con su pretendida ignorancia.

—Eso es asunto suyo.

—No está cooperando. Lo va a lamentar.

—¡Ya le dije que no sé nada! —estalló el otro.

—No es necesario que alce la voz —dijo Puyol empleando un tono amable—. Sé que ahora mismo tiene mucho calor y se siente aterrado ante la posibilidad de perder su libertad. No tiene la menor idea de lo que sé. Piensa que quizás me estoy haciendo el listo para empujarlo a una trampa... Ah, todo eso es muy estresante... —Hizo un gesto de hastío y luego dejó escapar el aliento—. Pero hay situaciones peores. A veces eres un pobre viejo de sesenta años, decepcionado con tu propio destino. Te cansas a menudo, te duelen los huesos y comienzas a sentir que no te adaptas al ritmo de la vida. El futuro social que soñaste, y por el que sacrificaste toda la juventud, no se está cumpliendo. Te sientes desfasado, fuera de juego, y tu hija se casa con un desafecto a tus ideas. Para colmo, a tu hijo modélico lo matan en un país lejano. Entonces empiezas a hundirte. Ahora ya no te duelen los huesos; ahora empiezas a experimentar un dolor diferente, que te aplasta y te consume, y cada día que pasa se te hace más difícil ponerte en movimiento. Bebes para olvidar, pero no lo consigues. El recuerdo persiste. —Chasqueó los dedos—. Entonces, alguien, un intruso, se cuela una noche en tu casa y te sorprende; te pasa una soga alrededor del cuello y te deja colgando de una viga como si fueras un maldito animal rabioso; tal vez lo seas, porque el esfuerzo te hace echar espuma por la boca. Te estás muriendo, ahogándote, y de pronto sientes que quieres aferrarte a la vida. El intruso sigue ahí, parado frente a ti; te observa sin importarle tu sufrimiento; escucha el sonido estentóreo que sale de tu garganta y contempla cómo se desorbitan tus ojos mientras se te acaba el oxígeno y te mueres.

El detenido pestañeó con fuerza al sentir el sudor en los ojos.

—No sé por qué me cuenta todo eso —alegó—. Lo que haya ocurrido en esa casa no tiene nada que ver conmigo. Yo estaba en la playa, a más de cien kilómetros de La Habana.

Puyol asintió gravemente y le dijo:

—Eso fue lo primero que le puso en evidencia, Alejandro. Su coartada a prueba de fuego. ¿Sabe de qué están pavimentados los caminos al Infierno en mi línea de trabajo?

—¿De polis con buenas intenciones? —soltó el otro con insolencia.

—No —le rectificó Puyol—; de malditas coartadas a prueba

de fuego. Todos los criminales se esfuerzan por fabricar una buena coartada.

—Yo no soy un criminal. Se equivoca.

—Usted ya perdió, reconózcalo —dijo Puyol—; apostó y perdió. Para su desgracia, yo me atravesé en su camino. En honor a la verdad, no necesito ser hostil. Mi intención es llegar a un acuerdo. Digamos que podríamos... alcanzar un consenso entre rivales. —Señaló el legajo de impresos sobre el buró—. Quiero que lea atentamente ese informe, en el que se expone la confabulación y ejecución de un asesinato. Está bien fundamentado y le confiere a usted casi todo el protagonismo. Necesito que lo firme.

El hombre sacudió la cabeza.

—No pienso leerlo, y no voy a firmarlo. Yo no hice nada.

Puyol se sentó al borde del taburete metálico y apoyó las manos en el buró. No parecía enfadado ni contrariado. Había esperado aquella resistencia.

—Está bien —dijo—. Vamos a hacerlo de otra manera. Se supone que traemos a la gente a esta sala para que hable, para que diga todo lo que sabe; para que confiese. Pero resulta que, paradójicamente, usted ha venido a escuchar. Y yo voy a complacerlo. Hablaré por usted.

—Como quiera. No va a hacerme cambiar de opinión.

—Estoy seguro de que cambiará de opinión. Porque, aunque estuviera allá en Varadero mientras se cometía el asesinato, tiene las manos manchadas con la sangre de su suegro.

El detenido apretó los labios y no contestó.

—Usted planificó el asesinato de Noel Santiesteban y se lo encargó a Santiago Lima, apodado Fantomas —continuó Puyol—. Sabía que el hombre estaría solo, probablemente bebido, un pobre viejo esquelético que no podría ni presentar resistencia. También sabía que estaba deprimido por la muerte de Arkady, debilitado, que sería muy fácil matarlo y simular un suicidio. Ni la propia hija sospecharía.

—Eso es mentira.

Puyol lo miró con curiosidad.

—¿Va a decirme que no conoce a Santiago Lima? Sé que eran compañeros de trabajo en Habanamec hasta que hace seis meses a él lo botaron del taller por hurto de piezas. Hacían chanchullos juntos, pero a Fantomas lo descubrieron; usted se libró.

—Conozco a Fantomas del taller. Pero no tenemos ninguna relación.

—No sé por qué sigue negándolo. Eran amigos, y usted le prometió una buena suma de dinero a cambio de que matara al viejo.

—Yo no mandé a matar a nadie. ¿Por qué iba a hacerlo?

Puyol se inclinó hacia adelante. El taburete chirrió bajo su peso.

—Alejandro, por favor, no le falte el respeto a mis canas. Cuando usted todavía llevaba pañales, yo ya me dedicaba a esto. Me he pasado más de la mitad de mi vida desenmascarando a farsantes, asesinos y timadores. He mandado a la cárcel a gente que elaboraba delitos mejor que usted.

—¿Por qué iba a hacer yo una cosa así? —repitió el hombre con furia contenida.

—¿Por qué lo hizo? —El teniente resopló—. Por la casa. Ahora que por primera vez en cincuenta años existe una ley que permite la compraventa de viviendas, poseer una propiedad es un premio. Todos los listos de este país están al tanto. Usted sabe que una casona como esa, a un paso de la principal zona turística de la ciudad, va a valer más de doscientos mil dólares para finales de año. Desde que la ley salió, los precios se han estado disparando. Muchos extranjeros están comprando a través de testaferros locales. Ahora que Santiesteban está muerto, Tatiana es la única heredera; ella no va a querer volver a vivir en la casa donde encontró a su padre colgado de una viga. Y usted le va a aconsejar a su esposa que venda en este favorable clima de especulación inmobiliaria. Va a *forzarla* a vender, para luego disponer de ese dinero. Es mucho más de lo que usted y yo podríamos ganar en lo que resta de nuestras vidas. —Puyol asintió suavemente—. Por eso mandó a matar a su suegro. Creyó que valía la pena.

El detenido alzó la barbilla y dijo:

—¿Quiere que le sea sincero?

—Sorpréndame.

—Creo que tiene una gran imaginación.

Puyol movió el dedo índice derecho en gesto negativo.

—Yo no me invento nada —dijo—. Me dedico a seguir la evidencia. Los crímenes casi nunca son perfectos; el azar y las imprecisiones enturbian el resultado. Fantomas cumplió con su parte, pero cometió errores; dejó evidencias que luego yo pude detectar. Usted también fue descuidado. —Se pasó la mano por la mandíbula—. Es muy sencillo: cuando llegué a esa casona y vi al ahorcado, pensé que había sido un suicidio; pero al levantar la silla volcada noté que era más baja que la altura a la que colgaban los pies del ahorcado. Él no pudo haberse subido solo. Así que la silla me indicó que se trataba de un asesinato. Que no hubieran forzado la puerta, ni robado nada, reforzaba la idea del asesinato, y el hecho de que toda la familia estuviera fuera de sospecha por hallarse muy lejos en el momento del crimen apestaba a culpabilidad. Alguien se había esforzado en tener una coartada. No podían ser ni su anciana madre, ni la hija del muerto. Solo me quedaba usted. A partir de ahí me bastó con seguir el rastro que dejó al planificarlo todo. La clave es la llave, me dije. Imaginé que usted le había sustraído la llave a su esposa en un descuido de ella, y se las arregló para hacer la copia que le entregó a Santiago Lima para que entrara a la casa del viejo sin forzar la puerta. ¿Voy bien?

El detenido no dijo nada. Sudaba copiosamente.

—¿Quiere tomar un poco de agua? —le preguntó Puyol.

—Sí.

—Ahora se la traigo.

Puyol salió de la Sauna, pasó de largo frente al bebedero y siguió hasta la puerta de la oficina del circuito cerrado. Allí, siguiendo el interrogatorio a través del monitor correspondiente, estaban la sargento Wendy y el cabo Milián.

—¿Cómo lo ven? —preguntó.

Milián levantó el pulgar de la mano derecha.

—Perfecto, teniente. El tipo se está ablandando.

—Mírelo, mírelo —señaló Wendy—. No creo que dure mucho.

—¿Lo están grabando?

—Hay un casete puesto.

Puyol miró a la pantalla con aprensión.

—Necesito tenerlo filmado. Quiero que la esposa de Alejandro sepa quién planeó el asesinato de su padre.

Se volvió hacia Milián.

—¿Y qué hay de Santiago Lima? ¿Lo han localizado?

—No ha sido posible —le informó el cabo—. El tipo voló como Matías Pérez; desapareció. Nadie sabe dónde está. O se escondió, o se fue para otra provincia.

—Es un inconveniente —se lamentó Puyol.

—Las patrullas están haciendo todo lo posible. La Unidad de Diez de Octubre tiene a la mitad de sus patrulleros en función de eso. Yo creo que Fantomas se olió que lo íbamos a coger y prefirió perderse.

—Está bien —dijo él—. Si hay alguna novedad, me avisa enseguida.

Fue al bebedero, llenó un vaso de plástico con agua fría del botellón y regresó a la sala de interrogatorios número 4. Le dio la vuelta al buró y ayudó a Alejandro a beber del recipiente. Alejandro se atragantó y tosió.

—Gracias por el agua —dijo cuando se le hubo pasado la tos—. ¿Puede quitarme las esposas?

—¿Va a firmar ese papel?

El hombre miró el legajo y respondió:

—No.

—Entonces no puedo quitarle las esposas —dijo Puyol—. Lo siento. Son las normas. Pero no se preocupe. Se las quitarán cuando lo bajen al calabozo.

—¿Por qué van a meterme preso?

—Ya se lo dije. Contubernio y asesinato premeditado.

—No puedo firmar eso.

—Tendrá que hacerlo.

—Usted no tiene pruebas.

—Las tengo —afirmó Puyol—. No he terminado de explicarme. Iba a decirle que la llave lo dejó en evidencia. Era una llave rara, anticuada; hacía falta una máquina especial para hacer una réplica de esa llave, y no hay muchas así en La Habana. De modo que salí a buscar cerrajeros. Di muchas vueltas por un par de municipios pero al final averigüé quién tenía una máquina con esas características. La mayoría de los cerrajeros son cuentapropistas; se asustan cuando ven a la Policía porque tienen miedo de que les retiren la licencia. El tipo que le hizo a usted la copia de la llave de Tatiana le describió enseguida. —Regresó al taburete metálico y tomó asiento—. Así que tengo el motivo del asesinato, un puñado de evidencias, y un testigo que puede identificarle y que afirma haberle hecho una copia de la llave. ¿Cree que necesito algo más?

El hombre consiguió mantener la compostura.

—Sí —declaró con una nota de cinismo en la voz—. Necesita tener mi firma en ese papel.

Pero Puyol ya había advertido que su aplomo era pura fachada. Una leve presión en el punto adecuado y se vendría abajo.

—Bueno, Alejandro —dijo—, yo estaba intentando tener una cortesía. Los hechos han quedado esclarecidos y su culpabilidad es evidente. Si me firma una confesión podría considerársele como un atenuante de peso durante el juicio. De lo contrario saldrá más perjudicado de lo que piensa. —Y entonces mintió con toda intención—: Tenga en cuenta que Santiago Lima está declarando contra usted en estos momentos.

Alejandro se estremeció.

—¿Qué?

—Fue detenido hoy temprano.

El sudor derritió los restos de su máscara de fortaleza.

—No puede ser. ¿Cómo lo cogieron?

—Usted mismo me lo puso en bandeja. Ayer, cuando estuve hablando con ustedes tres en la casa de su madre, usted se fue primero que yo; se había puesto tan nervioso con mis preguntas que salió a buscar a su compinche y le pidió que me siguiera. Pero Fantomas es un tipo torpe. Lo descubrí, lo burlé, averigüé quién era y luego decidí ponerlo a recaudo para interrogarlo. ¿Cómo cree que sabemos su nombre, su alias y los detalles del complot para asesinar a Santiesteban? ¿Piensa que soy adivino? Mientras usted está aquí, empecinado en hacerme perder el tiempo con evasivas, él está en la sala de al lado cantando el *Chan-Chan* sin acompañamiento.

—Estará contando su versión. —El labio superior le temblaba—. Mintiendo.

—Probablemente. Con todos esos antecedentes penales previos pesando sobre su cabeza, está tratando de quitarse toda la tierra de encima para echársela a usted. Y no lo culpo; se está jugando el paredón.

—No pueden creer lo que les diga. Él lo hizo todo.

—Todo, no. Pero sí la peor parte, ¿cierto?

—Sí. Fue él.

—Entonces hágase un favor y fírmeme ese papel.

—¿No debería estar presente un abogado?

Puyol hizo un gesto de aparente resignación y dijo:

—Como usted quiera. Pero recuerde que el tiempo corre en contra suya, y que Fantomas se está despachando a su antojo en...

—Quíteme las esposas. Y deme un bolígrafo.

29

La OFICODA municipal de Habana Vieja estaba en un edificio de tres plantas con tejado a dos aguas, cuya fachada de mampostería habían tenido el mal gusto de pintar de color marrón. Dentro, el olor a papel envejecido flotaba en el ambiente y lo invadía todo.

—Dios mío —comentó Ana Rosa—, este sitio debe estar lleno de cucarachas.

—Hemos venido a buscar una rata —repuso Heredia—. Olvídate del resto de los bichos.

Los tenientes iban uniformados, cosa que hizo envarar a más de un empleado. La presencia de la PNR suele significar el preludio de una auditoría. Y una auditoría administrativa casi siempre termina en desastre.

En la planta baja había dos grandes salones con varias hileras de asientos de hierro soldados a una armazón de cabillas, donde esperaban turno los que venían a hacer trámites de residencia, cuotas y alimentación subvencionada. El suelo era mugroso, las paredes estaban pintadas con cal, y las vigas de madera del techo abovedado mostraban los estragos dejados por las termitas en su superficie. La ornamentación consistía en dos cuadros de los máximos líderes –el General-Presidente designado y el Comandante en Jefe a la sombra–, y un cordel de plástico con banderitas cubanas y del 26 de julio que cruzaba de pared a pared. Al frente de cada salón había una mesa ocupada por una funcionaria con un teléfono a cada costado; de vez en cuando sonaba uno de ellos y la funcionaria lo atendía con evidente parsimonia y luego llamaba al próximo de la cola. La gente hacía bulla al hablar y las empleadas tenían que pedir silencio o regañar a alguien.

Preguntaron por la secretaría y los enviaron arriba. Escaleras de cemento, más vigas de madera carcomida. El ruido de voces de la planta baja se debilitó hasta convertirse en un rumor apagado, como el sonido de estática en una radio con el volumen al mínimo. La segunda planta era relativamente diáfana, con toscas columnas cuadradas, libreros de hierro atornillados a las paredes y unas diez mesas de trabajo donde los funcionarios atendían a los ciudadanos. Se fijaron que entre los empleados había dos hombres de más de treinta años.

La secretaria los recibió con sonrisa tensa y preguntó en qué podía ayudarles.

Ellos se apegaron al guion previamente acordado.

—Somos de la Segunda Unidad —anunció Ana Rosa—. Necesitamos acceder a ciertos registros municipales.

La secretaria, una mulata cuarentona embutida en un traje de falda cortísima, con las piernas rechonchas enfundadas en medias *panty* de nailon, relajó un poco la tensión de las mandíbulas pero persistió en su sonrisa.

—Ah, muy bien —dijo—. Para eso tienen que hablar con el compañero Medina.

—¿Medina está al mando?

—Bueno, sí, más o menos —respondió la secretaria—. El compañero Medina es el subdirector de esta entidad.

Heredia señaló hacia las mesas ocupadas por los dos empleados y preguntó:

—¿Cuál de esos dos hombres es Aurelio Cruz Vega?

—Ninguno de los dos —dijo la mujer un poco nerviosa—. Aurelio está trabajando hoy en el almacén del sótano. ¿Por qué?

—Queremos verlo —ordenó Ana Rosa perentoria.

La secretaria se mostró confundida.

—¿Y a quién quieren ver primero, al subdirector Medina o a Aurelio?

Ana Rosa y Heredia se miraron. Le dieron la espalda a la secretaria.

—Encárgate tú de hablar con el subdirector —sugirió Heredia a media voz—. Yo me ocupo de Aurelio.

Ana Rosa asintió y le dijo a la mujer:

—Lléveme donde está Medina, y luego acompáñelo a él al sótano.

—Venga por aquí —indicó la mujer con la mirada asustada.

La secretaria la llevó al fondo del local, donde había una escalera con pasamanos de madera nueva barnizada que daba acceso a la última planta. No subieron; en la pared junto a la escalera se encontraba una puerta cerrada. La secretaria tocó con los nudillos un par de veces y escucharon que alguien desde dentro decía con voz enérgica «Adelante».

Pasaron a la oficina de Medina. El hombre estaba sentado detrás de un enorme buró de madera maciza de nogal centenario bastante bien conservado. Alzó la vista por encima de sus gafas de lectura un segundo, reparó en la teniente, y le hizo ademán de invitación a sentarse, sin acusar ningún tipo de sorpresa. Fue amable, sin ostentar sonrisas.

—Buenas tardes.

—Hola —saludó Ana Rosa y tomó asiento. La secretaria cerró la puerta y se marchó. La teniente procedió entonces a identificarse y mostrar sus credenciales.

—Bueno —indicó él—. ¿Qué necesita?

Ana Rosa observó la oficina. Una ventana enrejada al fondo, anaqueles llenos de libros y carpetas polvorientas. Un aparato de televisión Caribe en blanco y negro, y un mueble con forma de percha donde el funcionario había colgado una ridícula chaqueta a cuadros con los codos reforzados. Sobre el buró de trabajo había un pequeño ventilador ruso Orbita de plástico, papeles pinzados, y un ordenador conectado a un viejo monitor con pantalla de rayos catódicos. Luego se concentró en el hombre tras el buró; las gafas de lectura, la camisa blanca ceñida y el cuidado que había puesto en doblar y colgar su chaqueta le conferían un matiz de pulcritud y disciplina.

—Necesito información sobre cuatro personas.

—Estaré encantado de ayudarla —dijo el funcionario—. ¿De qué se trata?

Medina tenía el pelo rizado, con amplias entradas en la frente, cejas despobladas y la boca protuberante. A ella le recordaba al declamador Luis Carbonell, más joven y sin bondad en los ojos.

—Mire —explicó la teniente—, estamos investigando una serie de robos ocurridos durante el último año en tres municipios. Los hurtos presentan un patrón similar en la forma de allanamiento y vamos a necesitar que nos dé acceso a los registros de movimiento de inquilinos en las casas que han resultado perjudicadas.

—Muy bien —dijo el funcionario ajustándose las gafas—, pero hay un problema. Aunque esté en la mejor disposición de ayudarla, no puedo facilitarle datos de otros municipios. Nosotros solo guardamos registros de Habana Vieja.

—Somos un grupo de trabajo —mintió Ana Rosa—. Hay más colegas cubriendo la investigación en el resto de las OFICODA.

Medina rodó un bolígrafo entre la yema de sus dedos pulgar e índice.

—¿Y creen que hay alguna relación entre los robos y el movimiento de cuotas de alimentación de los inquilinos?

—Usted no se preocupe por eso —dijo Ana Rosa molesta, empleando más energía de la necesaria al contestar. Le mortificaban sobremanera los funcionarios preguntones que no se sometían al instante ante la Policía—. Deme los datos que le estoy pidiendo y nosotros nos encargaremos del resto. —Se levantó y se puso junto al funcionario. En la pantalla estaba abierta la aplicación Excel de Microsoft—. ¿Tiene la información en esta computadora?

Medina se puso en pie para cederle el lugar y se disculpó:

—Claro que no. Todos los registros se llevan en papel.

—¿Dónde están los registros, entonces?

—Arriba. En los archivos.

—Pues vamos a buscarlos de una vez —lo apremió ella—; no tenemos todo el día.

El funcionario captó la hostilidad de Ana Rosa y se encogió visiblemente. Al igual que antes le había ocurrido a la secretaria, el subdirector empezó a sentirse asustado. Hizo un gesto de asentimiento y dijo:

—Sígame, por favor. Enseguida le doy los documentos que necesita.

Salieron de la oficina y subieron la escalera que llevaba a los archivos. El espacio estaba dividido por anaqueles metálicos de gran tamaño y pasillos intermedios. Los anaqueles rebosaban de cajas de cartón que almacenaban los expedientes. Había cinco pasillos en total. Las claraboyas daban buena luz, pero la ventilación era deficiente, así que había mucho calor allí; Ana Rosa pronto empezó a sudar. Pensó en todo aquel papel polvoriento a su alrededor y comenzó a sentir picazón en la piel.

El funcionario se detuvo frente a una estantería con gavetas y tarjeteros similares a los catálogos de biblioteca y se volvió hacia la teniente.

—Dígame el primer nombre, por favor —pidió con manifiesto servilismo.

Ana Rosa consultó su agenda y le leyó el nombre de la primera anciana violada.

—Danelia Cardoso.

Con delicadeza, Medina sacó un tarjetero hasta la mitad de su longitud y localizó un código de expediente que escribió en una hoja de papel. Era un hombrecito gris muy metódico y pulido. Devolvió el tarjetero a su lugar y compuso aquella sonrisa a lo Luis Carbonell para volver a preguntar.

—¿Podría decirme los nombres siguientes, y hacemos la búsqueda más rápida?

Ana Rosa asintió.

—Nuria Quiveiro y Brenda Pérez —dijo.

Esta vez el tarjetero se deslizó afuera por completo. El funcionario se tomó su tiempo antes de anotar los códigos.

—¿Qué pasa ahora? —preguntó Ana Rosa.

—Me dijo que eran cuatro personas. Falta un nombre.

Ella lo miró a los ojos fijamente. Las axilas del hombre expelían un sudor agrio que ella no había notado hasta ahora. Le recordó algo que la ciega había dicho.

—Beatrice... —empezó a decir y se interrumpió. Medina no le quitaba la vista de encima. De repente Ana Rosa lo comprendió todo. Recordó el perfil: blanco, en torno a los cuarenta años de edad, inteligente, metódico... El lugar era correcto, pero se habían equivocado de hombre.

El funcionario la golpeó en la cara con sorprendente ferocidad. El puñetazo la lanzó al suelo, su cabeza rebotó contra el entarimado de madera.

Medina saltó por encima de ella y se apresuró escaleras abajo.

—¡¡¡Heredia!!! —gritó ella con todas las fuerzas que logró reunir—. ¡¡Es él!! —Reunió aliento y volvió a gritar—: ¡¡¡Se escapa!!!

Oyó un grito que venía de más abajo, pero no entendió lo que decía. Le costaba concentrarse. La cabeza le daba vueltas y sus oídos zumbaban sin parar. Creyó que iba a desmayarse. Cerró los ojos.

Los abrió al escuchar el sonido de pasos. Alguien subía por las escaleras. Pensó que el violador regresaba y por un instante sintió miedo. Pero era Heredia. El teniente se acercó y se agachó junto a ella. Tenía el rostro asustado.

—El perfil —susurró Ana Rosa—. Estaba bien desde el principio.

—Ya lo sé —admitió él con pesadumbre.

El dolor en la cabeza era insoportable.

—¿Se escapó? —dijo ella en un jadeo.

El teniente negó con la cabeza.

—Qué va. Tu grito fue muy oportuno, porque ese Medina corre como un guineo; casi se me escapa. Pero nos cruzamos antes de que saliera del edificio. —Señaló con el pulgar—. Está allá abajo, esposado. Y con una rodilla rota.

—¿Por qué no le disparaste?

—No llevo arma, Ana Rosa.

—¿Qué?

—No puedo ir armado.

Ella trató de analizar lo que le decía, pero el dolor no la dejaba pensar con claridad.

—¿Por qué tardaste tanto en volver?

—El maldito sótano era un laberinto —se excusó Heredia—. Encontré a Aurelio. Resulta que el tipo tiene una pierna de menos. Un accidente, hace dos años.

Intentó incorporarse. El mareo se apoderó de ella y la hizo desistir.

—Quédate quieta, Ana. La ambulancia no tardará en llegar.

Ana Rosa sintió un líquido cálido y salado en los labios; brotaba de su nariz.

—Estás sangrando —dijo él.

—Tenías que haberle disparado —masculló ella con rencor.

—No hizo falta.

La náusea.

—Debiste dispararle —repitió.

Y se desmayó.

30

Leo Batista estaba sentado a la mesa con el resto de la familia; sus hijas, tres rubias de once, catorce y dieciséis años de edad, y su esposa Amelia, una mujer diez años más joven que él. Comían. En el salón, el viejo tocadiscos-amplificador ruso Rigonda reproducía uno de sus discos de vinilo de Richard Clyderman, una tonada melódica de mediados de los años 80.

—¿Papá? —dijo su hija mayor.

—¿Qué? —respondió, saliendo de su mutismo.

—La música —dijo la chica, sentada a su derecha—. ¿Podríamos quitar esa música prehistórica y cambiarla por algo más... no sé, algo alegre? O bailable, por ejemplo.

—Oye, Paloma —la amonestó la madre desde el extremo opuesto de la mesa—, ¿a qué viene ese capricho? Si estamos comiendo nadie va a bailar. ¿Para qué vamos a cambiar la música?

—Para no aburrirnos, por ejemplo...

—A mí no me aburre esa música —dijo Alondra, la hija menor, jugando con los restos de su ensalada de verduras.

—Nadie te pidió tu opinión, enana.

—Sin ofender —la reprendió la madre.

—Paloma siempre está atravesada —manifestó Gaviota, la hija mediana—; si todo el mundo quiere ir al cine, la malcriada se empecina en ir a la playa. Si hay que irse de excursión, ella enseguida se pone a protestar y a querer cambiar los planes. Si papá y yo bailamos alguna pieza, lo único que sabe hacer es burlarse.

—Ay, Gaviota, no te reprendas ahora, chica —dijo Paloma a la defensiva—. Cada vez que digo algo, te pones en contra mía. Desencárnate, anda.

—Ese lenguaje —advirtió la madre.

Paloma dejó los cubiertos en el plato y elevó la mirada al techo.

—Es que en esta casa siempre pasa lo mismo con la música. Si no es el piano somnífero que estamos oyendo, es Roberto Carlos o Julio Iglesias, o alguno de esos carcamales empalagosos que les gustan a ti y a papá.

—Como si Justin Bieber cantara tan bien —se burló Gaviota.

—Por lo menos es de este siglo.

—Tú no sabes inglés, así que ni te enteras de lo que dicen sus canciones.

—Mi novio me las traduce.

—¿Novio? Ya quisieras tú tener novio.

—Bueno, basta ya de discusión —ordenó la madre alzando la voz—. Concéntrense en la comida. Ustedes saben que a su papá no le gusta que en la mesa haya discordias, ¿verdad, Leo?

Ellas lo miraron buscando algún tipo de confirmación. Batista no respondió. Ni siquiera parecía haber notado que discutían. Durante los últimos dos días una sospecha insidiosa, perturbadora, rondaba su cabeza.

Amelia pasó por alto el silencio de su marido y le preguntó a la pequeña:

—¿Cómo te fue en la escuela hoy?

Alondra se encogió de hombros, pero todos sabían que le encantaba ser el centro de atención en la mesa.

—Nada especial —dijo—. A Yusimig la regañaron por venir

con tenis Adidas a la clase. Y luego, a la hora de la merienda, se formó molotera en el patio de recreo y alguien le puso un traspié a Yamilé; se cayó al suelo y se rompió un diente. Le ha quedado un hueco de lo más feo.

—Qué horror —dijo su madre—. Pobre niña.

—Con una tecla rota a los diez años —observó Gaviota— está embarcada.

—Es verdad —corroboró Amelia trayendo otra fuente de arroz con pollo—. Y más en estos tiempos, con lo mal que está el tema de las ortodoncias.

Las tres chicas se sirvieron otra ración. Les encantaba el arroz con pollo.

—Necesito tener un móvil —dijo Paloma al cabo de un rato.

—¿Y eso para qué, para estar a la moda? —dijo la madre—. ¿Tú sabes lo que cuesta un aparatico de esos? ¿Y quién va a pagarte las llamadas?

—Da igual. Necesito uno. Es más, a ustedes les conviene que yo tenga un móvil; así podrían tenerme localizada todo el tiempo.

—Qué conveniente —asintió Amelia.

Gaviota habló con la boca llena de comida.

—Lo quiere para alardear en su aula. —Rio—. Para tirar fotos, entretenerse con los jueguitos y oír canciones. Te está metiendo un cuento chino, mamá.

—No hace falta que me lo digas. No nací ayer.

—Pues si a Paloma le regalan un móvil, yo también quiero uno —pidió la pequeña Alondra—. Y mi cumpleaños es antes que el de ella.

—Además —añadió Gaviota con retorcida intención—, tus notas siempre han sido mejores que las suyas.

—¿Ves lo que tengo que aguantar, mamá? —se quejó Paloma—. Milaidy, Darién y Yaroldis tienen móviles y pueden enviarse mensajes entre ellos. Yo no puedo quedarme atrás. Y además, lo necesito para el sábado que viene.

—¿Y eso por qué?

—Porque el sábado hay un concierto en el Carlos Marx y quiero ir. Todas mis amigas van a estar allí.

—¡Con dieciséis años! —dijo Gaviota—. ¡Ja! No te van a dejar pasar.

—A diferencia de ti, envidiosa, yo tengo amistades que me van a entrar. —Y dirigiéndose a su madre—. Por eso te decía que a ustedes les convenía también. Así cuando termine el concierto puedo llamarlos y decirle a papá que pase a recogerme en el carro. —Se volvió hacia Batista—: ¿no es así, papi?

Él la miró sin responder.

—¿Qué te pasa hoy, Leo? —le preguntó Amelia—. ¿No tienes hambre?

Contempló el plato con mirada ausente. Apenas había tocado la comida.

—¿Papá? —dijo Paloma.

Sonó el teléfono. Batista se puso en pie y fue a contestar la extensión de la cocina mientras en la mesa se reanudaba el chachareo.

Descolgó el aparato:

—Dime.

—Tengo lo tuyo —dijo una voz con acento del oriente del país.

Batista cerró la puerta de la cocina y dijo:

—Escúpelo ya.

—Malas noticias. Era lo que tú te temías.

—¿Estás totalmente seguro de eso?

—Por supuesto —dijo el oriental—. Es mi línea de trabajo.

Batista se acarició el mentón con la mano libre.

—Hiciste bien en pedirme que escarbara por ahí —añadió el que llamaba—. Ahora tienes la certeza.

—Sí —dijo él—, ya sabes lo que dicen: si cavas lo suficientemente profundo, prepárate para encontrar esqueletos.

—¿Necesitas ayuda?

—No. Yo me encargo. Lo solucionaré.

—Siempre tienes un plan B a mano, ¿eh?

—Para ganar hay que tener opciones —dijo Batista—. Te debo una.

Colgó y fue hacia la puerta de la calle.

—Leo —dijo su esposa desde la mesa—, ¿adónde vas?

—A trabajar.

31

Estaba resultando una jornada sobria, sin ganancias, hasta que Manolito volvió a encontrarse con la jinetera que se le había escapado dos noches atrás.

Como siempre, había sido un golpe de suerte.

Él estaba parado en la acera de Prado, vigilando la esquina frente al Sevilla, y la vio salir por la puerta del hotel ataviada con un vestidito plisado de seda gris, sin mangas y ceñido en la cintura, tan corto que dejaba expuestas sus largas piernas de medio muslo para abajo. Llevaba tacones de aguja, el cabello con vetas rubias recogido hacia atrás, y una cadenita con abalorios metálicos colgada al cuello. La cadencia de su paso aceleró la sangre de Manolito.

Esperó a que ella llegara a la esquina y entonces salió de atrás de una columna y la detuvo con un gesto.

—¿Adónde vas con tanto apuro, caperucita? —Se regodeó al ver el sobresalto que le provocó su aparición—. ¿Viste qué chiquita es La Habana?

Era una mulata preciosa, constató Manolito al verla de cerca por segunda vez; tenía la piel de un color canela muy tenue, y las lentillas verdes le daban un aspecto gatuno a su anguloso rostro que a él le parecía espectacular.

—Mire —dijo la muchacha con voz tranquila—, si me va a

pedir el carné, va a tener que disculparme porque no lo llevo. El otro día me robaron en la playa...

¿Fingía no acordarse de él, o acaso era una auténtica desmemoriada?

—No —la interrumpió Manolito—, no te molestes en seguir mintiendo. Tú sabes que el carné no te lo robaron en ninguna playa. Todavía lo tengo yo. Me lo diste tú misma antenoche, un momento antes de darte a la fuga en un taxi, ¿te acuerdas... Yuletsy?

Ella cambió la expresión, como si lo reconociera de pronto. Aguardó en silencio.

—¿No vas disculparte por salir huyéndole a un representante de la autoridad?

—¿Qué quiere que le diga? Esa noche estaba apurada.

—¿Y ahora no lo estás?

Él estaba disfrutándola. Contemplando su embarazo.

—Yuletsy, Yuletsy —continuó diciendo con voz reflexiva, decidido a echarle más carnada para observar su reacción—. En Sancti Spiritus deben extrañarte muchísimo. Y seguro que la Policía de por allá podría estar interesada en ti más de lo que tú te atreverías a confesar. Muchacha, deberías darme las gracias por no haberte mandado a circular por la planta.

Ella se estremeció en la brisa nocturna. Manolito supo que había dado en el clavo, tocado una fibra sensible.

—¿No vas a darme las gracias?

Ella hizo un esfuerzo y musitó:

—Gracias.

Manolito se mostró divertido.

—No, no, no, no —dijo parsimonioso, y luego chasqueó la lengua—. Esa no es forma de darme las gracias, y tú lo sabes muy bien.

Ella recuperó el control. Sus lentillas reflectantes resultaban hipnóticas.

—¿Y cómo quieres que te pague? —lo tuteó sarcástica—. ¿Con un beso y un abrazo?

—Tibio, tibio —se mofó él—. Prefiero que sea algo más íntimo.

Ella suspiró.

—No puedo.

—Mira, muchacha —dijo el policía—. Yo no tengo treinta años por gusto. Soy un tipo cujeado en la calle y también sé sumar dos y dos. Desde que te vi salir de ahí supe que trabajas para Chano; supongo que eres su chica más solicitada. ¿Me equivoco? El tema es que Chano y yo tenemos un arreglo. Lo que quiere decir, por si se te escapa la idea, que puedo cancelar ese arreglo y desactivarle el negocio a Chano cuando me dé la gana. Así que coopera. ¿O vas a joder todo el negocio por tu cicatería conmigo?

—Es que no puedo —se excusó. A Manolito le pareció distinguir humedad en sus lagrimales; quizás le molestaban las lentillas—. De verdad que...

—No jodas, Yuletsy —le advirtió él amenazador—. Te la estás jugando.

—Por favor, si quieres podemos resolver esto de forma diferente. Puedo pagarte un extra de vez en cuando...

Pero Manolito se babeaba por ella. Lo tenía al rojo vivo.

—No. Lo que quiero es que vengas conmigo a mi casa y me des las gracias de la manera apropiada. Ahora. ¿O prefieres que te lleve para la Unidad?

—No me estás entendiendo, chico...

—Mano. Llámame Mano.

La jinetera asintió y recompuso su expresión.

—A ver, Mano, entiéndeme —dijo—. Si lo que tú quieres es que yo esté contigo, no hay ningún problema, yo lo hago encantada. —Se acercó un poco más a su rostro y repitió—. El sexo no es un problema. El problema es que *ahora* no puede ser. Hoy no puedo hacerlo. No te la pasarías tan bien.

—¿Y eso por qué?

—Porque estoy molida —explicó; y realmente parecía cansada—. He tenido que atender a dos clientes hoy. Llevo dando mandanga como seis horas seguidas, y ahora es que termino. Estoy reventada. Necesito un descansito, en serio.

Manolito decidió atenuar la presión. Quería disfrutarla bien fresquita.

—Está bien. ¿Cómo nos arreglamos entonces?

Ella le regaló una sonrisa de gratitud y preguntó:

—¿Cuándo tendrías tiempo para venir a mi casa?

—Mañana, por ejemplo, es mi día libre —respondió Manolito—, pero no sé cuál es tu dirección actual.

La jinetera abrió el monedero de piel que llevaba en la mano, extrajo un bolígrafo y un pequeño bloc de *post-it* color amarillo fosforescente y escribió una dirección.

—Eso es en San Miguel del Padrón, en la punta de la loma del Barrio Obrero, cerca de la parada del rutero —le explicó al extenderle la nota—. Ahí está la casa donde estoy alquilada.

Manolito leyó el *post-it* y la miró muy serio.

—¿Esa dirección es real o inventada?

—Es real.

—Procura que lo sea. Si voy hasta allá como un comemierda y resulta que es mentira y pierdo el viaje, te vas a arrepentir de habérmela jugado. Te lo advierto. Yo no soy un chama. Cuando yo quiera puedo encontrarte a ti y a Chano otra vez y joderlos a todos.

—No te estoy engañando —declaró la mulata—. ¿Vas a ir mañana?

Él asintió con lentitud.

—¿Quién más vive allí?

—El dueño es un muchacho gay, de lo más buena gente; él sabe a lo que me dedico, así que no nos va a molestar. Es una casa muy bonita, con jardines, dos pisos y pintada de rosado; la rodea un muro alto para que no se vea lo que pasa adentro. Todo es muy discreto. ¿A qué hora vas a pasar?

Manolito decidió creerle. Ella tenía mucho que perder si lo engañaba.

—A las cuatro —respondió—. Por la tarde.

—¿Me devolverás el carné de identidad?

—A lo mejor te lo doy mañana. Depende.

—¿Depende de qué?

—De lo bien que te portes conmigo. De lo bien que la pase yo.

Yuletsy le tomó la mano entre las suyas de pronto y se la apretó. Tenía las palmas cálidas, muy suaves. A Manolito le gustó sentirlas como anticipo. La imaginó desnuda y experimentó una fuerte erección.

La mulata se soltó.

—Mañana a las cuatro nos vemos —se despidió.

—Allí estaré —dijo él excitado, casi sin aliento—. No me falles.

La promesa echó a andar y se perdió en la noche de Prado.

32

A las 10:00 de la noche Batista subió los cinco pisos de escaleras de un edificio de la calle Picota y tocó con los nudillos a una puerta de madera ornamentada a la que habían sustraído la aldaba original para colocar una mirilla moderna. Dentro, alguien se levantó de una silla y atisbó un momento a través de la mirilla. La puerta se abrió y apareció un individuo cuarentón de cabello negro y baja estatura; estaba desnudo del torso para arriba y en su pellejo moreno resaltaba la fibra muscular. Sonrió al ver al sargento y le hizo un ademán de invitación.

—Llegas en buen momento. Acabo de colar café.

Batista entró sin estrecharle la mano. El salón estaba impregnado por un fuerte aroma a hojas de tabaco y picadura para fumar en pipa.

—Un cafecito me vendría muy bien, Monte; para despejar los cuatro rones que traigo encima.

Entró y se sentó en una banqueta sin respaldo. La mesa era también una antigualla, trabajada en caoba. Sobre la superficie surcada por cortes de cuchillo se encontraban varias cajas de habanos decoradas con el logo de espadas cruzadas y la flor de lis de la marca Montecristo, varias anillas para puros, una pequeña prensa, guillotina, chaveta, y un pote de pegamento vegetal. Los puros de capa marrón, torcidos con habilidad artesanal, se amontonaban en apretadas hileras.

—Qué bien surtido te tienen los ladrones de la fábrica Partagás —observó Batista.

—Para eso les pago —alardeó el otro—. Conmigo todos los negocios tienen que funcionar a la perfección.

—No seré yo quien lo niegue.

El anfitrión se fijó en que Batista no le quitaba la vista a los olorosos Especiales Nº 4 apodados *Corona*.

—Si quieres fumarte uno, adelante.

—Ya no fumo —manifestó el sargento echando mano a un par de Coronas con capa de textura aceitosa—, pero igual te voy a coger dos, para hacerte el daño. ¿Viene ese café, o no?

—Ahora lo traigo —dijo el hombre girándose para dirigirse a la cocina. En la espalda llevaba tatuados en tinta azul un enorme crucifijo con las imágenes de Juan Pablo II y Fidel Castro bajo los brazos extendidos de Jesucristo.

—Oye, Monte —le dijo Batista de buen humor—, yo sé que borrarse un tatuaje es más doloroso que hacérselo, pero vas a tener que quitar a Juan Pablo del dibujo.

—¿Sí? ¿Y eso por qué?

—Dicen por ahí que viene a visitarnos el nuevo papa.

Se escuchó el sonido del líquido siendo vertido en vasos de plástico.

—¿Y qué le pasó a Juan Pablo?

—Se murió. Y el siguiente papa renunció. Vas a tener que actualizarte.

—Lo haré. —Regresó de la cocina con dos pequeños vasos a medio llenar—. De hecho, voy a reservarme un espacio en el pecho para tatuarme a Putin si un día se digna a hacernos la visita. A mí siempre me gustaron los rusos. Con ellos nos iba bien.

—¿Y si viene Obama? —se burló Batista—. ¿También te lo vas a tatuar?

—¿Al negro? Seguro. Uno tiene que avanzar con la Historia.

—Entonces tendrás que dejar espacio para el hermano del Fifo.

—Negativo. *La china* es una farsante; se queda fuera.

Paladearon el café; bien caliente, fuerte y amargo.

—Bueno, ¿qué? —preguntó Montecristo—. ¿Se mantiene lo de mañana?

—En firme —dijo el poli.

—¿Y estás seguro de que podrás hacerlo exactamente a esa hora, colega?

—Claro. Soy más exacto que el cañonazo de las nueve.

Montecristo tomó un sorbo de café.

—¿Vas a meterle mano tú solo?

—No —respondió Batista—. Iré acompañado de uno nuevo. Un pionerito que acaba de llegarnos de la Academia.

—¿Y si ese chama no está a la altura del operativo? ¿No se convertirá en un problema?

Batista sacudió la cabeza por toda negación.

—El muchacho sabrá comportarse. Te lo garantizo. Lo importante es que tú estés en el sitio acordado y que cumplas con tu parte.

—No te preocupes por mí —dijo el anfitrión—. Llegaré primero que ustedes, esperaré en el pasillo del segundo piso y subiré cuando tú me llames.

—Muy bien. —El sargento se terminó el café—. Ahora, aclárame un par de cosas. ¿Cuántas personas puedo encontrarme allí arriba?

—A esa hora, una sola persona; el dueño del negocio. Dos, lo máximo.

Batista se inclinó hacia adelante.

—Y la cocaína, ¿en qué parte de la casa la tienen?

—No lo sé con seguridad, pero creo que la merca está clavada en el cuarto de la casa. Yo mismo probé el *yeyo*, y era de primera calidad.

—¿De dónde salió la droga?

—Un paquete que recaló en la costa norte de Las Villas. Un

pescador se lo encontró y enseguida lo trajo pa' La Habana. Un kilo de polvo blanco. Ahora debe quedar la mitad de eso. Haz las cuentas.

Batista se mordió los labios, pensativo. Tenía muchas cosas en mente; lo que tenían planeado requeriría mucha precisión y algo de suerte. La suerte era un imponderable.

—Recuerda que la contraseña para entrar es «Duque» —señaló Montecristo.

—¿Quién es el Duque?

—El Duque es un contacto seguro que les proporciona gente interesada en comprarles la merca. Cuando estés allí ten presente que si no te anuncias diciendo «Vengo de parte del Duque», no te abrirán la puerta. —Torció el gesto—. Eso, en el mejor de los casos.

—¿Qué armas tienen?

—Una pistola escondida en el sofá —respondió el otro—. Una 22 o una 25, no estoy seguro. Si se huelen que ustedes son policías, no creo que se atrevan a usarla; pero lo malo es que crean que son de una banda que viene a asaltarlos para robarles la merca. No queremos que te caigan a tiros.

Batista ladeó la cabeza y añadió sardónico:

—No, no nos conviene armar lío antes de tiempo.

—Pareces un eco, colega.

El poli asintió.

—*Okay*. ¿Dónde está el regalo que me vas a dar?

Montecristo abrió un compartimiento bajo la mesa de caoba y sacó algo envuelto en una franela de color gris. Desplegó el envoltorio sobre la palma de su mano y apareció un revólver Colt Cobra de doble acción, de armazón niquelado y empuñadura de madera pulida; el cañón era muy corto.

—Una joyita —aprobó Batista—. ¿De dónde la sacaste?

El hombre ignoró la pregunta. Abrió el tambor hacia la izquierda y le mostró el calibre de los cartuchos.

—.38 del especial —anunció orgulloso—, como dice la canción *Pedro Navaja*. Seis tiros y un retroceso suave, en caso de que seas de mano floja.

Batista tomó el revólver y cerró el tambor con un rápido giro de muñeca. Extendió el brazo y apuntó directamente al rostro de Montecristo.

—Ey, ey, *man* —protestó el otro sin moverse—, ¿a qué viene eso?

—¿Ves que me tiemble el pulso ahora?

El anfitrión se encogió de hombros.

—¿De dónde sacaste este hierro? —dijo el sargento sin dejar de apuntarle.

—No preguntes esas cosas y así yo no tendré que mandarte pa'l carajo.

Batista sonrió. Había una nota de ferocidad en sus ojos azules. Colocó la punta del cañón en medio de la frente del hombre y amartilló el arma con el pulgar.

—¿Está limpio? —preguntó.

—Tan limpio de antecedentes como pueda estar un hierro así —dijo Montecristo con serenidad. Le enfrentó la mirada—. Me gusta tener asuntos contigo, Batista, pero cuando te pones a montar esos numeritos de loco me aburro enseguida, así que avísame cuando te canses de comer mierda, para poder seguir hablando de cosas serias.

Batista bajó el revólver y ambos rompieron a reír.

—¿Quieres más café? ¿O prefieres darte un palo de ron?

33

Eddy no hubiera querido aparcar el coche junto al alcantarilla-
do, pero no quedaba otro lugar libre para hacerlo. Con el teléfono
móvil en la mano izquierda, cerró con la derecha la ventanilla del
asiento del conductor y se pasó al otro asiento. El tufo de la alcan-
tarilla se negó a desaparecer.

—Teniente —dijo la voz del sargento Boris, de Antidrogas, al
otro lado de la línea—. Está mal que se lo diga, pero mire lo tarde
que es ya para que usted me haga este tipo de llamadas. Estoy en
mi casa, descansando.

Si no hubiera estado interesado en hablarle, Eddy se habría
reído de él.

—En la Segunda Unidad nunca es tarde para luchar contra los
enemigos de la sociedad. ¿El mayor nunca se lo ha mencionado?

—Dígame qué quiere saber —dijo Boris sin captar la ironía.

—¿Cómo va su investigación? —preguntó Eddy, observando
con atención el bar rústico que habían abierto en uno de los espacios
de derrumbe de la calle Colón. Los parasoles de playa oscilaban en
la brisa nocturna, mientras la música de bolerones en la antigua vitrola Wurlitzer y el canturreo de los borrachos se fundían en una
amalgama sonora que aludía al amor traicionado.

—Estamos teniendo dificultades para hacer progresos —admitió el sargento Boris—. Me he encontrado mucha resistencia a la cooperación. Los responsables del CDR no saben nada sobre las actividades de venta de drogas de Yolianko. Reconocen que el sujeto era un bisnero que iba y venía con reventas y chanchullos, pero nadie parece estar al tanto de sus actividades con éxtasis. Y la familia dice saber menos aún. La mujer y los hijos pequeños lo único que hacen es llorar; y la madre y los primos del sujeto se niegan a decir una palabra.

Ya Eddy se lo esperaba, pero aun así quiso tocar un punto sensible.

—¿Y qué averiguó el agente Mediacara?

—¿Richard? —preguntó Boris, soslayando la burla hacia su infiltrado—. Para él ha sido aún peor. En ese barrio nadie se abre a los extraños. No hay manera. Va a ser difícil avanzar con este caso.

—Pero algo tienen que haber sacado en limpio —especuló Eddy—. ¿Saben al menos si Yoyo tenía algún compinche? ¿Alguien que lo ayudara a mover la droga?

Esperaba que le dijeran algo al respecto del motorista, Zombi.

—No lo sabemos. —Boris parecía decepcionado—. Nadie habla, Eduardo. Lo único que podemos suponer es que Yolianko movía el éxtasis fuera del barrio, en otras partes de la ciudad. ¿Usted ha adelantado algo en su investigación?

—Casi nada —mintió Eddy sonriendo con malicia. Y añadió—: Estoy pasando el túnel, sargento... pierdo la señal...

Cortó la comunicación y apagó el teléfono. Volvió a centrar su atención en el bar rústico.

Una hora después, cansado de esperar, tocó el claxon tres veces seguidas.

Por debajo de un parasol asomó una silueta recortada contra la luz del foco amarillo de la barra. Eddy hizo parpadear las luces delanteras del Niva y el hombre salió del bar, cruzó la calle y vino hacia el coche. Era un tipo de raza blanca, de mediana estatura, huesudo y con el bigote mal recortado. Vestía una camisa de rayón listada, bermudas y chanclas. Caminaba un poco torcido por el efecto del alcohol. Eddy volvió a abrir la ventanilla del conductor; el hombre se recostó al borde y le sonrió.

—¿Qué pasa, jefe? ¿Cómo me encontró?

—Arriba, Maikel —le dijo Eddy—, móntate. Nos vamos.

—¿Pa' dónde vamos?

—Pa'l tanque. Directo y sin escalas. El Combinado nunca cierra. Espero que hayas aprovechado el día como te aconsejé.

—Coño, jefe, no me hagas esto.

—Te advertí que no te burlaras de mí, Maikel, que no me jugaras cabeza. Llevas casi dos días sin reportarme nada...

—Yo te iba a llamar, jefe; lo que pasa es que me arrastraron los socios para este bar, pero yo iba a llamarte mañana a más tardar. Te lo juro por mi madre. Me he pasado estos dos días metiéndole el cuerpo a ese asunto. Hay que ir con mucho cuidado, ya te dije que no era fácil, pero tengo mis mañas y algo he podido averiguarle.

—Si empiezas a inventar mentiras vas a llegar al Combinado con la nariz rota.

—No —atajó Maikel—, lo digo en serio. Ya sé en qué andaba Yoyo.

—Pues empieza a cantar de una vez.

—Yoyo estaba metido en drogas —declaró el confidente—. Vendía *candys*.

—¡No me lo digas! ¿Eso es todo lo que tienes?

—Tengo más. El tipo nunca vendió en la Habana Vieja. Se dedicaba a mover su merca por otras partes de la ciudad. Les vendía a los locos que andan en grupos por el Vedado, los mikis y los emos que tienen buena plata para comprar *candys*. Yoyo mantenía el bisne con mucho secretismo, por eso casi nadie del barrio está enterado. Y nunca le vendió a los negros. No se sabe por qué.

—Quizás porque los negros no podían pagar sus precios —dijo Eddy.

—Yo creo que lo hacía porque no quería marcarse en el barrio; Yoyo sabía que tarde o temprano algún envidioso lo iba a echar pa'lante con los polis de Antidrogas.

—Podría ser. Pero ¿quién le cortó el cuello? ¿Fue para robarle la merca?

Maikel se pasó una mano por los labios sudorosos.

—Eso nadie lo sabe —declaró—. Y el que lo sabe no lo dice.

—¿Averiguaste algo sobre sus suministradores? —preguntó el teniente.

—Nada —dijo Maikel—. Pero te conseguí otra cosa igual de importante.

Eddy alzó la vista hacia los ojos de su informante y leyó el optimismo en ellos.

—¿Qué otra cosa?

El hombre echó un vistazo hacia el bar. Luego volvió el rostro hacia el poli, metió la mano en el bolsillo de su camisa a rayas y dejó una píldora de color azul eléctrico sobre el salpicadero del Niva. La píldora era redonda, de bordes suaves, y tenía impreso un emoticono Smiley en la superficie.

Eddy contempló al informante con redoblado interés.

—¿De dónde la sacaste?

—Han aparecido esta misma noche en el barrio —le explicó Maikel—. Hay un negro nuevo encargándose de los *candys*. Parece que heredó el negocio del Yoyo y enseguida se puso manos a la obra. Incluso está vendiéndole a otros negros. Esa se la compré al tipo por tres CUC. ¿Hice bien?

—Hiciste bien. Y supongo que sabrás el nombre de ese fulano.

—No sé su verdadero nombre, pero le llaman Zombi. Anda en una Jawa.

—¿Es del barrio?

—No. Zombi vive por Centro Habana. En el barrio de Cayo Hueso.

Eddy devolvió la píldora de éxtasis al bolsillo de Maikel.

—No sé por qué, pero tengo la impresión de que vas a decirme la dirección exacta de Zombi.

Maikel asintió con suficiencia y sonrió. Sus dientes estaban cariados y manchados por la nicotina. El aliento parecía inflamable.

—Eso significa que me voy a librar del tanque, ¿verdad, jefe?

—Parece que sí —dijo Eddy—. Por esta vez.

Pasadas las dos de la madrugada Eddy entró en un desvencijado edificio de la calle Concordia y subió la escalera. El inmueble había sido una pensión en los años cuarenta y todavía conservaba dos cosas de aquella época: la distribución de cuartos y la capa de pintura original –ahora descascarada– en la pared de los rellanos. En el primer piso, Eddy buscó una puerta de madera sin pulir y estudió la cerradura. La puerta era reciente, pero le habían puesto uno de esos viejos Yale, fáciles de abrir con un poco de habilidad. Con el oído pegado a la madera, escuchó un rato hasta estar seguro de que no había nadie y empezó a trabajar con la cerradura. Dos minutos después estaba dentro. Al cerrar detrás de él se encontró en tinieblas.

A tientas, buscó el interruptor en la pared de la izquierda. Nada. Probó a la derecha, junto al marco de la puerta; hubo un chispazo de luz azulada y Eddy se llevó una descarga eléctrica de ciento diez voltios que casi le arranca un alarido.

—'cago en su madre —farfulló sacudiendo los dedos de la mano acalambrada.

Entreabrió la puerta; el tenue resplandor de la calle que entraba por la ventana del rellano le sirvió para distinguir el cajetín metálico del sistema de encendido y los dos cables de puntas peladas sobresaliendo de la pared. Unió las puntas de los cables; del techo surgió una luz amarillenta, marchita, de bombilla incandescente de bajo voltaje. Las cucarachas rojizas se escurrieron bajo la cama y por las hendiduras en las paredes. Miró la estancia: un rectángulo mugriento de pocos metros cuadrados. Apestaba a transpiración, humo de *crack* y gasolina. Tenía las ventanas tapiadas con tablas y carecía de baño. La cama era un bastidor metálico colocado sobre dos tabiques horizontales de cedro, con un colchón de muelles encima, sin sábanas y con el forro sucio de sudor, grasa de comida y otras manchas de dudosa procedencia.

Además de la cama, los únicos muebles eran una mesa de bagazo contrachapado, un librero empotrado y una butaca que podría llevar medio siglo en aquella habitación. La mesa de contrachapado estaba atiborrada con viejas ediciones en castellano de *Hustler* y *Private*, embases tetrabrik de ron Planchado vacíos y cigarrillos de venta a granel. Junto a un estuche de gafas Ray-Ban descansaba una lata de cerveza, serrada por la mitad y llena de colillas para reutilizar. En el librero sin anaqueles habían soldado una cabilla de extremo a extremo para colgar ropa: un tejano decolorado artificialmente y varias camisetas desmangadas con el logo DefShop. Ni rastro de ropa interior.

Detrás de la butaca encontró una cubeta plástica llena a rebosar con piezas de moto Jawa en desuso y potes de aceite industrial. Eddy venció el asco y apartó una caja de cartón llena de cucarachas cebándose con los restos de un arroz amarillo y huesos de pollo. Rebuscó entre las piezas, manchándose las manos de lubricante sólido y suciedad. Se limpió los dedos pringosos en el borde del colchón.

Eddy se quedó de pie, en medio del cuartucho, perplejo. Algo se le escapaba.

¿Por qué olía tanto a gasolina?

Vio que a un costado junto a la puerta había huellas de neumáticos y manchas de grasa, y se dio cuenta de que Zombi subía la moto Jawa por la escalera y la guardaba en el cuartucho. Revisó en las ropas y escudriñó las fisuras en las paredes sin encontrar nada. Buscó algo que pareciera redundante en aquel mobiliario minimalista, algo que no encajara allí. Estaba desconcertado; los zumbados nunca demostraban tener mucha imaginación.

Alzó la butaca para comprobar el relleno por abajo; más insectos emigraron a la carrera hacia el espacio de sombra bajo la cama. Levantó el colchón y el bastidor, y las cucarachas corrieron hacia la cubeta con piezas mecánicas y se escurrieron por debajo de la arqueada base del recipiente. Eran muchas. ¿Adónde iban? Eddy razonó. En algún momento del último cuarto de siglo, aquellos suelos tenían que haber sido baldeados. ¿Por dónde escurría el agua?

Agarró la cubeta por los bordes y, con un poco de esfuerzo, la corrió medio metro.

Apareció un tragante redondo. Tapado por una rejilla.

Eddy destapó la rejilla y decenas de cucarachas salieron en estampida, como un ondulante río de color marrón rojizo. Algunas treparon por su brazo; la impresión era similar a la que sintió al recibir la descarga eléctrica. Se las sacudió de un tirón y contempló la lata cilíndrica que colgaba de un cable atado a la rejilla.

Abrió la lata y vació el contenido sobre la cama.

Píldoras, un brote de colores vivos en el colchón mugriento.

En el alijo de MDMA descubrió otro colmillo de cerámica.

CUARTO DÍA

SUTURAS Y AMPUTACIONES

34

El ruido de la Jawa 350 que llegaba por Concordia lo alertó.

Consultó el reloj de pulsera mientras esperaba: tres y treinta y tres de la madrugada. Buena hora.

Zombi abrió la puerta y entró en el cuartucho con la moto por delante. Conocedor de su espacio privado acomodó el vehículo contra la pared en la oscuridad y luego pegó los cables de la luz. Se llevó un sobresalto al ver a Eddy sentado en su butaca.

—Cierra la puerta —le ordenó el teniente—. Y no te me pongas nervioso.

—¿Y tú quién pinga eres? —gruñó el otro.

Eddy esbozó aquella mueca de labios torcidos.

—¿Tú qué crees, que soy el embajador de Perú?

Zombi tenía un trenzado *cornrow* similar al de Yolianko; su tez era un poco más clara, con pequeñas verrugas oscuras en la piel bajo los ojos. Tenía los hombros caídos, pero sus brazos eran largos y musculosos. Se notaba que podía ser muy ágil.

Sonrió con desprecio. Sin miedo.

—Eres un fiana —concluyó—. Mierda, debí haber sospechado cuando vi ese Niva con chapa estatal parqueado en la esquina.

—Para ser un tipo que se pasa todo el día volado, pareces muy perspicaz.

—A lo mejor yo no soy el tipo que estás buscando.

—Creo que sí —dijo Eddy—. Gozaste repartiendo piñazos la semana pasada en la bronca que tus socios repas tuvieron con los niños del Vedado, ¿verdad? Apuesto a que le partiste la cara y los colmillos a más de uno.

—¿Y a ti qué coño te importa? —escupió Zombi—. ¿Eres hermano de alguno de esos maricones?

—Por suerte para ti, no.

—¿Entonces cuál es tu problema?

—Yo no tengo ningún problema. El que está metido en un aprieto eres tú. —Eddy le señaló con el dedo—. Encontré tu alijo. Yo diría que estás más que jodido.

Zombi echó un vistazo a la cama. Vio las coloridas píldoras.

—Si te refieres a esos caramelos —dijo—, voy a declarar que tú los trajiste para enrollarme. Me obligabas a venderlos.

—Me imaginé que dirías eso, pero en realidad el tema de las drogas es un asunto colateral. He venido para pedirte, amablemente, que me acompañes a la Unidad y te declares culpable por el delito de homicidio.

—Tú eres el que está volado —se burló Zombi—. Apareces aquí, me enrollas con drogas, y ahora me quieres culpar de...

—Te aclaro algo: si no quieres ir por las buenas, será por las malas.

A Zombi le costaba mantener la calma.

—Estás cometiendo un error —dijo, con los ojos inyectados en sangre.

—Le cortaste la garganta a Yoyo —lo acusó Eddy con voz calmada—. Por la puta droga. Por la ambición de robarle la merca y quedarte con su negocio.

—Tú estás loco —ladró Zombi, y se llevó la mano derecha al bolsillo trasero del pantalón, como al descuido—. Pero a mí no me vas a joder.

Eddy asintió despacio, centrado en los ojos de zumbado del tipo.

—Mataste a tu socio, Zombi. Creíste que plantando ese trozo de colmillo artificial en la herida de Yoyo desviarías la atención, y que alguno de esos tontos que juegan a los vampiros terminaría cargando con el muerto. Pero aquí estoy. No me engañaste.

—¿Sabes qué, fiana? —dijo Zombi exasperado—. Yo no te tengo miedo.

Sacó el cuchillo de resorte. La empuñadura era de nácar, con hoja de doble filo de once centímetros de largo. La luz de la bombilla le arrancó un destello al acero.

Eddy apretó los labios con desaprobación; estaba teniendo un *déjà vu*.

—¿Escuchaste la parte donde te dije «por las buenas o por las malas»?

El hombre, a cuatro metros de distancia, tensó el cuerpo.

—No lo hagas —le advirtió Eddy. Se sentía cansado, con sueño, y ya tenía el caso resuelto. En realidad visualizaba todo esto como un largo y aburrido anticlímax.

Zombi se le abalanzó. Eddy sacó su pistola HK y apretó el gatillo.

El disparo resonó como un cañonazo en el silencio de la noche. Ensordecedor.

El cuchillo de resorte saltó y tres dedos de Zombi desaparecieron de golpe.

35

Puyol prefirió esperar a la entrada del pasillo que daba a la cuartería. El interior de la manzana le resultaba ofensivo: un recordatorio del país que habían intentado hacer desaparecer durante más de medio siglo. La gente había construido chabolas con trozos de entarimados de madera vieja y láminas de zinc, y utilizaba escaleras de bambú para acceder al nivel superior de la cuartería. Los suelos del barracón central eran de tierra apisonada, y el hedor a descomposición de la basura acumulada se hacía intolerable. Era temprano; algunos padres se apresuraban por la estrecha vía para salir a la calle Manrique con sus hijos vestidos de uniforme escolar. Radio Reloj y Radio Enciclopedia dominaban el ambiente matutino, ahora que la banda sonora urbana de salsa-hip-hop-reguetón dormía junto a los trasnochadores.

La ciudad era una criatura amodorrada.

—Hola —dijo una voz de chica a espaldas de Puyol.

Se volvió y la contempló. Ella vestía unos ceñidos *shorts* adaptados de una pieza de tela de camuflaje militar y una blusa de algodón tan corta que dejaba expuesto el vientre plano; junto al ombligo se había hecho tatuar un pequeño caballito de mar. Tenía la cintura muy estrecha y las piernas largas y bronceadas, y llevaba unas chancletas de plástico tan finas que parecía ir descalza. Se había cortado el cabello drásticamente y tenía *piercings* en la nariz y en una ceja.

—¿Cómo estás? —preguntó Puyol.

—Bien —dijo ella con expresión adusta—, mejor que nunca.

—Me alegra verte.

—Lo sé —dijo la chica con cierta frialdad—. Lo mismo digo.

Él intentaba escoger sus palabras. No quería molestarla. Quería dialogar.

—¿Ya desayunaste?

La chica lo miró fijamente. Sus ojos eran marrones y grandes, muy bonitos.

—¿Por qué?

—Quería invitarte a tomar algo por aquí.

Ella frunció los labios, indecisa, y echó una mirada aprensiva por el pasillo hacia el barracón. Por un instante pareció una niña a la que han regañado por sentirse tentada a conversar con extraños. Pero el instante pasó.

—¿Vamos? —insistió Puyol con suavidad—. Todavía te gusta el batido de fresa y un sándwich medianoche con la corteza del pan bien tostada, ¿verdad?

La chica se encogió de hombros.

—Sí, claro.

Echaron a andar hacia el norte, calle arriba en dirección a Reina.

—He pasado por aquí un montón de veces. Nunca estás. ¿Dónde te metes?

Ella se puso a la defensiva.

—Si te vas a poner policía conmigo, doy media vuelta y regreso al barracón. Tengo muchas preocupaciones como para ponerme a rendirte cuentas ahora. No soy tu mujer.

Puyol aguantó el golpe como pudo. Solo dijo:

—Eres mi hija y me preocupo por ti. Tengo derecho a saber.

—Pero no tienes derecho a acosarme.

—¿Esto te parece un acoso, Maya? —dijo Puyol estupefacto—. ¿En serio? Hace dos meses que no nos vemos, ¿y te parece un acoso que quiera saber cómo te va?

Se detuvieron en plena calle.

—Sé lo que te preocupa, papá. Te preocupa mi integridad física y mental. Estoy viviendo en una cuartería de gente marginal, en una casa de negros bisneros, con total dependencia de un novio al que nunca has visto y del que no sabes nada.

—Tú misma has descrito el panorama perfectamente —asintió Puyol—. ¿Crees que no debería preocuparme?

—Papá —dijo Maya con firmeza—. Es mi decisión. Tú me enseñaste a ser categórica; a tomar mis propias decisiones y correr mis propios riesgos. Cuando mamá se fue de casa y nos abandonó, tuve que aprender a lidiar con ello. Las lágrimas no me la devolvieron. De ti heredé la fortaleza; de ella, las alas.

Puyol no supo qué replicar. Tenía deseos de abrazarla muy fuerte. Pero se contuvo. No era el momento de mostrarse débil.

—No habrás dejado el preuniversitario, ¿no?

—¿Te parece que tengo un pelo de tonta?

Aquello no necesitaba contestación. Siguieron caminando.

—¿Te alimentas bien?

—Estás empezando a sonar como mi abuela —respondió Maya—. Me alimento y punto; con lo que aparezca, con lo que mi novio consiga luchando en la calle; igual que el noventa por ciento de la gente de este país. El hambre es una estrategia del Gobierno; así mantiene a la gente ocupada.

Él no se dejó provocar.

—Es que pareces más delgada.

—Tengo diecisiete años —se burló ella—. Estoy en pleno proceso de crecimiento.

—Siempre tienes respuestas a mano —le reprochó Puyol.

—Y tú siempre tienes preguntas. Ya sabes: de tal palo...

—Hoy estás imposible.

—Es mi naturaleza.

En Reina, el ruido de los autobuses era atronador. Las paredes estaban tiznadas de hollín y había enormes parches de alquitrán a lo largo de toda la avenida. Se metieron bajo los soportales que conducían a Carlos III.

—Mira, Maya —dijo Puyol—, no intento presionarte. Eres una chica que sabe lo que quiere, y yo respeto tus decisiones. Te miro, y me cuesta aceptar de golpe todo ese... ese cambio de apariencia tan excesivo; el pelo, el tatuaje, los anillos en...

—Es un *look*, papá —se defendió la chica—. No es nada permanente.

—Lo sé, lo sé, pero lo que quiero decir es que... es difícil para mí que te hayas ido de la casa así. Me cuesta muchísimo superarlo; por lo que hizo tu madre en el pasado. —Intentó decirlo de la manera menos intrusiva posible—. Quiero que sepas que puedes volver a casa cuando quieras.

Maya se detuvo bruscamente. Se miraron.

—No. No pienso volver.

—Deberías —terció su padre—. No tienes que vivir con esas personas; no tienes necesidad de vivir en ese sitio. Te quiero. Eres una de las razones que tengo para levantarme cada mañana y ponerme en marcha.

—Haces mal, papá —replicó la chica con frialdad—. No me conviertas a mí en un motivo para vivir. Sigue adelante y no implores nada de nadie. Además, piénsalo; tarde o temprano iba a tener que irme.

¿En qué momento había madurado tanto?, se preguntó Puyol.

—No soy solo yo. Todos te extrañamos; tu abuela, tu hermano...

—¡Papá, no lo entiendes! —dijo ella exasperada—. Yo no me fui porque ansiara la libertad, ni porque quisiera quemar etapas de mi vida. Me fui porque no podía seguir viviendo con mi hermano. No quise seguir viviendo en la misma casa donde podía sufrir la violencia de un muchacho con más fuerzas que yo. Estaba cansada de ser atacada, de sentirme atropellada por Ernest. ¿No te dabas cuenta? —Ahora estaba muy agitada, con los ojos húmedos y resollando como si le costara trabajo respirar—. Ya sé que es mi hermanito y que está muy enfermo, pero su violencia estaba empeorando... incluso... su violencia se estaba convirtiendo en algo sexual...

—Ernest es un niño...

—No es un niño —porfió la chica—. Tiene dieciséis años, y me saca un palmo de altura. Es un peligro. Mi hermano menor es un peligro.

—Da igual. Mentalmente es un niño.

—Sus hormonas dicen otra cosa. No puedes negar lo evidente.

Puyol trató de calmar a su hija. La cogió por los hombros y la abrazó, apretándola contra su pecho. La gente que pasaba a su lado los miraba con efímera curiosidad, y el tráfico de Reina hacía un ruido infernal, pero durante un momento todo careció de sentido para ellos. Después se apartaron y ella se limpió las lágrimas.

Puyol sentía una opresión en el pecho. De nuevo, no sabía qué decir.

—Por favor, pásate por allá al menos —le pidió a la chica—. Hazlo por tu abuela.

Maya lo enfrentó. Había dureza en su mirada, y resolución.

—No volveré a esa casa —dijo—. No voy a volver mientras Ernest siga allí. No quiero volver a verlo. No puedo. Estoy intentando olvidar el miedo que sentía, el olor del desinfectante, la pestilencia de mi hermano. Era deprimente vivir allí, con ese muchacho chillando y rompiéndolo todo; rompiendo los muebles, la ropa, las sábanas, orinando el colchón. Y lo peor: atacando todo lo que significara una amenaza para él. ¿Tú crees que yo podía adaptarme a vivir así?

—Tu hermano sufre un autismo severo, Maya —manifestó Puyol con gravedad—. No puede regular su comportamiento. Está condenado por su enfermedad. Esta crisis de violencia está relacionada con la llegada de la pubertad. Se le pasará.

—Se volverá peor...

—No —dijo él desesperado—. Es una etapa. Se le pasará. De hecho, ahora ya está más tranquilo. Lo tenemos sedado; le estamos dando una medicación especial que llega a Cuba en envíos de donaciones europeas. Ahora lo tenemos en su cuarto todo el día y la puerta tiene un pestillo. Mamá le da la comida y yo lo saco un rato por las tardes para que coja sol en el parque. Sigue rompiendo las cosas, pero no le dejamos casi nada en el cuarto durante el día; cada noche, después de medicarlo, le llevo la colchoneta forrada en hule para que duerma cómodo, y se la quito por la mañana. Pero ya está mejor.

—No está mejor —sentenció Maya—. Está sedado. Es una locura tenerlo en esa casa. No tienes condiciones. Es un peligro para la abuela, para la gente y para sí mismo. Necesita estar en una institución especial, papá.

—No. No puede ser.

—Entonces ya lo sabes. Mientras Ernest esté allí, yo no volveré.

La opresión en el pecho de Puyol arreció.

—Maya —dijo en voz baja—, no me pongas contra la pared. Ustedes dos son mis hijos y los quiero por igual. No puedo sacar a tu hermano de la casa. Ya he buscado orientación médica. ¿Sabes lo que me han dicho? Que lo único que se puede hacer por Ernest es llevarlo a Hospital Mazorra y darle *electroshock*. Dicen que tendría que estar internado permanentemente en ese hospital; por el resto de su vida, Mayita. No puedo hacerle eso a mi hijo —jadeó—. No puedo dejar que me lo conviertan en un vegetal. Prefiero cuidarlo yo, por muy difícil que sea.

La chica se quedó mirándolo a los ojos.

—Lo comprendo, papá —dijo con calma—. Respeto tu decisión. Es tu hijo. Pero no puedes contar conmigo. Yo no quiero, no puedo hacer ese sacrificio. Lo siento mucho.

Dio media vuelta y comenzó a caminar en dirección contraria.

—Espera —la llamó él—, ¿adónde vas? Íbamos a...

—Olvídalo —contestó Maya alejándose—. Ya nos veremos por ahí.

Puyol, de repente sin aliento, se recostó en la columna del soportal para no caerse. Dentro de su pecho, el dolor escaló hasta hacerse insoportable. Cubierto de sudor, cerró los ojos y rezó para que aquello no fuera un ataque al corazón.

36

La panorámica de los cañones de Utah cortaba el aliento.

El montañista atrapado en la grieta sufría alucinaciones.

Si seguía así, no tardaría en morir.

—Danny Boyle es lo mejor que le ha pasado al cine inglés desde Stephen Frears —comentó Julián mientras la banda sonora de *127 Hours* resonaba en los altavoces del Home Cinema. Los vidrios del salón vibraron.

—¿Qué?

Julián apretó el botón de pausa en el mando negro. El rostro en alta definición de James Franco se congeló en la pantalla extraplana de cincuenta pulgadas.

—No estás disfrutando la película, mi amor.

Ana Rosa asintió. Tenía un parche adhesivo hipoalergénico sobre el puente nasal, el labio superior todavía estaba un poco hinchado, y por debajo de los ojos el tono violáceo de la piel acusaba los hematomas.

—¿Sigues pensando en el trabajo?

—No puedo evitarlo —admitió ella.

—Pero ya cerraste el caso —dijo Julián—. El culpable está entre rejas.

—Sí. Lo detuvimos.

—Entonces ya está. No tienes que seguir preocupándote.

Ella soltó el aire como si se quitara un peso enorme de encima.

—Se supone que sí, que estoy aliviada por haberme sacado esa espina. Pero sigo rememorándolo todo, y lo cierto es que no dejo de pensar en que dimos con él por pura casualidad. Fue una chiripa; fuimos al sitio correcto, pero a buscar al tipo equivocado. El trámite me llevó a encontrarme con el verdadero violador y, cuando empecé a darle los nombres de las víctimas, creyó que yo venía a detenerlo, perdió los nervios, me atacó y salió huyendo. ¿No crees que fue un golpe de suerte?

—De suerte, es probable. Pero el golpe te lo llevaste tú.

—Sí, pero ese ataque también irá a su cuenta. Y el dolor se me pasará.

—Quizás no fuera una chiripa. Creo que estaba en tu sino capturarlo. —Julián siempre tenía una frase a punto para alagarla—. ¿Confesó sus actos?

—Ni falta que nos hace. Tenemos su ADN, las pruebas de semen, huellas parciales. Le están apretando las clavijas en la Unidad, pero da igual si confiesa o no; lo importante es que el tipo ya está encerrado.

—Gracias a ti.

—Lo mejor de todo es que han abierto una nueva investigación. Resulta que el muy degenerado, antes de trasladarse al municipio Habana Vieja, trabajó en la OFICODA de Marianao durante cinco años, y antes en la oficina municipal de la Lisa. Están tratando de vincularle a los historiales de violaciones sin resolver durante esas épocas, así que la cosa irá para largo, pero a ese no hay quien le quite de encima treinta años de prisión.

—Con los cuarenta y cinco años que tiene, eso sería como meterle cadena perpetua —reflexionó Julián.

—Se lo merece. Y tiene suerte. Si por mí fuera, lo mandaría a fusilar.

—Eres muy severa, mi capitana.

Ella suavizó la expresión.

—Todavía no me han nombrado capitana, Julián.

—Pero lo serás. El mayor siempre cumple su palabra, ¿verdad?

Sonó el teléfono. Julián apretó la tecla del *Play* y fue a coger la llamada.

Ana Rosa siguió pensativa, sin prestar atención a lo que sucedía en pantalla.

—Es para ti —le dijo su esposo, dándole el aparato inalámbrico.

—¿Sí? —preguntó ella.

Llamaban desde una cabina pública. Hubo un breve silencio del otro lado de la línea.

—¿Quién es?

—Un hombre —le respondió su marido.

—Te advertí que no quería aparecer en ningún informe —dijo la voz de Heredia al teléfono. Se le notaba furioso—. Te dije que mi nombre no podía salir asociado a una investigación en curso.

—Espera, Heredia, yo...

—Te lo advertí expresamente. ¿Por qué lo hiciste?

Ana Rosa se puso en pie y salió al balcón. El viento arremolinó sus cabellos rubios.

—Tenía que llenar informes. Justificar cómo...

—Me has metido en un problema —dijo él airadamente.

—¿Por qué?

—Me han citado para mañana a la Jefatura. Algún sesudo leyó tus informes y han descubierto que me salí de carril. Pero no es tu jodido problema, Ana Rosa, porque tú ya resolviste lo que querías. Tú cerraste tu caso y eso es lo único que te importa.

—¿Qué querías que hiciera, Heredia? ¿Cómo iba a justificar la cadena de conexión con Medina? Usé lo que tenía a mano para relacionarlo todo...

—Usaste lo que te di —la interrumpió Heredia—, sin preguntarme. Me complicaste la vida, y además ahora has puesto en peligro a la persona que me facilitó los datos. Esa información la conseguí solo para hacerla encajar en tu maldito perfil. No era tuya; no tenías que haberla utilizado en los informes.

Ana Rosa sintió el calor en sus mejillas. No iba a quedarse callada.

—La culpa es tuya —terció con furia—. Si no te hubieras hecho el misterioso, yo podría haber sabido qué terreno estaba pisando.

—No me vengas con esas. Tú viniste a mí, me pediste ayuda, y yo arañé la tierra para proporcionártela. Estaba corriendo riesgos al involucrarme contigo, pero tomé la precaución de advertírtelo antes. ¡Estabas avisada!

—¡¡¿Pero qué fue lo que hiciste?!! —se exaltó ella—. Sé sincero...

—¡¡¡Ya te lo dije!!! —rugió Heredia—. ¡¡¡No es asunto tuyo, cojones!!!

Ana Rosa aferró la baranda del balcón con la mano libre.

—¡Eh, cuidado! Ten mucho cuidado con las faltas de respeto. Como sigas por ese camino vas a pasarla muy mal.

—No me amenaces —dijo él. Su voz rezumaba desprecio—. Yo no te tengo miedo, ni a ti ni a tus padrinos. Eres una mocosa que va con ínfulas por la vida. Por eso la mayoría de la gente en la Unidad prefiere darte de lado. Quizás me equivoque, pero creo que el tiempo se encargará de ponerte en el lugar que te mereces. Solo he llamado para decirte que no pienso olvidarme de esto. Me las vas a pagar. Tarde o temprano te lo haré pagar.

—Ahora eres tú el que me estás amenazando —señaló ella con tono gélido.

Pero del otro lado habían cortado la llamada.

Al regresar al salón, en la pantalla de TV, otro día amanecía para el montañista atrapado.

37

—Hoy es el comienzo del resto de tu vida —anunció Batista mientras iba conduciendo el Lada por la calle Jesús María.

Yusniel era un chico aplicado, pero le pareció, desde su limitada perspectiva de neófito, que se trataba de otra de las pretenciosas frases del sargento; llevaba casi tres días escuchándole contar anécdotas fanfarronas y, aunque la información implícita resultaba bastante concluyente para el trabajo que había venido a realizar a la Mazmorra, estaba empezando a hartarse de sus sermones.

Conclusiones a partir de la locuacidad de Batista:

El jefe Patterson: un semidiós; un *mayimbe* intocable.

El mayor Villazón: un miembro privilegiado del MININT; un oportunista, un déspota con jerarquía vitalicia.

El teniente Eddy: impulsivo, violento y expeditivo, pagado de sí mismo. Protegido por el jefe Patterson.

La teniente Ana Rosa: clasista, arribista, manipuladora; se comentaba que su deslealtad era notoria y que podía convertir el trabajo de los subalternos en un infierno.

El teniente Pujol: un pobre diablo sin ambiciones; un veterano cansado.

La sargento Wendy: una mulatica descerebrada; una putica barata.

Fernández: un insufrible cascarrabias.

Los cabos y polis patrulleros: agentes comunes; mediocres, iletrados y poco sutiles. La mayoría de ellos, casi tan obtusos como la chusma a la que perseguían, solía cruzar la delgada frontera entre la ley y el delito si la necesidad y la oportunidad confluían.

¿Y qué decía de sí mismo el sargento Batista? Que era un agente curtido, eficaz, avezado en la filosofía de la calle, aunque no negaba ser un poli con una visión de conjunto bastante cínica. Le gustaba definir a sus compañeros de trabajo, olvidando incluirse, como «líneas de fractura» en la tectónica social. Yusniel le había preguntado el porqué de aquella extravagante referencia geológica, y el sargento había soltado una carcajada antes de responder que, aunque necesaria, la Mazmorra –y por extensión, la Policía– era una gran falla en los estratos del tinglado institucional.

Yusniel encontró interesante la declaración. Había tomado nota en su cabeza, sin dejar de asentir, como un aplicado aprendiz.

Ahora, a mediodía, estaba centrado en el inminente operativo.

Un caso importante de drogas se vería magnífico en su expediente.

—¿Sigues aquí? —preguntó Batista a su lado.

—Claro, sargento —respondió el chico dejando a un lado sus pensamientos—. He escuchado todas las instrucciones. —Y repitió—: Primero parqueamos en la esquina de la cuadra, observamos el panorama unos minutos para verificar que no haya moros en la costa. Luego bajamos por la calle San Ignacio y nos metemos en el edificio. Tercer piso; me mantengo fuera de vista hasta que abran la puerta. Entramos, evaluamos el sitio y procedemos al registro.

—Muy bien —dijo Batista—. Pero recuerda esto: los chivatazos no suelen ser perfectos. Las cosas pueden torcerse con mucha rapidez y nunca se sabe con qué tipo peligroso nos vamos a topar.

—¿Crees que alguien ahí pueda estar armado? —preguntó nervioso el novato.

—Es muy probable. Los que están metidos en asuntos de drogas suelen tener armas. Siempre puede aparecer alguien con espuelas para robar el dinero de la venta o la mercancía. No podemos descartar que dispongan de artillería.

—¿Pistolas?

—Quizás. Pero no te preocupes. Cuando entremos, tú me cubres, y una vez que tengamos controlada la fauna empezamos a hacer el registro; si tienen armas, aparecerán junto con la droga.

—¿Cuántas personas habrá allí?

—Lo ignoro. Mi informante no tenía ese dato. Por eso tienes que estar atento y no bajar la guardia hasta que tengamos bien inspeccionado el apartamento. —Batista miró al novato a los ojos—. No me irás a decir que te estás apendejando.

Yusniel sacudió la cabeza.

—No, sargento, por supuesto que no tengo miedo. Te pregunto para saber a qué atenerme. ¿Tenemos la orden de registro?

—Pero, ven acá, chico —bufó Batista—, ¿en qué país tú vives? ¿Cuándo se ha visto que para hacer un registro en Cuba sea necesario enseñar una orden de registro?

Quince minutos después subieron hasta la tercera planta del vetusto edificio estilo neocolonial; las escaleras eran estrechas, de escalones altos e inclinados, pero estaban bien iluminadas por el ventanal de los rellanos. En uno de los pasillos del segundo piso, parapetado tras una columna, el ojo entrenado de Batista advirtió a Montecristo y supo que todo marchaba como habían planeado.

En la tercera planta fueron hasta el final del pasillo y llegaron hasta una puerta pintada de un color amarillo sucio, protegida por una reja de gruesos barrotes y un gran candado. El novato sacó su pistola de reglamento y se colocó junto a la pared de modo que no pudiera ser visto desde la puerta. Ambos vestían de civil. Batista llevaba camisa hawaiana, tejanos de mezclilla azul y zapatillas deportivas. Sobre la camisa se había puesto una chaqueta de amplios bolsillos, para disimular el arma, y de paso dar la impresión de que ahí transportaría la droga que venía a comprar. Tocó a la puerta con los nudillos.

—Dime —dijo una voz recia desde el interior del apartamento.

—Vengo de parte del Duque —recitó Batista, mirando fijamente a la mirilla.

La puerta se abrió. Un tipo con la abultada complexión de un estibador del muelle, los ojos de un tono verde opaco y el cabello rapado al cero, apoyó una manaza en un barrote. Se apodaba el Timba; Batista había estado revisando su expediente policial esa misma mañana. No era especialmente peligroso, pero sí bastante escurridizo.

—El Duque está en cana hace meses —dijo el Timba con voz pastosa—. Es imposible que él te haya enviado.

Batista le sostuvo la mirada con total descaro.

—Mira —objetó—, yo no sé de quién tú me hablas, pero a mí me contactó un blancón que se me presentó como el Duque, y me dijo que aquí podía resolver lo que yo estoy buscando.

El otro sonrió. Su dentadura era grisácea.

—Es jodedera, rubio —dijo el Timba—. La cosa es aquí mismo. Pasa.

Abrió la reja y Batista le pegó un puntapié en medio del pecho. El tipo aterrizó sobre una silla que se hizo pedazos y se quedó sentado en el suelo con cara de asombro. En la sala, junto a una mesa con dos vasos y una botella de ron, había otro hombre, vestido con camiseta y tejanos negros. Hizo un gesto para coger algo de una estantería, pero se detuvo cuando vio la pistola de Batista apuntándole.

—Estate quietecito y no me obligues a llenarte de huecos antes de empezar a hablar —le ordenó Batista—. Somos de la Policía.

El novato ya estaba dentro, posicionado detrás del sargento, con la Makarov lista para abatir al rapado si lo consideraba necesario. La presión que ejercía sobre la pistola hizo que la mano le temblara un poco.

Batista cerró la puerta y pasó el pestillo.

—¿Hay otra persona en la casa? —le preguntó al Timba.

—No. Mi mujer bajó a la calle. —Apuntó hacia su amigo con la barbilla—. Aquí solo estamos Cheo y yo.

Batista le indicó al otro hombre que se sentara en la silla y pusiera las manos sobre la mesa. Sacó las esposas y se las colocó por detrás de la espalda. Luego fue hacia el Timba y, sin permitirle levantarse del suelo, repitió el procedimiento. Solo entonces sacó el carné y les mostró su identificación policial.

Miró al novato y le hizo un gesto circular con el dedo índice.

—Ve a echar un vistazo por la casa —ordenó—. Si hay alguien escondido por ahí le caes a plomazos sin avisar.

—No va encontrarse a nadie —les aseguró el Timba.

El novato fue a comprobarlo.

Batista seguía con la pistola en la mano. Miró al primero que había esposado.

—¿Y tú qué, Cheo? ¿Eres mudo?

—No.

—¿Y qué haces aquí? —preguntó Batista—. ¿Vienes a darle masaje al Timba cuando su mujer sale de compras?

Cheo enrojeció, pero se sobrepuso y declaró:

—Vine a darme unos tragos con mi yunta. —Tenía acento camagüeyano.

El novato regresó. Había sido meticuloso. No había nadie más en la casa.

Los polis enfundaron las armas.

—Bueno, oficial —preguntó el Timba, mostrándose ecuánime—, ¿se puede saber a qué viene todo este jaleo?

Batista se plantó delante de él con pose de matón, las piernas ligeramente abiertas.

—Tengo entendido que en esta casa... —se tocó una aleta de la nariz con gesto evidente— hay movida con Blancanieves.

El Timba frunció los labios y declaró:

—Pues lo informaron mal. Aquí no nos metemos en esas cosas, oficial. Lo que nos gusta es el ron a palo seco, como puede ver.

El sargento le señaló un pequeño sofá a su compañero. Montecristo le había sugerido que ahí podían ocultar una pistola. Esperaba que Yusniel la encontrara; con eso sería suficiente para empezar.

—Revísame ese mueble. Mira a ver qué te encuentras. Levanta los cojines y sácale el relleno.

Yusniel obedeció.

—Me van a joder el sofá por gusto —protestó el Timba sin enfatizar demasiado su enfado—, ahí dentro no hay nada escondido.

En pocos minutos el mueble quedó desmantelado.

—Nada —confirmó el novato.

—Ya les dije que iban a perder el tiempo. Lo único que han hecho es descojonarme el sofá. Y, como de costumbre, seguro que no me van a pagar el destrozo.

El camagüeyano se mostró divertido, pero se aconsejó y borró la sonrisa de su cara. En ese momento Batista decidió toda la línea de acción a seguir.

—Así que te parece gracioso lo que dice tu yunta. —Batista se acercó a la estantería y descubrió el arma que el camagüeyano había tratado de alcanzar cuando ellos irrumpieron en la casa. Se trataba de un cuchillo de monte, enorme, envainado en una funda de cuero crudo. Lo cogió y lo mostró como un trofeo—. Pues esto es un arma blanca, Cheo, y nos ibas a agredir con ella.

—Pero no hice nada. Ni siquiera llegué a tocarla.

Batista le puso una mano sobre el hombro.

—Da igual, Cheo; ibas a hacerlo. Lo que cuenta es la *intencionalidad*. No hace falta que te diga que por esto ya te pueden caer un par de años a la sombra, ¿verdad?

El hombre bajó la vista y apoyó la barbilla sobre el pecho. El sargento se inclinó hacia él y le tomó por la mandíbula con rudeza.

—Mírame. ¿Vas decirme algo que me ayude, o prefieres empeorar tu situación?

Cheo evitó su mirada.

—Yo no sé nada —musitó.

Batista asintió.

—Tá' bien, tá' bien, no vas a hablar. De acuerdo. —Miró al novato—. Llévate al guajiro pa' la jaula y vuelve enseguida pa' acá.

Si el Timba no coopera, vamos a virarle la casa al revés hasta que encontremos lo que estamos buscando.

El chico aferró al camagüeyano por la camiseta. El hombre empezó a protestar, pero el novato fue enérgico con él y se lo llevó a empellones hasta la puerta. A punto de salir, Batista se acercó a él y le dijo:

—Atiéndeme bien, muchacho. —Su voz era más severa que de costumbre—. No se te ocurra llamar a la Unidad para dar parte. Si lo haces, jodes el operativo y vulneras mi autoridad. —Le dio una palmada en la espalda para infundirle confianza—. Este operativo es nuestro y lo vamos a llevar a cabo nosotros dos solamente. No vamos a compartir la gloria con nadie. ¿*Okay*?

El novato asintió y se marchó con el detenido.

Batista le hizo una señal al Timba para que se pusiera en pie.

—Enfila pa'l cuarto del fondo —le ordenó.

El rapado obedeció con reticencia.

—No tengo nada que declarar —alegó—. Si vas a hacer un registro, ya puedes llamar al resto de los fianas para que empiecen a escarbar.

—Sigue andando. —El sargento lo empujó sin demasiada violencia—. Limítate a hacer lo que te digo, que no estoy de humor para que me hagan perder el tiempo.

Llegaron a la habitación. Era pequeña y estaba ocupada por una cama personal, un pequeño televisor portátil Sony sobre una mesita de plástico, y un armario de cemento sin puertas. Batista forzó al hombre a ponerse de rodillas y le habló en voz baja:

—¿Dónde coño tienes la merca escondida?

El Timba sonrió con desdén.

—No sé de qué me hablas, en serio.

Batista suspiró.

—Escúchame bien; sé que tienes clavado medio kilo de cocaína en este cuarto, así que esta es la última vez que te lo voy a preguntar con educación. ¿Dónde está la merca?

El otro permaneció en silencio; la mirada, desafiante.

Batista hizo una mueca. El tiempo corría en su contra. Metió la mano en el bolsillo interior de la chaqueta, sacó velozmente el Colt Cobra y metió a la fuerza el cañón en la boca del Timba. El hombre, arrodillado, abrió los ojos con desmesura y trató de revolverse, pero el poli lo tenía aferrado contra la pared; sintió el contacto frío del ladrillo rugoso apretar contra su nuca, y el punto de mira del arma le arañó el paladar. Le sobrevino el pánico.

—Hay una cosa que debe quedarte clara, Timba —dijo Batista—. No estoy aquí por ti, ni por Cheo, ni por ningún traficante de tres al cuarto. He venido única y exclusivamente a buscar esa merca, y estoy dispuesto a matar por conseguirla. —Apretó un poco más el cañón contra el paladar del rapado—. Mi compañero y yo tenemos la orden de ejecutarte si no entregas la coca, eso es todo. —Recuperó la sonrisa de loco—. Si no entras en razones, no me cuesta nada apretar el gatillo y decir que te suicidaste. Este hierro no es de reglamento; nadie lo tiene registrado. Dime la verdad: ¿crees que vale la pena morir por medio kilo de esa mierda blanca?

El Timba temblaba visiblemente. Una mancha de orine comenzó a extenderse por la entrepierna de su pantalón.

Batista aflojó un poco la presión del revólver y dijo:

—Última oportunidad: todavía puedes salir vivo de esta. —Señaló la ventana con un gesto de cabeza—. Si me entregas la merca, te dejo salir por esa ventana y me olvido de ti. Borrón y cuenta nueva. Te lo prometo.

El hombre farfulló algo, pero con el cañón del arma dentro de la boca las palabras resultaban ininteligibles. El sargento retiró el revólver.

—¿Qué dices?

El Timba tragó en seco y balbuceó:

—¿Cómo sé que cumplirás tu promesa?

—No puedes saberlo, por eso lo llamamos *riesgo calculado*. —Su sonrisa se ensanchó—. Yo lo calculo y tú te arriesgas. ¿A ti qué te parece?

El Timba tomó una decisión.

—La merca está en ese clóset, detrás de la pared.

Batista no tuvo que buscar demasiado. La pared trasera del armario era de bloques; uno de ellos era falso, y al retirarlo encontró la bolsa de plástico con la droga.

—Has hecho lo correcto —dijo el sargento con el Colt Cobra aún en la mano derecha—. Espera aquí y no hagas ninguna locura. Enseguida vuelvo.

Fue hasta la puerta del apartamento, la abrió y verificó que no hubiera nadie en el pasillo; luego se metió los dedos en los labios y emitió un silbido corto. Montecristo no tardó en subir desde la segunda planta y la bolsa con la cocaína pasó a sus manos.

—Nos vemos —convino, y se alejó rápidamente.

Batista dejó la puerta entreabierta y regresó a la habitación. El Timba seguía en la misma posición, arrodillado y con las manos esposadas a la espalda. En su rostro traslucía la expresión de incertidumbre.

—Tírate bocabajo —le ordenó el poli—. Voy a quitarte las esposas y luego quiero que desaparezcas. Sería preferible que te fueras de la ciudad y no volvieras por un largo tiempo.

—Lo que tú digas —dijo el hombre y se tendió en el suelo.

Se escucharon los pasos del novato, que volvía del coche tras asegurar al detenido. La cosa había ido justa, pensó Batista; era un milagro que Yusniel y Montecristo no se hubieran cruzado en las escaleras.

—¿Sargento? —preguntó el novato desde la sala.

—Estoy aquí, en el cuarto del fondo —respondió—. Este tipejo finalmente decidió aconsejarse y soltar la lengua. Ya tenemos lo que buscábamos.

Los pasos se apresuraron por el corredor, acercándose.

—Perfecto... —comenzó a decir Yusniel apareciendo en el umbral de la habitación. Batista alzó el revólver y le disparó tres veces en el pecho. El rostro del novato se desencajó de dolor y sorpresa; trastabilló un segundo, abrió la boca como buscando aire y se derrumbó hacia atrás.

Batista le sacó las esposas al Timba.

—¡Vamos! —ladró—. Acaba de largarte de una vez.

Tembloroso, el Timba se incorporó y echó a correr hacia la ventana. Batista sacó la Makarov reglamentaria y lo derribó de un certero disparo en la cabeza; sangre y materia cerebral salpicaron las sábanas de la cama personal.

El olor a pólvora impregnó el ambiente cerrado de la habitación.

Batista guardó la pistola. Limpió sus huellas en el revólver Colt Cobra y lo colocó entre los dedos exánimes del Timba.

Contempló los vidriosos ojos del chico moribundo y dijo:

—Te advertí que la lealtad era esencial, pionerito. En la PNR no hay cabida para los chivatos de Inteligencia.

38

A la luz del día y sin su uniforme Manolito se sentía inseguro. No es que fuera especialmente vulnerable –llevaba la Makarov PM reglamentaria sujeta al cinto bajo la holgada camisa–, pero el Barrio Obrero no era su territorio y siempre había sido una de las zonas de mayor índice de peligrosidad de La Habana. Un poli tenía que andar prevenido.

El rutero lo dejó en la calzada San Miguel del Padrón, al pie de la elevación a la que Yuletsy había hecho referencia, y le fue fácil dar con la dirección indicada en la nota. El viaje en autobús había sido agotador y pestilente, pero la promesa de sexo que había pactado valdría el esfuerzo. No podía sacarse aquella pichoncita de la cabeza; la tersura de su piel color canela, el olor a hembra rural, a criatura silvestre, que emanaba de su pelo; y las piernas, larguísimas piernas de gacela que incendiaban su imaginación con escenas eróticas y gritos de frenética lujuria.

Manolito se sentía voraz; la iba a hacer chillar.

La avenida Ciudamar era empinada y carente de árboles; el castigador sol de la tarde tropical le hizo sudar la camisa Tommy recién estrenada para la ocasión, pero tampoco le importó mucho; en diez minutos a lo sumo estaría metido en aire acondicionado, con la mulata más fabulosa que había visto y deseado en su vida montada a ahorcajadas sobre él sacudiendo las caderas. En quince minutos él estaría explotando dentro de ella, y en media hora ya se encontraría listo para volver a la carga.

La iba a destrozar.

La jinetera no había mentido. La casa de dos plantas parecía muy cuidada; rompía con el depauperado entorno de casitas precarias, chozas de madera con techado de fibrocemento y almacenes derruidos. Desde la cima del cerro se divisaba todo el panorama del suburbio. Hacia el norte, si se aguzaba la vista, podía distinguirse la cúpula del lejano Capitolio. La brisa acarició la nuca de Manolito cuando alcanzó la sombra del muro de mampostería pintada de rosado que rodeaba la propiedad.

Consultó la hora: cuatro menos cuarto. Se había adelantado un poco.

Un pensamiento febril lo excitó al tocar el timbre de la puerta.

Le abrió un mulato adolescente y le preguntó quién era. Manolito dijo su nombre y el chico asintió, le franqueó el paso y luego salió y bajó por el cerro hacia el Barrio Obrero. El visitante cerró la puerta de hierro y entró al jardín delantero. La vereda hacia el portal de la casa de dos plantas estaba pavimentada con cantos rodados grises, y sus linderos eran dos hileras de casuarinas de tupido follaje. Perfectamente aislado del exterior. Muy discreto.

Abrió la puerta de la casa un joven de veinte años, blanco y con el pecho depilado y desnudo lleno de tatuajes artísticos donde destacaban el rojo y el verde. Era delgado, tenía un rostro bonachón y sensual, las cejas arregladas, y llevaba un pañuelo de seda magenta alrededor del cuello. Sonrió.

—¿Sí?

—Soy Manuel —se anunció el policía—. Busco a Yuletsy.

—Ella lo está esperando arriba. —Lo invitó a pasar—. Adelante.

Manolito puso un pie en el umbral de la casa y sintió pasos

318

apresurados por detrás de él, roces de cuerpos contra las casuarinas. Peligro. Trató de volverse y plantar cara pero, reaccionó muy tarde. Unas manos le taparon la boca desde atrás mientras dos brazos nudosos le atrapaban los suyos contra el torso hasta inmovilizarlo. El miedo lo sacudió, quiso gritar, pero no pudo.

—*Esto* es de parte de Chano —le dijo el anfitrión—, por goloso.

Y los punzones empezaron a perforarlo; entraron por los costados, por la espalda y por el cuello, golpes rápidos y eficientes; dos, tres, mil, un millón, sintió que la ciudad entera lo estaba masacrando. La sangre cálida brotó con fuerza y la vida de Manolito empezó a escapársele por cada agujero. El sonido de la brisa contra el follaje se extinguió.

Siguieron dándole puñaladas hasta que dejó de respirar.

EPÍLOGO

—Está muy claro —dijo Eddy. Había subido a la oficina del mayor para notificar el resultado del interrogatorio de Zombi—. Se trata del crimen de oportunidad de toda la vida. No le demos más vueltas.

—Pero lo planificó todo con una semana de antelación —dijo el mayor Villazón contemplando los aros de humo mentolado que expelía su boca—. Seguro que la idea se le ocurrió en cuanto recogió aquella prótesis rota del suelo, en medio de la bronca del Vedado. Es un crimen alevoso.

—Da igual; sigue siendo una cuestión de oportunidad —replicó Eddy observando la calle Dragones a través del cristal—. El cerebro de Zombi no distingue mucho entre la concepción de la idea y su ejecución. Ese tipo está superfundido.

—Por lo menos confesó —admitió el sargento Boris García, que no las tenía todas con Eddy; estaba seguro de que el teniente había jugado sucio, ocultándole información sobre las relaciones de Yolianko Etchegaray en el negocio del éxtasis.

—Sí —asintió Eddy—. Sin su dosis diaria de piedra, ni calmantes para esa mano descojonada, enseguida se derrumbó. Lo cantó todo: hacía tiempo que Zombi y Yoyo discutían por el tema del perfil de venta. Zombi quería ampliar el mercado y venderles a los

321

negros también, a precios menores. Yolianko no era un tipo altruista, pero no quería explotar a sus congéneres; no quería verles destruidos como en esas películas que cuentan historias sobre guetos de yonquis. Prefería reservarle el veneno a los blanquitos pudientes, por no hablar de lo lucrativo que resulta tratar con aristos y mikis. Pero, sobre todo, Yoyo quería mantener su negocio lejos del barrio.

—¿Y por qué Zombi no lo mató antes? —preguntó el sargento de Antidrogas.

Eddy apartó la vista de la calle y se volvió hacia él.

—Porque todo tiene su momento, Boris. El error de Yoyo fue enseñarle a Zombi dónde escondía el alijo de *candys*. A partir de ahí su suerte estuvo echada. Ese sábado salieron a vender, y luego Yoyo convidó a su compinche a un poco de coca, se dieron unos palos de ron y compartieron unos porros de marihuana. El Yoyo había bajado la guardia por completo, y Zombi aprovechó la oportunidad para cortarle el cuello y robar el alijo. —Miró al sargento como si lo considerara un novato—. No lo hizo antes porque dependía de la línea de suministro de Yoyo.

—Y eso es lo que más nos interesa, Eduardo —intervino el mayor—. La línea de suministro. ¿De dónde viene?

—Zombi dice que no lo sabe. Puede que mienta, pero yo no lo creo. Es muy posible que esa información se perdiera con la muerte de Yolianko.

—No puede ser —dijo Boris incómodo—. Eso sería cortar el beneficio.

—Seguro, pero no puedes pedirle a un zumbado que piense a largo plazo.

El mayor aplastó la colilla del Marlboro Ice Mint en el cenicero de cristal.

—Hay que apretarle las clavijas al negro. Tenemos que seguir rastreando esa droga hasta llegar a los suministradores.

—Eso le tocará a los agentes de Antidrogas —sonrió Eddy—. Mi relación interdepartamental termina aquí.

—¿Tu relación? —protestó Boris—. Yo diría que nunca existió.

—¿No podrías echarle otra mano a mi gente, Eduardo? —preguntó Villazón.

—No. Mi caso de homicidios ya está resuelto.

Villazón no quiso insistir.

—Está bien, es justo. No ha sido un mal comienzo de semana —resumió—; la mujer del tipo en coma intervino para que la Fiscalía nos retirara la denuncia por acoso policial, y tres de mis tenientes investigadores cerraron sus casos de manera satisfactoria. ¿Qué más puedo pedir?

Eddy pensó que la nota de orgullo en la voz del mayor expresaba, una vez más, enaltecimiento propio fundamentado en resultados ajenos; por alguna razón, le recordó una frase que su bisabuela materna, una anciana de origen sardo, solía decirle cuando era niño: «Mi congratulo con te».

—Por pedir, podríamos soñar con un agosto más clemente, antes de que nos achicharremos con tanto calor.

Boris no dijo nada.

—Bueno, me voy pa' casa —dijo Eddy—. Estoy molido. Pienso dormir una semana de corrido.

—Nadie te extrañará —declaró Villazón.

—Eso sería lo ideal —replicó Eddy mientras se marchaba.

Salió por la puerta principal de la Unidad para ir a la rampa del *parking*.

Nubes bajas, grisáceas, ensombrecían el Capitolio. El sol daba un respiro. Una brisa húmeda suavizó el aire. Todo iba bien.

Sonó su móvil. Eddy sacó el Nokia del bolsillo y contestó:

—¿Sí?

—Teniente Serrat —dijo una voz desconocida—. ¿Qué tal te va la vida?

—¿Quién eres?

—¿Que quién soy? —dijo la voz divertida—. Bueno, digamos que soy un amigo tuyo. Alguien que se preocupa por ti.

—No te conozco. ¿Qué quieres?

—Quiero ayudarte, Eduardo. Darte una noticia importante.

—A lo mejor tu noticia no me interesa.

—Puede que no, pero ese desinterés te puede salir caro.

—Lo dudo.

—Mi amigo, te va en ello tu trabajo; ¿quieres que te dé la primicia ahora, o prefieres enterarte por canales más dramáticos? —dijo la voz con regocijo.

Eddy tuvo un momento de duda.

—Di lo que tengas que decir.

—El Capirro se murió.

—Pues que lo entierren. ¿Por qué habría de interesarme eso? Ni siquiera sé quién es.

—Puede que tú lo conozcas por su verdadero nombre: Rodolfo Gavilán, el tipo que estaba en coma en el Hospital Ameijeiras. Se murió hace un par de horas. Ya sabes que esas noticias vuelan en el barrio.

—Cosas que pasan. ¿Y a qué viene tu interés?

—Verás, el tema es que me afecta indirectamente.

—¿Eres pariente suyo?

—Oh, no, que va, no tengo nada que ver con esa calaña. Lo que ocurre es que soy un testigo involuntario.

Eddy se paró en seco al borde de la acera.

—¿Qué quieres decir? ¿Un testigo involuntario de qué?

—De lo que hiciste el sábado pasado.

—No sé de qué me hablas.

—Esas cosas pasan. Son lapsus mentales. Pero para eso estoy yo, amigo mío, para recordártelo. Sé qué fue lo que pasó en aquella azotea. Si se llega a saber la verdad estarás jodido.

—¿Qué?

—Tiraste a ese hombre por el cajón de aire.

Eddy volvió el rostro hacia la Mazmorra. No vio a nadie en las ventanas.

—¿Es una broma?

—Tú sabes muy bien que no —respondió la voz de hombre—.

Yo estaba allí. Vi que lo perseguías por los tejados y lo grabé todo con mi celular. Tengo filmado cómo lo alcanzaste y lo empujaste por encima del muro.

Eddy tuvo un estremecimiento.

—¿Qué quieres? —preguntó con cautela.

—Dinero, por supuesto. Es lo que mueve al mundo. No deberías considerarlo como extorsión, sino como una especie de retribución por mi silencio. Un silencio muy conveniente para tu futuro. ¿Cuánto crees que vale eso?

Eddy echó un vistazo al remitente de la llamada. Un teléfono de cabina.

—Creo que te estás inventando esa historia —dijo.

—¿De verdad pensaste que tu acción pasaría desapercibida? ¿En un país tan indiscreto como este, con tantos ojos ociosos observando al vecino?

Por Dragones pasó un ciclista embalado y un autobús que subía por Zulueta estuvo a punto de atropellarlo. El chófer del bus frenó y tocó el claxon dos veces. A Eddy le pareció que el sonido se repetía como un eco en el auricular y tuvo un presentimiento.

Su interlocutor lo estaba observando en aquel momento. Estaba observando sus movimientos desde una cabina pública cercana.

Cruzó la calle velozmente y entró a los soportales de Zulueta.

—¿Me escuchas? —preguntó mientras corría entre la gente.

Sin respuesta.

Eddy apuró la carrera durante media manzana y llegó jadeante a la cabina telefónica de ETECSA; el auricular negro pendía del cable, abandonado sin colgar, oscilando suavemente.

Observó el gentío buscando una figura furtiva, un rostro conocido, una mirada culpable. En vano. El chantajista había desaparecido, dejándolo expectante, enfurecido, un islote rocoso en medio de la marejada humana.

Un rugido comenzó a crecer entre sus sienes, como un tren expreso que se le echara encima.

AGRADECIMIENTOS

A los lectores primarios del manuscrito: Fabricio González, Alejandro Otero, Antonio Moreno, Javier Caparó y Adriana García; a Ubaldo R. Olivero, ojo de halcón, cazador de impertinencias narrativas y oráculo bohemio –tenía razón, desde el principio–, gracias por todos sus consejos. Y por supuesto, a Julio Estrada, lector de choque, incisivo, que se adueñó de los personajes, los viró del revés y me obligó a enfrentarlos. Julio es, insisto, esa *rara avis* intrusiva que todo autor debería aspirar a tener como amigo.

Me siento en deuda con Raúl Coto, por cederme generosamente su tiempo y su valiosa experiencia como policía, para que yo entendiera –más o menos– los procedimientos y protocolos locales. Todas las inexactitudes (léase «licencias») son exclusivamente mías, y me disculpo por ellas.

A mi maravillosa agente Silvia Bastos, por confiar en mi obra, potenciar aciertos y solventar inquietudes; y al incombustible Pau Centellas, por demostrarme de manera fehaciente cuán fina y traicionera puede ser la línea que separa una historia coral de una obra dispersa.

En HarperCollins Ibérica, a Luis María Pugni y María Eugenia Rivera por su amable acogida y por apostar por esta novela. Al estupendo equipo del Departamento Editorial: Ana Rosa Cortés, Ada

Heredero, Elisa Mesa, Rosa Rincón, Sandra Expósito y Guillermo Chico. Y agradecimientos especiales para mi encantadora editora Elena García-Aranda, y para Fernando Contreras, maestre de este navío de osamenta gramatical, cuya sabia contribución me ha beneficiado. Cualquier defecto que se le haya escapado a Fernando es culpa mía y del calor disruptivo que emanaba de mi original.

A Jordi Canal, por darme aliento y abrirme las puertas a la gran familia *noir* de La Bòbila. A Antonio Torrubia (Toliol, the Evil Librarian), por acceder a convertirse en mi *alter ego* en Twitter y empujarme al superexpreso de las redes sociales. A Miguel Ángel Díaz, por su amistad (¡Larga vida a SomNegra!). A los hermanos Ramón y Abilio Estévez, por el apoyo. A la gente de Miami Book Fair, por las oportunidades. A Teresa Udina, persistente soporte elemental. A Dayamis Castaño y su linda familia por el detallazo de Londres; tenemos que repetirlo. A Nacho Cabana, espuela de la Peña Black, por ser un magnífico cicerone; y a Sandra Navarro y Rubén Argudín, por su entrañable y legendaria amistad y por permitirme sacar provecho de su hospitalidad.

A mi hija Sheila, por su renovado, temperamental y vigorizante cariño, sin importar las distancias.

Y en especial, a mi esposa María Elena Durán, centro de gravedad y brújula vital, quiero agradecerle, una vez más, su fortaleza y su amor incondicional hacia mí y nuestros supremos héroes domésticos, Iker y Erick, que cada día se nos revelan como una fuente inagotable de inspiración.

GLOSARIO

AJIACO: guiso de tubérculos y legumbres cortados, con trozos de carne.

ALABAO: expresión de asombro.

ALMENDRONES: coches norteamericanos anteriores al año 1959.

ASERE: registro coloquial para «amigo», «colega», «conocido». Muy arraigado en el lenguaje popular cubano.

AVISPA: denominación de los seguidores del equipo de béisbol oriental Las Avispas Santiagueras (Santiago de Cuba).

BAGAZO: residuo leñoso de la caña de azúcar. Se utiliza en la industria del papel y la fibra.

BARBACOA: altillo construido en las casas de puntal alto para crear un dormitorio. Ha sido una solución para las familias hacinadas.

BATILONGO: bata.

BISNERO: persona que hace «bisnes», que trapichea.

BORICUA: relativo a Puerto Rico.

BUCHE-Y-PLUMA: persona que alardea, pero resulta no estar a la altura de las expectativas y no cumple lo que dice con hechos.

BULLPEN: área de calentamiento para los jugadores de béisbol antes de entrar a la zona de juego.

CABILLA: dinero, en argot cubano. También barra de acero corrugado.

CAMAJÁN: persona astuta, que saca provecho de cualquier situación.

CAPIRRO: mestizo jabao con el cabello afro muy rubio y rasgos de ancestro africano.

CARABALÍ: persona de raza negra con ancestros procedentes de la costa africana de Calabar, Nigeria.

CARTEREAR: robar carteras u objetos de valor en autobuses llenos o en sitios con multitudes.

CDR (COMITÉS DE DEFENSA DE LA REVOLUCIÓN): organización gubernamental encargada de la vigilancia colectiva.

CEDERISTA: cada ciudadano perteneciente al CDR.

CHAMA: niño pequeño. Despectivo referido a un adulto.

CHAVETA: cuchilla pequeña y curva utilizada por zapateros y tabaqueros; empleada también como arma blanca.

CHIVATIENTE: unión de «chivato» y «combatiente»; coloquial para definir a ciertos agentes gubernamentales.

CHIVOLOCO: «hacerse el chivoloco» significa simular ignorancia.

CLÓSET: armario empotrado.

COGER UN VUELE: drogarse.

COMPAY: forma en que los campesinos dicen «compadre».

CONTÉN: bordillo de la acera.

CORRER COMO UN GUINEO: correr muy rápido.

CUADRE: ligue.

CUC (PESO CUBANO CONVERTIBLE): una de las dos monedas oficiales de Cuba, juntamente con el peso cubano. Equiparable al dólar USA.

CUENTAPROPISTA: trabajador por cuenta propia.

CUJEADO: avezado, con experiencia.

CÚMBILA: designa a un amigo de gran complicidad; vocablo derivado de la lengua yoruba.

DTI (DEPARTAMENTO TÉCNICO DE INVESTIGACIONES): policía secreta cubana que se ocupa del delito común.

ECHAR AL PICO: matar a alguien.

EMBOMBADO: drogado.

ENCUERO: desnudo.

ESTAR EN CANA: estar en la cárcel.

FIANA: policía, en el argot cubano.

FLETERA: prostituta de la zona portuaria, que solía buscar clientes entre los marineros de barcos de flete.

FONDILLO: trasero.

FORRAJEO: salir a trapichear para conseguir comida.

FROZEN: tipo de helado emulsionado servido en cono.

GARDEO A PRESIÓN: ejercer una coerción continuada y desmedida sobre alguien.

GAZNATÓN: golpe en la cara, hostia, hostión.

GUAJIRO/A: campesino/a.

GUANAJO: zonzo, despistado.

GUAPERÍA: bravuconería.

GUAPO: persona que alardea y exhibe una pose de peligroso.

GUÁSIMA: árbol de la familia de las malváceas, nativo de América tropical.

HACER LA ZAFRA: sacar provecho, hacer el agosto.

JAB: golpe recto de un pugilista.

JABAO: mestizo de cabello afro, piel clara y rasgos de ancestro africano.

JAMONERO: tocón, que manosea a las mujeres sin su consentimiento.

JEBA: vulgarismo para referirse a novia, esposa, o mujer en general.

JINETA: sinónimo de jinetera, prostituta.

JINETERA: prostituta.

LAGARTO: coloquialismo para «cerveza».

LICRA: atuendo femenino hecho de tejido de licra.

LINEAMIENTOS: directiva determinada por un partido político.

MAYIMBE: mandamás. Persona con poder político, militar o administrativo.

MERCA: droga.

MEROLICO: vendedor callejero.

METALERO: relativo al *heavy metal*, roquero en general.

MOLOTERA: aglomeración de personas.

NICHE: en argot cubano es un término despectivo para personas de raza negra.

ORINE: orina.

PALADAR: restaurantes privados.

PALOMERO: criador de palomas.

PANTRISTA: asistente de cocina fría; derivado del inglés «*pantry*».

PAPEL CARTUCHO: bolsa de papel de color marrón que se usa para contener alimentos vendidos a granel.

PARLE: coloquialismo para denominar «reloj».

PASA TRENZADA: cabello afro tejido en trenzas.

PEPE: turista de origen español en la jerga de las jineteras.

PERGA: recipiente de cartón parafinado donde se sirven bebidas dispensadas a granel.

PINCHA: curro, trabajo, empleo.

PIONERO: niño que pertenece a una organización comunista; peyorativo para un adulto que es inmaduro o idealista.

PITCHEO: el *pitcher* es el jugador que realiza los lanzamientos en el béisbol, de ahí que *pitcheo* alude a la propuesta o discurso de un interlocutor.

PIZARRA: centralita de comunicaciones.

PLAN PIJAMA: arresto domiciliario para personalidades directivas. A un nivel coloquial puede interpretarse como estar castigado, ser degradado a un cargo inferior al cumplido anteriormente.

PUNCHING BAG: saco de arena para entrenamiento pugilístico.

PUNTO: primo, susceptible de ser estafado.

PURA: madre.

PURO: padre.

QUÉ VOLÁ: «¿Qué tal». Típico saludo coloquial urbano.

RASCABUCHEADOR: *voyeur*, voyerista.

RÉMORA: buscador de comisiones en torno a un negocio por cuenta propia.

SINGAO: cabrón, hijo de puta.

SONSO: tonto, zonzo.

TANQUE: cárcel.

TEMBA: mujer u hombre de mediana edad.

TONFA: bastón policial.

VITROLA: «victrola» en Cuba; máquina de discos del tipo *jukebox*, muy popular en los años 50.

YENIANO: persona joven cuyo patronímico empieza con «y», un modismo propio de finales de los años 70 en adelante.

YEYO: cocaína.

YUMA: extranjero.

YUNTAS: compañeros inseparables.